采金摘玉集

CAIJIN ZHAIYU JI

郭存孝　周文杰◎著

黑龙江人民出版社

图书在版编目(CIP)数据

采金摘玉集／郭存孝,周文杰著. — 哈尔滨:黑
龙江人民出版社,2018.4(2020.6重印)
ISBN 978 - 7 - 207 - 11318 - 4

Ⅰ.①采… Ⅱ.①郭… ②周… Ⅲ.①散文集—中国
—当代 Ⅳ.①I267

中国版本图书馆 CIP 数据核字(2018)第 079746 号

责任编辑:付秋婷

封面设计:鲲 鹏

采金摘玉集

郭存孝 周文杰 著

出版发行 黑龙江人民出版社
地　址 哈尔滨市南岗区宣庆小区 1 号楼
邮　编 150008
网　址 www. longpress. com
电子邮箱 hljrmcbs@ yeah. net
印　刷 北京一鑫印务有限责任公司
开　本 787×1092 1/16
印　张 15
字　数 260 千字
版　次 2018 年 4 月第 1 版 2020 年 6 月第 2 次印刷
书　号 ISBN 978 - 7 - 207 - 11318 - 4
定　价 45. 00 元
版权所有 侵权必究
法律顾问:北京市大成律师事务所哈尔滨分所律师赵学利、赵景波

共同的心声

郭存孝　周文杰

　　时光不知不觉地在生命的长河中渐渐溜走，如今我俩已是八十七八岁，是真正离天堂很近的老人了。如今已拥有一个四代同堂的幸福家庭，除外，我俩还置身于中国和澳大利亚两个国家都有家庭的天伦欢乐之中。

　　我俩在祖国度过六十多个春秋，那是一段从出生到甲子年的经历。在这一时段，我俩在各自的工作岗位上，吃苦耐劳，认真敬业，从一般职员升任到基层领导，最后在平静中谢幕。当然，我俩像许多干部一样，都在"文化大革命"中受到冲击，我俩连带未成年的子女，在那十年岁月里，实在是尝遍酸甜苦辣，五味杂陈！不过，不管风吹浪打，我自闲庭信步，终于走出来了。尤其是1977年高考恢复后，我们的一儿一女同时跨进高等学府，这乃是我俩的最大的骄傲！

　　1996年，我俩漂洋过海移民澳大利亚，随女儿、女婿在墨尔本颐养天年。日复一日，年又一年，想想至今不觉在澳大利亚已度过了二十多个春秋。常言道，一方乐土养一方人！今日澳大利亚的华人的确已非昔日可比，据澳大利亚当局的2016年9月的全澳人口普查，全澳大利亚最新人口总数为2422万，全澳华人口总数为121.39万，占全澳人口总数的3.9%，其中新南威尔士州有华人514594人，占新南威尔士州总人口的5.2%，维多利亚州有华人370644人，占维多利亚州总人口的4.7%。从新移民数量来看，中国的移民数量是最多的，为191000人。从语言来看，澳大利亚人使用最多的有三种语言，分别为：英语、汉语（包括普通话和粤语）、阿拉伯语。

　　澳大利亚总理谭保（Malcolm Turnbull，又译特恩布尔）说："澳大利亚欢迎每一位移民，创造出和谐的多元化社会，把我们融合在一起的关键因素是相互尊重。"今日之华人华侨已生活在自由民主幸福的氛围之中。我俩已从内心深处感到澳大利亚这一方乐土，在哺养着我俩这一代年迈的"夕阳移民族"。

　　我俩加入了世界华文文学家协会和澳洲华人作家协会，笔耕不辍。算也赶上新时代的步伐，我俩均学会了使用电脑写作。二十年来，我俩先后出版了十五本书（包括本书）和一部电子书。内容涉及太平天国史、民国史、澳大利亚史、新西兰史、中澳关系史、澳大利亚华人史以及中西历史人物相关的传记、散文、游记、回忆录、书刊述评等。现在这一本《采金摘玉集》，按友人戏说，这是我俩的钻石婚的纪念品。

我们衷心地感谢祖国热心的出版社和读者，对我们的作为和作品给予支持和鼓励。周文杰著的《谁是潘柳黛》，在台湾出版后，不久即被安徽文艺出版社引进，重印成简体字版，利于读者阅读，受到了读者欢迎。郭存孝将尘封在英国和澳大利亚160余年、现列于澳大利亚国家图书馆特级藏品的一批太平天国原刻官书和布告，引入国家图书馆出版社，该馆即以丛刊影印本形式出版。这批文献出版前，即受到中国社会科学院近代史研究所研究员贾熟村、《罗尔纲全集》主编罗文起、上海复旦大学资深教授周振鹤的著文推荐。出版后则受到读者的欢迎，得到南京港股份有限公司原董事长连维新先生热心推介，且玉成《金陵晚报》副总编辑王希凌将这套文献出版始末著文并加点赞。此文公布后，互联网上即有数千网友点击阅读给予好评。他们皆是被这批文献本身包含的价值和出版的意义所震撼。我们享受到的是：给力良多、受益匪浅。

一般公认的道理是一个作家的形象是靠笔杆子的不竭挥舞来塑造的。我们感到：体质已减弱，精力未衰退，耳聪目尚明，真有"山到尽时，脚力更好"之感。总觉得生命的价值在于拼搏，一个老年人活在世界上，应该拥有更加乐观、努力、无畏的追求以及尽力发掘潜能、争取极值的突破。

本书出版了，是不是应该止步了？我们的回答是否定的，由于尘封的中澳关系史料和澳大利亚华人历史遗存，以及胡适与罗尔纲的史料还会被发掘出来，尤其是近年来有关澳大利亚华人的纪念活动尚在不断问世中，例如2017年下半年，由华人发起的始自南澳州终于维多利亚州的"重走淘金路"的大型纪念活动（我俩有幸参加了部分活动），最后维多利亚州州长安德鲁，在墨尔本代表澳大利亚政府，为历史上的澳大利亚政府对淘金华工强征10英镑人头税的错误做法，向华人后裔进行了公开的道歉，这是史无前例的。这虽是迟到的春天，但是这种政府行为，还是值得点赞的。

2017年8月21日，笔者夫妇应邀出席澳华历史博物馆成立32周年联欢晚会，该馆董事会主席区镇标先生在会上宣布，该馆将要在2018年年底举办"华人在澳大利亚200年——一百万个华人的故事"展览，"200年"这几乎是一个颠覆性的讯息，因为这将打破我华人祖先来澳最早时间1850年或1851年的传统时限。面对这一惊人的发声，除了期盼外，安能不动心思考？！

承蒙友人告知，悉尼科技大学有档案和照片显示，中国文坛泰斗鲁迅先生曾应邀秘密来过澳大利亚，这又是一个爆炸性新闻。笔者虽读过《鲁迅全集》，但仍感孤陋寡闻。但愿能者"打碎刻板认知，期待破茧成蝶"。

我们共同的心声是面临抉择，岂可沉默；生命不息，砥砺前行，再交答案，我俩心方足矣！

最后，请允许我俩借此机会，谨向为本书提供方便的中国和澳大利亚有关单位和个人以及互联网上的读者，表达我俩诚挚的敬意和衷心的谢忱！

2017 年初，起草于南京"畹香堂"
2017 年末，落笔于墨尔本之家

郭存孝 · 周文杰 作品

2017 年 8 月，作者夫妇应邀参加"澳华历史博物馆馆庆 32 周年"宴会，图为与中国驻墨尔本代总领事黄国斌合影

目录

Contents

读周文重新著
——《斗而不破——中美博弈与世界再平衡》

2016年11月,我与老伴同时受邀赴北京参加第二届世界华文文学大会,有机会在北京见到弟弟文重,其时正逢美国轰动全球的大选刚落帷幕。我们则抓住时机向他讨教中美关系走向。因为他是1979年中美建交时的中国驻美使馆随员、三秘,到后来任中国驻旧金山、洛杉矶总领事,直到晋升为中国驻美国公使、大使,2010年离任。他的一生五度赴美任职。其中除曾任中国驻澳大利亚大使外,在外交部曾任部长助理、副部长等职,在这期间,他仍然参与对美国的外交事务。原外交部长李肇星说他是个"美国通"。

在北京,他告诉我们他应中信出版集团之邀写了一本书,梳理了他参与对美外交的观察与认识,书名为《斗而不破——中美博弈与世界再平衡》,此书正在审核之中。2016年12月中旬,正巧他来澳大利亚维多利亚州举办博鳌论坛,便给我们捎来了这本新书,这是他赠予我们的第三部有关美国主题的大作。

《斗而不破——中美博弈与世界再平衡》封面

全 书 概 貌

该书银灰色封面,中间写着白色醒目的"斗而不破"四个草体大字,占全封面的三分之一;封面左侧白线小方框内以黑色特号宋体写着"斗而不破"四字,以红色宋体写着"中美博弈与世界再平衡"。腰饰左边是作者半身近照,旁边直印"前中国驻美大使周文重潜心力作"。腰饰中有"现任中国驻美大使崔天凯作序推荐""首次曝光中美重大历史事件细节,深度剖析中美新型大国关系症结"。右边印着"斗而不破"四个浅咖啡色宋体大字；左侧印着略小的黑色宋体字"中美博弈与世界再平衡"。封面及腰饰端庄大方、可观性强。

扉页后是不同时期26幅作者与各方人士合影彩照，现摘几幅如下：

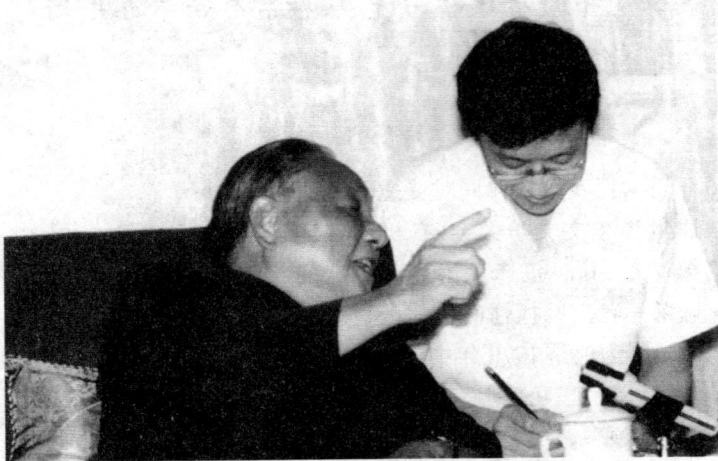

1986年9月2日，时任中顾委主任邓小平接受美国哥伦比亚广播公司记者华莱士电视采访。周文重任翻译

周文重与老布什

To Ambassador Zhou Wenzhong with appreciation for your efforts to advance the China-US partnership

Bill Clinton

周文重与克林顿

To His Excellency Zhou Wenzhong and Mrs. Xie Shumin With best wishes,

George Bush   Laura Bush

周文重夫妇与小布什夫妇

2008 年 5 月 20 日,周文重夫妇、刘光源公使夫妇陪同前来驻美国使馆悼念汶川地震罹难者的美国前总统布什夫妇,布什在吊唁簿上留言(中新社邱江波摄)

2007 年 4 月,周文重任驻美大使期间与时任美国商务部长古斯·古铁雷斯合影

2009 年 11 月 18 日,周文重大使与时任美国总统奥巴马、前美国驻华大使洪博培在长城合影

　　全书分七个章节,披露了不少鲜为人知的内幕,它们是第一章谈大国角力:中美关系的冷和热。其中谈及总统就职仪式上的小插曲;售台武器问题何时了;撞机事件背后的美式霸权:从"跨越太平洋的握手"迈向"跨越太平洋的合作";中国无意取代美国的领导地位。第二章 中美关系,"球"在美方。其中谈及中美关系走到"临界点"了吗? 美国为何敌视中国?! 亚太再平衡,平衡中国的崛起;中美关系的最大挑战。第三章"中国的崛起与世界"。其中谈了世界秩序与中国世纪;有话语权不等于要当"世界领袖";新常态也是一个阵痛期;"一带一路"下新的区域形势;连通亚洲,中国下的什么棋;反对亚投行,美国在捣什么乱。第四章"全球经济治理之中国角色"。其中谈了跟踪调研美国金融危机;欧美债务危机背后的金融博弈;两次亲临 G20 峰会;中国该如何参与全球经济治理。第五章"后危机时代的中美经贸关系"。其中谈及贸易大国的反思;投资美国的风险;对话管控分歧。第六章"我眼中的美利坚"。其中谈及如何做大使;最好的外交使者在民间;最具戏剧性的火炬传递;为何"对华示强"永远有市场;国会山里的"中国力量"。第七章"未来十年,中美关系向何处去"。其中谈及决定中美关系未来走向的力量何在;太平洋足够大,容得下两个大国;中美新型大国关系,"新"在哪里? 牢记历史,才能看清未来。

　　在这七个章节中,他以亲身经历,用说故事的方式勾勒出了中美从建交初

郭存孝·周文杰作品

期直到他离任 30 多年来的斗而不破的历程。披露了不少鲜为人知的历史事件细节,深度剖析了新型大国关系的症结。正如崔天凯大使所说:"周大使以纵观历史的眼光,在书中对世界秩序与国际格局、中美两国的相处之道、决定中美关系未来走向的因素等宏观问题做了深入的分析,提出了前行的思路。"

建交初期的交锋

中美建交 30 多年,一直是斗争不停,其斗之激烈程度难以想象,正如他在书上写道的"大国角力:美中关系的冷和热"一节,其中提及"1979 年中美刚刚建交、联络处升格为大使馆不久,也就是时任大使柴泽民向美国总统递交国书后的第 12 天,美国国会参众两院分别通过了多处违反建交协议的关于'美台关系'的立法议案。为此,柴泽民在任期内向卡特、里根及两届政府进行了数十次的交锋。当时我是中国驻美大使馆随员,每次均随同前往,协助柴大使与美方进行交锋"。"1980 年,中美建交刚满一年,美国政府面临换届,大选期间,里根为了赢得选票,里根公开表示,如当选总统,他将与台湾互设所谓的'官方联络处',恢复'官方关系'。里根在当选之后,很快便发出请帖,邀请'台湾当局'派团参加自己即将举行的总统就职典礼"。"柴泽民大使奉国内指示,向美国白宫、国务院提出交涉,国务院说:总统就职典礼不归我们管,你找白宫吧。白宫说:这也不归我们管,这事归国会管,你找国会吧。柴大使最后向负责东亚事务处的助理国务卿霍尔布鲁克提出交涉。柴大使说:如果台湾的代表出席就职典礼,我坚决反对并拒绝出席。意识到了问题的严重性,霍尔布鲁克助理国务卿不敢怠慢,迅速将情况上报有关部门。几个小时后,美国国务院发言人正式宣布,中华人民共和国驻美国大使柴泽民阁下,已受到美国官方邀请,代表中国出席新总统的就职典礼。任何来自台湾的人士出席典礼,将只能以私人名义参加,没有官方代表的资格。蒋彦士(笔者注:总统府秘书长)得知这一消息,称病住院了"。书上又写道:"之后,中美虽有摩擦和分歧,但在里根执政的那几年却是'二战'之后中美关系的最好时期。"不过美国对台湾军售却是中美关系最敏感的问题,也是建交遗留的问题,作者写道:"出使美国 5 年,所到各处,公众问我中美关系面临的最大问题是什么。我无一例外地回答说是台湾问题。特别是美国坚持向中国台湾地区出售武器的问题。""由于建交时卡特政府只同意停售一年",双方在这个问题上未达成一致"当时邓小平同志认为,中国要对外开放,就必须考虑与世界上最发达的国家——美国打开关系。中美建交进程不能因为美国售台武器问题而继续延迟，不能因此影响中国改革开放的总体进程。这个问题最后被留待两国建交后继续谈判解决"。因卡特任期是最后一年，1980 年 11 月，当选总统的里根素以"反共亲台"而闻名，竞选时曾表示将提升"美台关系"和"对台军售"，还允许台湾省设立官方"联络处"，均遭到中国的强烈反对。"后来里根不得不派竞选团队的老布什访华修补中美关系。"里根上台后，中美之间在美国售台武器问题上多次交锋，在中方压力下，于 1981 年 12 月 4 日开始谈判，多次回合，但均陷僵局。书中又写道："老布什访华后，美方内部反复讨论和争论，国务卿黑格与里根的矛盾日益加剧。黑格倾向于同意对台军售定出终止日期，以换取中美关系在各方面均能改善。里根断然拒绝，导致黑格 1882 年 6 月 25 日辞职。经过一个月的考虑，里根写信给邓小平，在信中里根表示，要他承诺限期停售极其困难，但美国政府不谋求长期向台湾出售武器的政策，也不会无限期地向台湾出售武器。美方据此修改了其公报草案，写入里根保证的'不谋求'和'不会无限期'两句。之后，双方经过艰难的谈判，终于同意公报应以某种方式写明：'互相尊重领土完整、互不干涉内政是指导中美关系的根本原则'等。公报经两国政府批准后，1982 年 8 月 17 日同时宣布生效。但美国并未履行公报协议。""《八一七公报》发表后，在美国反共亲台势力的压力下，国务院负责谈判的有关官员大都被驱出国务院。"从书中可以看到，在对台军售问题上，中美之间一直是既激烈交锋，又继续谋求谈判。但至今均未得到解决。1992 年老布什政府对台军售达 60 亿美元，到 2008 年小布什政府对台军售原拟达 120 亿多美元，后减至 64 亿美元，再到 2010 年奥巴马政府对台军售也近 64 亿美元。中国驻美使馆无论在事前还是事后，做了大量工作，从白宫到议员，利用一切机会演讲，直到做美国民众的工作。书上写道："在对美国售台武器进行口诛笔伐的同时，中国还针对性地采取了一系列反制措施，如取消了若干起两军高层互访，取消了海军军舰的互访，中国还无限期推迟双方就大规模杀伤性武器扩散的谈判，并拒绝参加由美国安排的伊朗核问题六国（联合国安理会五个常任理事国加德国）电话会议等，还对参与售台武器的美国公司实施相关制裁。"作者断言："看来这一斗争，还会继续一个时期。"

撞机事件　艰巨谈判

　　"2001 年 4 月 1 日，美国一架海军侦察机在中国海南岛东南海域上空活动，中方两架军用飞机对其进行跟踪监视。美机突然转向中方一架飞机相撞，致使中方飞机坠毁，飞行员王伟跳伞下落不明，后确认死亡。事件发生后，美机未经中方允许，进入中国领空，并于9时33分降落在海南岛陵水机场"。撞机事件，责任在美方，可美方却片面宣布是中国飞机撞伤美国飞机，要求中方立即归还并释放机组人员。当时国家主席江泽民提出：你道歉，我放人。文重时任部长助理，立即召见美驻华大使普理赫向其交涉并提出抗议。书上写道："当时双方完全是不同的立场，普理赫不同意责任在美方，对中方坠机和失踪的飞行员只轻描淡写地表示'遗憾'。他要求中方立即释放机组人员，归还美方侦察机。"文重当时强调："首先要分清是非和责任，美国的军机飞到中国海南岛附近进行侦察，是对中国安全的严重威胁。美方必须向中方做出解释，我们的飞行员已经牺牲，而美方飞机安全降落，机组人员安全无恙，美方必须向中方表示道歉。""而美方不断施压""中美关系迅速恶化"，又写道："多亏当时国务卿鲍威尔——他从美国的战略全局利益考虑，主张妥协解决撞机事件。"这样，"美方逐步接受了中方的要求，美方第一稿的表述是：美方对此事件，向王伟的家属，王伟战友表示歉意。我们要求增加向中国人民表示歉意，美方斟酌后接受了。另一个难点是道歉如何表述。英文的'Sorry'确有致歉的意思，但我们认为光是'Sorry'还不够，应该是深表歉意，也就是'Very sorry'的措辞，七天后，美方向我外交部递交了道歉信，在第五稿中，道歉信致歉的语气明显加重，相关表述都改用'Very sorry'（深表歉意）的措辞"，中美双方在道歉问题上达成一致。接着是美军机如何返还问题。书上写道："美方换了军方主导。这些军人一上来就摆出颐指气使的架势，甚至妄言，以前美国飞机也曾迫降在外国，有关国家均迅速地将飞机还给美国，不仅如此，还为美国飞机加满燃油。""我们则坚持美军侦察机不能修复后整机飞回美国。"文重和美国驻华大使进行了多轮磋商。强调美侦察机到中国沿海抵近侦察，威胁我国安全，侵犯我主权，理所当然不能允许它飞回去。我们坚持主张把战机肢解。最后美方只好"派专人并用专门的设备来拆解飞机"。"美方从俄罗斯航空公司租用了一架安124型远程重型民用运输机，前后飞了十几个航班"才把战机运走。在处理撞机事件中，文重在六天的九次谈判中，其中有一天竟多达三次谈判，有时美方还拒绝出席。但是通过艰苦的交涉，终于换来了一个双方都能够接受的方案。这是文重从国家利益出发，有理有节地说服对方，迫使美方从拒不承认道歉到五次修改道歉信，正如他说的："撞机事件表面上看是一件偶然事件，根子是美国长期对中国进行抵近侦察反映了当时小布什政府视中国为战略竞争对手，其对华政策的霸权主义一面有所上升。"小布什第二任期由于"9·11"事件，他对中国的政策才有所调整，小布什认为中美两国应该发展全面的建设性合作关系。

奥巴马时代

奥巴马入主白宫,在双方努力下,中美关系有创新,也有发展。书上写道:"2009 年,奥巴马同胡锦涛主席在伦敦 G20 峰会期间有一次会面。当时双方达成共识,中美要发展积极合作全面的关系。到了 2009 年年底,奥巴马访问中国时这一定位进一步调整为应对共同挑战的伙伴关系。""2011 年胡主席访美,这个定位又进一步调整为发展互相尊重、互利共赢的伙伴关系。习近平主席就任后,中美关系双方互动非常频繁、安纳伯格庄园会晤是一系列互动的高潮,水到渠成,双方达成共识,中美要发展,不冲突、不对抗、互相尊重、合作共赢。"书上告诉我们,由于制度不同,意识形态的差异,加上美国长期的偏见,视中国为战略对手,千方百计要遏制中国的发展,美国始终担心崛起的中国,想要取代美国在全球的领导地位,中国发展速度确也是世界公认的。书上写道:"在 2000 年,中国的 GDP(国内生产总值) 仅为美国的 1/8,但是到 2014 年年底,中国的 GDP已经达到美国的 60% 以上,而且这种差距还在逐年减少。以至于一些国际机构纷纷预测中国经济总量超过美国,只是个时间问题。更重要的是,在 21 世纪过去的十几年间,中国已经先后取代美国成为世界最大债权国、最大贸易国、最大制造业国,人民币也呈现出为世界主要货币之一的势头。"这些就形成美国对中国的战略忧虑,书上写着"1974 年邓小平出席联合国特别大会并发表演讲,郑重宣布'中国永远不称霸,即便将来强大了,也不称霸'"。"2015 年国家主席习近平在"九三"阅兵讲话中,明确提出了中国发展战略的'三不'原则,即'永不称霸,永不扩张,永不谋求势力范围'"。但是"美国对于中国的战略猜疑乃至遏制的心态依旧。为什么呢? 这就涉及现在人们已经熟知的所谓'修昔底德陷阱理论',从古希腊、古罗马时代到现在,特别是近现代国际关系史,都反复演示了一个规律,就是新兴大国和守成大国之间,迟早要陷入战略竞争、战略对抗,最后陷入战争。"书上又写道:"面对这种新兴大国和原有大国或者叫守成大国之间,英文叫'Rising''Power'和'Estadlished Power'之间的竞争导致战争的研究,在美国就从未间断过。美国哈佛大学的一位教授,经过大量历史比较研究,近年来多次发表论文,对近现代国际关系史上 16 对大国竞争的案例进行了分析,在这 16 个案例中,有 12 个最后都走向了战争。""可以说,'国强必霸'已经成了美国人思维中一个根深蒂固的观念。美国的政治家、战略家们都承认,中国正在变得越来越强大,而强大的中国,最后必然挑战美国。这是当前中美关系中美方面存在的一个带有根本性和战略性的消极因素"。

作者又写道:"2015 年习主席访美的行程和各项活动,正是准确地针对美国人对中国的种种疑虑而精心设计和安排的","选择极具代表性的西雅图市开展公共外交,特别是在那里发表访美的第一篇演讲。习主席在演讲中用具体而生动的事例和故事,集中传递了一个信息,那就是中国的国力无论发展到什么水平,中国政府永远都要把解决可持续性发展问题放在第一位,永远都要把有限的能力和资源,优先用在发展经济、改善民生上。""习主席的演讲在美国引起广泛而热烈的反映。事实上白宫始终在关注习主席在西雅图的重要活动,并在第一时间给予高度评价。连一向傲慢的美国主流媒体都纷纷发表评论,认为习主席朴实的演讲非常精彩,让大洋彼岸的美国更好地理解了中国的发展方向和中国领导人思考的政策重点。"之后再和美国总统举行峰会,直接讨论"携手构建中美新型大国关系"的问题。"奥巴马总统明确表示,他不相信'修昔底德陷阱',不相信美中两个大国陷入战略对抗"。"奥巴马的这个表态很重要,这种认知是构建两国间战略互信的基础,双方同意继续努力构建基于相互尊重、合作共赢的中美新型大国关系,保持密切的高层及各级别交往,进一步拓展双边、地区、全球层面的务实合作,以建设性方式管控分歧。""同时,双方一致认为,中美作为在全球具有重要影响的国家,应共同努力维护一个强有力的中美关系,使之为全球及地区和平、稳定与繁荣做出贡献。美方欢迎一个强大、繁荣、稳定,在国际和地区事务中发挥更大作用的中国,支持中国的稳定和改革。中方尊重美国在亚太地区的传统影响和现实利益,欢迎美方在地区事务中继续发挥积极和建设性作用。""习主席访美,双方达成 49 项共识和成果,涉及两国关系的方方面面,其中有近 20 项涉及金融和贸易。"透过文字我们亦能看到伴随着合作还有许多的争议议题,即网络安全、南海问题及被热炒的 TPP(跨太平洋伙伴关系协定)。书上又写道:"面对'最大发展中国家'的崛起,美国政府的既定方针是既要同中国合作,同时防范、迟滞中国的崛起。"当然,也有不同意美国政府的看法,书上写道:"英国皇家国际事务研究所的高级研究员萨默斯在《金融时报》上写道,华盛顿和北京应在制定灵活和包容的政策上做出表率,而非过分担忧对方的战略意图。这不仅对美国和中国有益,对那些发现自己受到中美战略张力的影响但有时缺乏影响议程能力的地区角色也是有益处。""随着美国进一步试图在亚太的主导权和军事存在,美国部分媒体和知名学者,包括前总统里根的特别助理道格·班多都在担心美国'步入险境',批评美国政府插手南海问题。奉劝奥巴马在主权争端上'置身事外',不要继续挑衅中国,以免引火烧身;以为遏制中国是不可能的;驾驭中国的想法早已过时;应该公平对待中国,与中国合作。"说明美国对待中国态度是非常多元的。因此,作者认为我们有足够大的空间做美国的工作。他曾多次讲这个道理:世界这么大,谁都有足够发展的空间。各国互相依存,美国不可能例外。美国要欢迎大家来发展,帮助大家发展,这样美国就会有更多的发展机会。

世界秩序与中国世纪

在"世界秩序与中国世纪"一节中提及,中国正越来越接近世界舞台的中心。2007 年 1 月,美国《时代》周刊封面上赫然印着"中国:一个新王朝的开始"。其中一篇文章名为"中国世纪"的文章称,中国的和平崛起已成为既定事实,21 世纪注定是中国的世纪。

书上写"翻开现代国际关系史,史学家通常把 20 世纪称为美国世纪。美国从 20 世纪初在经济总量上全面超越当时的欧洲强国成为世界第一,随后利用第一次世界大战巩固了自己的经济地位,并在政治、军事上与英、法平起平坐。'二战'前,美国吸纳了大批从欧洲出逃避难的优秀科学家,成为世界科技中心。'二战'后,美国利用自己的强大实力击败对手,逼服盟友,把世界政治、经济、军事、科技的控制权牢牢抓在自己手里。

'二战'后,苏联崛起一度对美国的地位构成挑战,但美国最终还是赢得了对苏冷战的胜利,并建立了美国领导下的世界秩序。美国定义的这个'世界秩序'的支柱是美式价值观、美国的军事同盟体系和包括联合国在内的国际机构。一旦美国认为其他国家偏离了它所定义的世界秩序,就会认为这些国家在挑战美国。美国还要把它认知的'人权'和'自由'秩序延伸到其他国家。

对比'中国世纪'和'美国世纪'两者差别首先反映在对世界秩序的态度上。过去几百年都是由大国的实力来决定国家之间的秩序和平衡,这种国际秩序到了 20 世纪后半叶开始转向世界秩序,它是各种力量板块之间的平衡,现在特别体现在发达板块和发展中国家之间的南北关系上。

进入 21 世纪,全球秩序逐渐显现,其主体是国家和非国家以及人类和地球的关系。美国的想法还停留在 20 世纪的国际秩序中,并想把它保持到 21 世纪末。用奥巴马的话来说,就是美国还要领导世界 100 年。中国提出构建'人类命运共同体',就是把 21 世纪的各种新变化都考虑进去,在维护现存国际秩序

11

合理部分的同时,改造其不公正、不合理的部分。

新的秩序不是'美国统治下的和平体系',因此,当代秩序的关键问题是,代表 20 世纪国际新秩序的美国和引领 21 世纪秩序的中国能否携手共建、共治、共享。中国领导人多次表示我们支持现存国际秩序,指的是以联合国宪章宗旨和原则为核心的国际秩序和体系。中国是这一国际秩序的创建者之一,也是获益者和贡献者,同时也是改革的参与者"。

作者又引用 2015 年 5 月习近平主席在美国西雅演讲的内容,世界上很多国家特别是广大发展中国家都希望国际体系朝着更加公正合理的方向发展,但并不是推倒重来,也不是另起炉灶,而是与时俱进、改革完善。

书中又从 17 世纪欧洲列强谈到直至 20 世纪初冷战结束,美国建立并主宰的"布雷顿森林系"早已垮台,以国际货币基金组织、世界银行和后来演化成世界贸易组织(WTO)的关贸总协定为三大支柱的旧国际经济和金融体系也发生了根本性变革。

作者接着告诉我们:"2001 年,美国高盛公司首席经济师奥尼尔首次提出'金砖四国'这一概念。2003 年 10 月,高盛公司发表题为"与'金砖五国一起梦想'的全球经济报告。"(笔者注:五国中另一国系日本)报告估计,"到了 2050 年,世界经济格局将会经历激烈洗牌,全球新的六大经济体将变成中国、美国、印度、日本、巴西、俄罗斯。2009 年 6 月,'金砖四国'。领导人在俄罗斯莫斯举行首次会晤,并发表'叶卡捷琳堡会晤联合声明'。2010 年 4 月,第二次'金砖四国'峰会在巴西召开,并发表联合声明阐明对世界经济形势等问题的看法和立场,商定了推动相互合作与协调的措施。至此'金砖四国'合作机制初步形成。2010 年 12 月,'金砖四国'同意吸收南非加入合作机制,更名为'金砖五国',五国在气候变化、联合国改革、减贫、全球经济治理等重大全球和地区问题上积极协调立场,维护了新兴国家和发展中国家的利益,在建设一个公平、平衡的国际政治、经济新秩序方面发挥了应有的作用"。

全球化下经济板块重组

接着作者对经济全球化浪潮下世界经济板块分化重组,以及国际关系多极化导致大国关系重新洗牌,做了精辟的论述。同时对中国机遇和未来十年发展前景也做了重要提示。指出中国经济发展正处在结构调整和转换发展方式的关键时期。他从改革开放 30 多年经济持续高速发展,已从一个农业国快速转向工业化中期阶段,中国政府现在目标是,通过转变发展方式以及经济结构调整,推动中国社会平稳进入工业化的中后期阶段,即信息工业化阶段。

未来 10 年,是"中国制造"转型升级的关键 10 年,必须创新驱动、智能转型、强化基础、绿色发展。未来 10 年将是中国从制造大国转向制造强国的决定性 10 年。

在"有话语权不等于要当'世界领袖'"一节中,他又说道:"2008 年,全球爆发金融危机,中国妥善应对,国力倍增,在国际上有了更多的话语权,如何把话语权用好,如何把中国故事讲好,是我们下一步努力的方向。"他在任大使的五年,坚持广交朋友、广结善缘、以理服人,而不是以势压人,并且设身处地,做到双赢。他说"实话实说"活动给他留下深刻印象,从 2002 年起,中国人民对外友好协会先后派了数次由中国普通老百姓组成的"实话实说"代表团走进华盛顿国会山,与 98 名美国联邦参众议员进行对话。如 2005 年 5 月,四川汶川大地震后的"实话实说"代表团有个北川中学高二学生在参加"全球家庭日"活动中用英语介绍了抗震救灾的情况,并感谢美国及时给予中国援助。他的发言感动了所有听众,赢得了热烈掌声,有 17 名美联邦众议员参加会议。一位资深国会人士称赞说,能请到这么多众议员倾听发生在中国的故事很不容易,也很有必要。他认为对那些有成见有偏见的人要多做工作,相信精诚所至,金石为开。

在谈及新常态和创新思维时,他强调新常态也是一个阵痛期,因为"改革开放 30 多年来,高增长一直是中国经济的标签。自 2012 年起,中国经济增速逐年放缓。2008 年,全球爆发金融危机,各国经济不同程度地进入衰退,为使经济保持增长,中国政府采取了一系列刺激措施,2015 年中国经济交出增长 6.9% 的答卷,中国政府未再采取大规模刺激措施,而是向过去的'唯 GDP 论'挥手告别"。"新常态意味着速度适宜、结构优化、相对稳定的增长。""寻找新的经济增长点,概括地讲,就是要找新产品、新技术、新的业态和新的商业模式。从世界范围来说,以美国为例,现在发展比较快的三个行业:一是移动终端、移动互联网,二是 3D 打印,三是页岩气、页岩油。对于企业或个人而言,谁能快速适应经济形态的转变,找到适合自身发展的新增长点,谁就做到弯道超车。""所谓'新常态'不仅是增长速度的调整,更是思维方式和观念的改变。"

在"一带一路"下新的区域形势中作者指出"在全球经济复苏缓慢的背景下,亚洲各国和经济体都在转换经济发展方式,以开辟新的发展空间。他们把重点放到了优化发展战略、推动变革创新和转变经济发展方式上。当前,进一步携手合作,战胜挑战,迎接未来,建设更为紧密的命运共同体,是决定亚洲命运的重大课题"。而我们历来重视周边,把周边定位为对外关系的首要,方针是以邻为伴,与邻为善。

"2013 年的中国周边外交工作座谈会上,习主席进一步提出了四个字:亲诚惠容。'亲',就是使周边国家亲近你,感到你可亲的,能够接受你;'诚',就是要诚心诚意对待周边国家;'惠',是指中国发展要能够惠及周边所有国家,使它们能感受到中国的发展给自己带来的实惠。最后达到共同发展的目的;容,就是要更加包容。"

"2014 年秋,习近平主席在访问中亚四国与东南亚国家期间,先后提出共建'丝绸之路经济带'和'21 世纪海上丝绸之路'两大倡议,随后被合称为'一带一路'构想。作为目前中国最高的国家级顶层战略,以及我国深化改革开放和推进周边外交的大手笔'一带一路'战略受到国际社会的上广泛关注,引起巨大反响。"

书上又说,"一带一路"的根本目标是实现欧亚大陆的持久和平与共同繁荣。随着"一带一路"倡议逐步实践,东亚、南亚、中亚的合作进一步加强,必定会对美国、欧洲、非洲、拉丁美洲的经济增长均有很强的推动力。

过去我们改革开放叫作"东快西慢""海强陆弱"。"一带一路"提出之后,把内陆的西部省份推到了开放的前沿,这有利于我们改革开放全方位格局的形成。

"一带一路"讲五通:政策沟通、贸易畅通、道路联通、货币流通、人心相通。这是我们和沿线国家把资源优势的互补性,变成各自发展推动力的重要举措。

书上又告知:"2013 年,10 月,习近平主席在访问东南亚时,首次提出筹建亚投行的倡议。2014 年 1 月,中国与多个亚洲国家举行了多边磋商,就筹建亚投资银行的框架方案交换意见。当年 10 月,博鳌亚洲论坛在北京研讨了亚投行问题。实际上,提出亚洲需要个基础设施投资银行的人,就是原副总理、博鳌亚洲论坛理事长曾培炎。"由 57 个国家共同筹建的亚洲基础设施投资银行(简称亚投行)于 2015 年 12 月正式成立。外界也有些质疑声音。"英国加入亚投行,引发了美英之间在媒体上的一场公开对骂。美国指责英国'背叛''绥靖'。英国毫不示弱,反唇相讥,指出这根本不是'背叛';强调亚投行会促进亚洲经济增长,亚洲的经济增长全世界都需要,对经济增长'绥靖'有什么不好。"

广结善缘　多交朋友

郭存孝·周文杰作品

书上又告诉我们，"美国是个多元国家，存在各种杂音并不奇怪，但对中国友好的也大有人在，文重在大使任内为了让更多的人了解中国，他遍访了50个州，走访了100多名两党的参、众议员。也交了不少朋友，其中伊利诺伊州共和党联邦众议员柯克和华盛顿州民主党联邦众议员拉森在美国国会众议院成立的美中工作小组"就是例证之一。该小组做了大量的友好工作，书上写道："我清楚记得柯克和拉森发起成立美国国会众院'美中工作小组'是2005年6月，小组成立前夕，两位议员给我写了信，介绍他们发起成立这个议会团体的宗旨，并邀请我参加'美中工作小组'的成立仪式。""柯克、拉森说，21世纪的历史在很大程度上将由美中两个国来写就，美国应该增强对中国的了解、沟通与合作，而美国国会加强与中方的对话和联系对美中关系至关重要。""美中工作小组"成立后做了大量工作，多次组国会议员团访问中国，向美国国会议员介绍中国。"柯克在接受记者采访时明确表示，该小组将致力于推动美中两国在21世纪发展全面的战略伙伴关系。拉森也表示，只有充分理解中国的历史、未来和中方的意图，美国才能做出最好的决策。美中两国之间存在着一些分歧和争吵，但双方合作比对抗要好得多。""美中小组"成立不久，就发生了中国南洋石油公司收购美国伏尼科石油公司受阻一事，当时美国众院资源委员会主席庞博等在众院提出两项决议案，要求禁止中海油收购优尼科公司。柯克众议员表示反对，明确表示美国国会不应该将正常的商业活动政治化，后在议案表决时，他们"美中工作小组"成员都投了反对票。"事后，柯克在接受美国记者采访和演讲时说，他支持美中关系发展，反对以消极眼光看待中国和美中关系，反对'中国威胁论'。他不怕因此而被说三道四。""柯克、拉森联名在《中国日报》《人民日报》发表文章，表示中国的崛起对美国不是威胁而是机遇。21世纪，中国对美国的影响是其他任何国家所不能比拟的。美中建立牢固的外交伙伴关系，将使两国以及世界人民拥有稳定、经济繁荣以及和平的未来。美中双方必须将两国关系作为头号外交重点。""在美国国会，像'美中工作小组'这样由议员自发组成的议员团体很多，大大小小足有上百个，绝大多数活动不多，甚至名存实亡，而'美中工作小组'却一直很活跃，并做了许多实实在在的事情。"书上又说："我和柯克、拉森两位议员在工作中建立了很好的工作关系和个人友谊，他们两位对中美关系发展倾注的热情，给我留下了十分深刻的印象。他们分别来自共和、民主两党,在一些问题上自然会站在本党的立场上,但在促进中美关系发展方面,两人却保持着一致和密切合作,彼此成了很好的朋友。""2009年柯克宣布竞选伊利诺伊州联邦参议员,为了让'美中工作小组'的工作不受影响,柯克推荐了他的另一位朋友,来自路易斯安那州的共和党联邦众议员查尔斯·布斯坦尼,接替他担任'美中工作小组'共同主席一职,布斯坦尼也和柯克一样,与拉森密切合作,热情地投入了'美中工作小组'的工作。柯克就任参议员后,在2011年发起成立了参院'美中工作小组'并与2004年大选民主党的总统候选人、来自康涅狄格州的利伯曼参议员一起担任小组的共同主席。""在我结束驻美大使任期,同柯克、拉森话别时,他们都对我表示,他们将分别在美国国会参院和众院把促进美中友好的事业推进下去。我相信他们这么说,也会这么做。我在此祝愿他们成功。"

最复杂最重要的双边关系

作为当今世界最复杂也是最重要的双边关系——中美关系,对世界格局有着极为重要的影响。文重以40年的外交经历,以及历史发展的眼光,详细叙述了中美关系的症结问题和现阶段的博弈与平衡,又通过解读诸多的热点话题背后的国家利益动因,对新型大国关系的构建提出了独到的见解。其中他回顾了"2012年11月,基辛格和德国前总理施密特在德国汉堡举办的中欧汉堡峰会上讲的一段话。两位老人联袂登场,语惊四座:中国不会背弃自己和平发展的传统,西方也不必为中国崛起而产生恐惧甚至对抗的思维。如果有一天中国真的在新的国际体系中占据了更多主动地位,而西方则走向了衰落,对于西方人而言,首先应该做的不是指责中国的崛起,而是应该反思,自己做错了什么,使自己走向衰落?!"

走笔至此,也使我深刻认识到,中美关系30多年来斗而不破的发展历程,看到一个杰出的外交官的重要性,深刻地理解了国与国的交往,主要核心是利益和实力的体现,作为一个国家的政治代表大使,要运用实力来维护国家的利益,这就要依仗大使的极高智慧和灵活的工作方法,文重做到了这一点。这本宏著承载了几十年外交工作经验之精华。正如崔天凯大使所言:"周大使以他丰富的外交经验,在书中对所有这些做了深入而又生动的诠释。在美国向台湾出售武器问题上的长期斗争,发生撞机事件后的严正交涉,为高层访问精心准备,为人民友好四处奔波,抓住历史机遇促成G20,排除重重困难传递奥运火炬,深入调研美国经济、社会、外交的方方面面,着力解决中美交往中的具体问题。无不展示出一位资深外交官坚定的使命感、强烈的担当意识、出色的判断力和深厚的外交功力。对于正在外交一线工作的我们,这本书就是一本经典教科书,一部集大成的案例汇编。"

这本力作,诞生在美国大选尘埃落定,特朗普进驻白宫之际。众所周知,特朗普从他参选直到上任之初,他那些惊人的不靠谱的"挑衅",令人十分担心中美关系的走向,不由想到两国是否又要有一番角力。然而,习普海湖庄园会晤,中美两国元首达成了广泛的共识,这是大好事。倘若今后,双方心往一处想、力往一处使,共同朝着这个大方向砥砺前行,中美两个大国的关系一定会得到稳定和持续的发展,世界和平也就有了基本的保障。

读完《斗而不破——中美博弈与世界再平衡》,使我想起文重最后出使美国五年,按说大使任期四年,他是唯一延期一年的大使,并交出了令各方满意的答卷。正如美国财政部前部长蒂莫西·盖特纳说:"周大使多年以来致力于为中国人民而工作,我对此表示赞赏。为建立牢固的美中关系。忠于职守,不懈努力。成为中国人民在美国乃至世界上有影响力的代言人。我对他表示祝贺。我们将想念周大使。"美国前总统国家安全事务助理、退役空军中将布伦特·斯考克罗夫特说:"周大使出使华盛顿成绩卓著。他不仅代表着中国的国家利益,也明悉美国的情况,展现了卓越的外交风范。我在华府多年,结识不少外交界翘楚,周大使是其中之一。"美国常务副国务卿斯坦伯格曾幽默地表示,要给维基百科有关周文重的简历上补充一条"周在建设中美关系上发挥了关键作用"。

以上部分美国政要对文重的点赞,让我们清晰地看到他的外交业绩,是源于日益强大的祖国的实力的支撑。当然我们也看到文重一颗矢志不渝的报效祖国的赤子之心。也许也是他任期延长一年之故,作为他的二姐、二姐夫,我们以有这样一位年已古稀的弟弟而感到骄傲。

他是个一惯低调的人,记得早在20世纪70年代初,他被外交部选派赴英国学习,行前将一些衣物等寄回上海父母家中,当时妹妹(他的三姐)整理他寄回的物品时,发现他的箱底有一大沓奖状,这是他从未向家人提及的,包括父母也不知道。

由于深知他工作繁忙,平时我们很少联系,但他在美国的动态,一是从电视新闻获得;二是从在美国定居的我老伴的表兄孟汉钟老先生处获悉,因为孟表兄是国民党海军上校,早年退役,现住华盛顿州史普肯市,他很赞赏文重,曾令其子驱车七小时去华盛顿看望文重,他欣喜地将美国报刊有关文重的剪报寄给我们,或写信告诉我们,如 2005 年 11 月 18 日,《华尔街日报》头版题为"广交朋友。中国大使深入美国内地"的文章刊有文重的照片说他遍访了美国 50 个州。2006 年 6 月 11 日,《今日美国报》头版刊出的"在腹地游刃有余登了他的照片,文重应邀访问纳斯达克证券交易所时,该所打出欢迎他的灯光标语大屏幕达几层楼高等"。他来信赞扬文重工作出色,说他在美多年还没见过美国媒体如此重视大使,听之我们皆分享到他成功的喜悦并感到快慰!

1998 年,文重出任中国驻澳大利亚大使他任期未满即回国了,也听到各方好评。记得侨领杨锦华先生告诉我"我很感动,周大使参观我们维多利亚安老之家,并给予好评,这是唯一一次中国大使光临",杨锦华先生是安老之家的创始人。

中国驻美国大使周文重阁下在大使官邸,亲切接见并宴请来自中国台湾的美籍华人、前海军上校孟汉钟先生及其公子(自左至右:大使夫人谢淑敏、周文重、孟汉钟〈现已百岁〉、孟公子)

文重工作虽忙,但对家人关怀备至。每有时间他总是偕夫人去南京为父母扫墓,几年前他见墓地松树枯萎,遂拜托朋友督促墓园管理处补种。他每公干去香港,一定抽空看望大姐。如出差广州,也会看望我的妹妹,他的三姐。2008 年,我与老伴回国参加第十届中澳关系国际学术研讨会,不幸老伴突然便血,入医院做手术,他正巧回国开会,得此信息,他顾不上时差休息即刻转机南京看望我老伴,当晚又赶回北京,因为次日要开会。2010 年,我们回国参加第十一届中澳关系国际学术研讨会,不料老伴又一次住院手术,文重在北京,除不断电话关怀外,后又在百忙中偕夫人南下来医院探视。有什么能比这亲情更感人呢!他,我的弟弟,不仅工作出色,且善待家人。

李鸿章关注美国等海外侨胞的命运

李鸿章（1823—1901），安徽合肥人。以追随曾国藩，创办"淮军"，组成"洋枪队"，成功地镇压了太平军和捻军而起家的，随后扶摇直上，尤其是1900年，八国联军入侵北京之后，清廷授其一品，官拜两江总督、直隶总督、北洋大臣。李鸿章遂赫然成为清廷最高代表之一，曾多次与外国侵略者就割地赔款进行谈判。从此，李鸿章便被外国侵略者视为中国清朝的外交事务的权威人物。然而侵略者为了自身的利益，英、美等国政府，展示各色花招，竭尽拉拢之能事，于是就出现了李鸿章的欧美之旅的事情了。

李鸿章

李鸿章在伦敦受到官方及群众的欢迎

当然李鸿章的欧美之旅,无论是规格、场面和款待,都是令李鸿章很满意的,但是令李鸿章忧愁的,则是一路走来,李鸿章始终牵挂着海外侨民受苦受害的事情。尽管他非常用心,但却回天乏术。然而李鸿章敢于在海外对各国殖民统治者、新闻媒体、广大群众面对面的表态和发声,说明李鸿章的心中,确实认识到海外华侨的苦与乐,海外华侨是与祖国有血肉相连关系的,可贵的是,李鸿章到生命的最后关头,其牵挂侨民命运的情怀终未泯灭。

本文仅就李鸿章在英国、美国和加拿大,反对外国政府迫害我国华侨的有关言行,略述其一二。

华人与澳大利亚的关系源远流长

中国与澳大利亚的关系源远流长,传说17世纪或早些时候,中国人即已来到澳大利亚的北部,2013年,在澳北沿海的一个无人小岛上,三位考古学者用探测器在沙滩上发现了一枚尘封270余年的清朝乾隆(1736—1795)年间的铜钱,这枚文物品相极好,可惜因为当时的中国人只是匆匆过客,故没有留下什么史料。

到了19世纪50年代初,澳大利亚东部维多利亚州及新南威尔士州掀起淘金潮,于是华人接踵来到"新金山"(即墨尔本),投入了艰辛的淘金浪潮之中。由于华人勤劳节俭,致招白人矿工的妒恨,1855年,英国白人政府首在维多利亚州制定了限制华人移民法案。从此,华工作为弱势群体,便在"白澳至上"歧视政策统治下,受尽凌辱、惨遭和迫害!随后,这种哀音伴随着来自美国和加拿大等国的发声,迅速地传回中国,先是传至驻守广州的两广总督,接着引起朝廷上下震惊和不安,其中包括主管外交的重臣李鸿章。

为了应对殖民统治者的排华政策,清光绪十三年(1887年)五月,清廷派出了总兵衔余荣和后补知府余王隽到澳大利亚宣慰侨胞并查访华商生存发展的状况,至此开清廷关注海外侨胞利益而派遣国家调查团之先河。与此同步,清廷指示中国驻英国公使刘瑞芬(1827—1892),向英国外交部发出照会的要求,呼吁英国政府放弃这种限制华人入境的歧视政策,可惜没有得到回应。

在华笔诛英澳限禁华人入境虐政

这时,李鸿章终于在日理万机的公务中,把视线转移到英澳当局推行的排华政策和华人受害的命运上来了。光绪十四年（1888年），李鸿章在这年五月至八月四个月中，连续发表四次讲话，6月12日，在其寄译署一文中说："据澳大利亚新金山众华民禀，华民往新金山备受该处官苛待，彼并不按照其所自立律法及万国公法办事……除官员学生游历外，其余华人一概禁勿来澳。"李鸿章大怒，问道："此约若成，商民等即不能在此经商，殊与两国通商合约大悖，应电请会商总署做主，不使海外子民受其苛虐。"但是当李鸿章看到1888年6月22日，英国《伦敦快报》报道"中国驻英公使与美外交部订立禁止华人到英条约"时，李鸿章不由大怒，责问："现闻澳大利亚亦禁华人入境，是亦美约使之然也，澳大利亚乎何由？"7月30日，李鸿章再向译署发文，说明"伦敦报：新金山前禁华人入境，经查各国律书，并无载明禁止华工入境之例"的情况，后又见报载，英人有"船载华人暂准登岸，续到者酌给回费即可"，他对英澳当局对限禁令出现松动，则感到稍有欣慰。可是英澳当局又耍新花招，他们重新规定"华工新往澳大利亚者，按照轮船五百吨准载一华人而免抽进口人身税，并免已在澳华人身税"。8月13日，李鸿章针对人身税，大加批评说："两国人民彼此互相往来，原为和好通商应得之权利，今新金山之勒收身税及华人到岸不许登岸，皆与中英两国条约相远。"责英方不讲诚信，不由哀叹"华人在外埠，以人身税为最虐政"。

事过一个月，李鸿章心有所思，总结痛苦经验，他感到"澳地禁止华民一节，仅以空言辩驳，恐难挽回"，应该主动出击，遂致函驻英公使刘瑞芬，提出六条反排华具体措施："一、华人在澳，无论何项永免身税。二、已在澳者，优待保护，听其居住往来。三、贸易、游历、跟役三项，不在数内。四、新赴澳者，三百吨准搭一人。五、新章五年为限。六、作为澳地专章，他埠不得援照。"这当然是一份有利于华人的条规。遂命刘公使持此"六条"与英国外交部面商。刘公使将"六条"译成英文，面递英外交部。李鸿章天真地以为他的"杰作"会立竿见影的，殊不知狡猾的英国人不予理睬。李鸿章又函示刘公使，指示"彼如再加吨位，我必不允"。其实何止吨位一项，怕难为英人，所以不接受。就全盘而言，也是李鸿章一厢情愿，故此"六条"不被英澳当局接受，也是在意料中的事。不过李鸿章的良苦用心，对海外侨民的一片关爱，是令后人铭记在心的。

在英国与朝野政要会谈续反限禁华人法

1896年8月2日，享有中国清朝头等钦差大臣、文华殿大学士、一等肃毅伯重臣身份的李鸿章，在结束对法国的访问后，来到英国进行了为时一周的友好访问。李鸿章的英国之旅，本是为欲增收关税事来说服英国政府的，虽然继续为英澳华人的利益进行谈判一事并未列入议程，但这一棘手的问题在李鸿章的心间还是占有重要位置的。

郭存孝·周文杰作品

李鸿章向英国维多利亚女王递交国书

在英国，李鸿章受到了英国政府的热烈欢迎。特别是晋见了维多利亚女王。李鸿章当即代表中国政府和慈禧太后，向维多利亚女王"赠以上品名瓷古花瓶一对，送入宫中，借表诚意"。李鸿章随后在英女王的空白签名簿上作了一首诗，表示诚挚的谢意。诗曰：

飘然海外一浮鸥，
南北东西遍地球。
万绿丛中两条路，
飙轮电掣不稍留。

此诗题为《晋谒君主于奥峙澎行宫途次有作》，附注引唐代大诗人杜甫的诗联:"西望遥池降阿母,东来紫气满涵开",隐指维多利亚女王和他自己。女王不解诗意,电致翻译罗丰禄译其意。罗氏译告"远行之客,如海上之鸥,浮过大洋,足迹遍于东西南北。但见终岁常青之松柏中,有路两条,车轮瞬息飞去"。女王接电,很赞赏李鸿章的才华和诗中蕴含的友好之情。特授予李鸿章一枚"维多利亚头等大十字宝星"勋章,又以"维多利亚二等宝星"勋章授予其随员、翻译李鸿章之子李经方。

为了增收关税事,李鸿章在伦敦与首相兼外交大臣勃雷侯爵"熟商数次",由于英方刁难,最后被拒。李鸿章异常生气,但未失体面。本来准备好要与首相讨论限禁华人入澳大事,看到首相的态度非常不友好,只好搁置下来。但李鸿章心犹不甘,于是他转而求其次,改往私邸拜晤英国前首相兼外交大臣格兰斯顿(彼曾担任十三年首相、二十四年外交大臣),李鸿章认为他是一位功成身退,但在政坛上尚未褪色的显要人物,格兰斯顿对这位在中国非常显赫的大人物——李鸿章的登门造访,不免有点受宠若惊也万分感动。宾主"同坐窗前,各恨相见之晚",不免寒暄一番,随后双方互赠了礼品(英人赠手著书数部,李相赠上品茗芽四盒及小影一幅),双方互诉了仰慕之情。但在热谈铁路事后,李鸿章终于"道及澳大利亚州,限禁华人之谬"。格兰斯顿回曰:"澳大利亚州虽属于英,然出于其人之愿附,英实不能遥制以权也。"格兰斯顿并向李鸿章交底,他说:他与现任首相"见解不免分道扬镳",意虽未尽,但已告知彼此政见有分歧,不在其位不谋其政,自叹爱莫能助。面对这样苍白的表述,李鸿章失望而语塞,双方终究在无奈中收场。

在美国受高等礼遇 仍不忘批《格力法》案

1896 年 8 月 28 日,李鸿章乘"圣路易斯"号邮轮离英国抵达美国纽约。因为李鸿章是来自大洋彼岸的头等钦差大臣,地位崇尊,因此他受到了最高规格的接待和宴请,《纽约时报》誉之为这是美国近代史上一次"史无前例的礼遇"。首先,登口岸后,李鸿章受到了鸣礼炮十九响的礼遇。接踵而来的殊荣,是美国总统克利夫兰率外交部部长等政要从首都华盛顿移驾纽约来接受李鸿章呈递的国书。而社会各报皆视李鸿章的美国政治之旅为轰动全美的"绝大新闻"。事实上美国上下给予李鸿章的关注度是非常高的,这段时期在中美近代关系史上,无疑是一段黄金时期。

还有一个层面不可忽视,就是李鸿章在美国还受到华人社团——"中华公所"等及华商们的热烈欢迎。唐人街更是美国星条旗和清朝的绿龙黄底旗相互辉映，各个巷渠满是张灯结彩、彩旗飞舞，入夜则灯火通明。不仅当地华人齐集于唐人街，就连远道的华人洗衣工也赶来庆贺祖国的代表莅临他们的侨居国，给他们争取更大生存空间并创造机会。而一些白人居民也来到唐人街，他们分享着华人的那份喜庆和愉悦！

9月2日，李鸿章在下榻的华尔道夫饭店接受十二位新闻记者的采访并举行记者招待会。李鸿章谈到了数年前美国政府推行限制华人入境的歧视政策，表示"殊不惬于心"。他面对《纽约时报》记者激动地说："排华法案是世界上最不公平的法案。"他特别批评美国新出笼的《格力法》排华法案。何谓《格力法》案？《格力法》是指1892年美国国会民主党议员托马斯·格力（Thomas Geary）提出的议案，此人提议"禁止所有华人（除了外交人员和商人）进入美国，即使过境也不允许，又规定凡是在提出移民或签证申请时作弊的人，均处以1000美元的高额罚款和至少一年的苦役。华人亦不准申请入籍，不可成为美国公民。华人的身份由海关人员决定。因违反此议案条文而被逮捕的华人，没有交保释放的权利。全体在美华人必须随身携带有个人照片的居留证，否则就会被逮捕"。这是原本用在黑人身上严苛的种族隔离政策，但却用了华人身上。这个歧视华人的政策不仅遭到当时中国驻美公使崔国因的反对，而且也受到美国国会中部分议员的批驳。早有耳闻的李鸿章身临美国其境公开反对这个排华法案自是意料中之事。

当场有记者问李鸿章，是否要求对现行的排华法案进行修改？李鸿章对美国新政府没有信心，因而回答："我不敢在修改法案前发表任何要求废除《格力法》的言论，我只期望美国新闻界能助清国移民一臂之力，希望整个报界都能帮助清国侨民，呼吁废除排华法案，或至少对《格力法》进行较大的修改。"李鸿章气犹未消，他忍不住又宣泄了一通，他说："我们知道，《格力法》是由于受到爱尔兰裔移民欲独霸加州劳工市场的影响，因为清国人是他们很强的竞争对手，所以他们想排除华人。请让我问问，你们把廉价的华人劳工逐出美国，究竟能获得什么呢？"

匆匆过客加拿大 犹反对人身苛税

1896年8月28日，李鸿章抵美国时，加拿大蒙特利尔州的华侨社团即派乔治·福斯特赶赴纽约，向李鸿章面呈了他们的邀请，李鸿章愉快地接受了加拿大华侨的邀请,决定访问加拿大。

　　是年 9 月 6 日,李鸿章离美国乘火车到达英属加拿大。他首先参观了世界著名的尼亚加拉大瀑布,"使相顾而乐之,徘徊不忍去"。这时"英官盛饰公车"相迎,"夜宿行馆,供张甚盛"。次日,抵达多伦多,该州州长在全城文武官员及会董人等陪同下整衣相迎,"冠裳之盛,一时无两"。继之"饷以盛筵"。旋乘火车去温哥华,途经温伯尼市,接英国总理加拿大事务大臣电报,说英廷特赠李鸿章头等"印度类宝星"勋章。其二子李经方、李经述及译员罗丰禄,亦赏以宝星为标识的职衔。李鸿章电达伦敦致谢。9 月 14 日,李鸿章一行到达加拿大匆匆之旅的终点站即华人密集的西部港口城市——温哥华。李鸿章受到六千多华人的欢迎,其中除温哥华的各个华人社区外,还包括来自美国西雅图、旧金山以及波特兰的华侨代表,他们出席并参加了欢迎仪式。热情有加的温哥华的几个社区,还在火车站搭起了一座壮观的牌楼,来迎接母邦的显要人物。

　　李鸿章在欢快之旅中并未忘记一直挂在心间的英人强加于华人的人身税大问题。实际上,李鸿章在英国时便已关注这个问题了。此时,李鸿章"中堂至加拿大,会晤英人,使译员代问曰:'贵处初征华人丁口税,每年以美金 50 元为率;今闻议院诸君欲骤增至 500 元,其意何居?'"李鸿章对于加拿大议会和政府对华人入境,采取了比澳大利亚更贪婪的人身征税制,这种压榨华人的血汗以自肥的残酷行径,非常气愤!虽然严词质问,英加当局瞠目结舌,窘以应对。但是结果正如英国媒体报道的那样:"顾未知若何答复也。"

李鸿章的反海外排华言行应予点赞

　　一个人心有多大,舞台就有多大,凡人、伟人皆不例外。

　　可是为什么李鸿章欧美八国之行,特别是在英国、美国和加拿大三国,为华人的命运奔走呼号,却始终是无功而返呢?! 这是有其主客观原因,有其国内与国际因素的。

　　当时的《新西兰日报》就有一个公正的评价。它说:"中堂驰情域外,属当暮齿,奉命环游,闻所闻而来,见所见而去。虽中堂有才干有胆量,试问一人之力,能有几何? 李中堂不能成事,非笃论也。"

　　李鸿章表面上看起来,虽贵为红极一时的笃臣、功臣、重臣和权臣,在国际上也享有盛名,然而在称霸世界的英国和崭露头角的美国所构成的限禁华人入境及强力推行人身税的国际逆流面前,加上站在李鸿章背后是大独裁者慈禧太后,还有一个满族皇亲国戚独占主角的权势集团,再加添上一个虚弱无能的腐败的清政府,身为一个会被最高层左右的权臣,试想李鸿章在国内和在世界上能有多大作为? 如果说李鸿章被重用,那多半是指在被朝廷推出去与英、美等侵略者签订不平等条约时,才显出稍纵即逝的"权臣"的光环。

不过,李鸿章在国际对始终处于弱势的中国子民的生存、发展的操心和付出的功劳,我们是不应该忘记的。而且李鸿章(还有郭嵩涛、张之洞、薛福成、刘瑞芬等大臣和驻外使节)在国际的拼搏和发声,这对促动英、美、加等国对限禁华人政策的修改多少有些作用。据 1896 年 9 月 15 日,加拿大维多利亚《殖民者日报》和是年 9 月 19 日温哥华的《省报》报道:"李鸿章在不列颠哥伦比亚期间,接见了当地华侨领袖,并会晤了当地政府官员,与之商谈了入境税问题,他的意见可能使拟议中的增税推迟了一段时间。"可见李鸿章的发声也是中国政府的正义呼声还是有一定的震撼作用的。

李鸿章的几副对联赏析

　　笔者有幸在香港永城古玩拍卖有限公司举办的中国字画展览中,喜见两副李鸿章手书真迹对联。弥足珍贵! 一是:

　　阐形远近清声美行
　　爱性渊懿含和履仁

　　此联系水墨纸本立轴。毛笔楷书,无上款,下款写"仪口李鸿章",名下有两方朱色私章:一、阴刻"大学士肃毅伯";二、阳刻"李鸿章印"。二是:

　　翠浪舞翻红罢亚
　　海风吹碎碧琉璃

　　此联亦是水墨纸本立轴。毛笔楷书,无上款,下款书"少荃李鸿章",名下有朱印两方:上方为楷体阴刻"李鸿章印";下方为篆体阳刻"大学士肃毅伯"。
　　笔者晚时在江苏省吴县天地山寂鉴寺参观,因为我有一个癖好,即在古寺庙内喜欢仔细察看一切匾额,在寂鉴寺内,并无所获。可是在大殿内靠墙处,在昏暗中我发现反立着一块木质抱柱楹联,也许是因为太破旧的缘故,多年来始终被冷落在一旁。我不经意地将它翻过来看了一下,当我把积灰吹去,不由大吃一惊,原来这是一块李鸿章的题字楹联。它是:

　　子孙贤族乃大
　　兄弟睦家方肥

　　仔细看来,发现此联用楷体字,无上款,下款写"戊子仲秋李鸿章",有印两方:上方楷字阴刻"大学士肃毅伯",下方篆字阳刻"李鸿章印"。可惜这只是上联(它原悬挂于花厅前左柱上),下联已散佚。笔者好奇,一心想找到下联,随即辗转多地,苍天不负苦心人,终于让我找到了发现这副楹联的好心人——闵大宝(他是一位略有文化的农村基层干部)。承他告诉我,1987年,他在江苏无锡市望亭镇农业机械干部学校的养兔房内发现这副楹联。该校原系一座富有的官宦人家,什么样的官,他也不知道,当时我也没深究。他只知道这"半块"楹联是从花厅上卸下来,后散失在此的,文物部门得信后转存于寂鉴寺。未料这"半块"楹联却在该寺坐冷板凳竟达百余年。

郭存孝·周文杰作品

近时,笔者在苏州博物馆陈列室内,喜见一副李鸿章的亲笔楹联。它是:

> 於古人所为知其大
> 不异己相视故可群

此联为水墨纸本立轴。楷书,上款写"口太傅"("口"字系辨认不清的代号),下款写"少荃李鸿章",名后有楷字阴刻"大学士肃毅伯"和篆字阳刻"李鸿章印"。但在印旁有跋:墨书"张謇""和平"及"通州张謇之印"。此联是香港张宗宪先生捐赠予苏州博物馆的。

纵览李鸿章这四副手书楹联,经对比太平天国历史博物馆珍藏的李鸿章致曾国藩、曾国荃、左宗棠、何桂清、吴煦等清朝中兴名臣及高官大吏的亲笔函札,发现其笔腕手迹绝无二致。另外,四块楹联的书写格式,相互表现一致;印章的刻法也无异等,均可为证。其字体稳健端庄、笔力功底深厚,可列上乘之作。

三副楹联无上款,显系馈赠下属或给家族成员的,也可能是自怡之物。第四副当是张謇(1853—1926,江苏通州人。光绪二十年四月,中一甲一名状元及第。张謇因抨击李鸿章主和卖国,时逢父殁,乃辞职回籍,即在

李鸿章

乡创办纱厂。民国成立后,出任农商总长。后任江苏运河督办,交通银行经理等职)的收藏品,故有跋文。

第一、三、四副楹联的指导思想,定位在为臣之人应恪守的准则。家族家庭成员间应持有的道德观。因此联句中出现了"美行""履仁""贤睦""可群"等美

29

语。兴许这是李鸿章在经历了长期戎马生涯后,特别有感悟而出之真言。当然,作为一员清王朝的中兴名臣和封疆大吏,他致力鼓吹臣子、愚民们忠于清王朝的噪音也跃然于字里行间。而第二副楹联,除了与其他三副都具备词语精炼、刻意工仗的优点外,犹富文采。

值得注意的是,四副楹联均有"大学士肃毅伯"等印。李鸿章(1823—1901),安徽合肥人,字少荃。道光年中进士。咸丰八年(1858年)入曾国藩幕府,襄办营务。咸丰十一年(1861年)奉命编练"淮军"。次年,去上海与太平军作战,升任江苏巡抚。旋勾结英国人戈登的"常胜军",在江苏东南部疯狂镇压太平军,先后攻占苏州、无锡、常州等地。同治三年(1864年)曾国荃率"湘军"攻陷太平天国首都天京(今南京),天王洪秀全死难。清廷与曾国藩、李鸿章等弹冠相庆,清廷授李鸿章一等肃毅伯爵。六年(1867年),授湖广总督。九年(1870年)升直隶总督。十二年(1873年)授武英殿大学士。十三年(1874年)调文华殿大学士。光绪二十七年九月(1901年10月)与八国签订《辛丑条约》后,病逝于北京,享年79岁。诏赠太傅、予谥文忠、晋封一等侯爵。

笔者以为这四副楹联,应是写于同治十二年(1873年)荣获"大学士"后的某一年;而现存吴县的抱柱楹联上即写有"戊子仲秋"四字,按此即指李鸿章写于光绪戊子十四年(1888年)的仲秋之季可证。

李鸿章在中国近代史上特别是在晚清史上的功过是非,多有争议,这是客观事实。但是衡量一个历史人物,还是不应因人废言。例如李鸿章的这四副楹联,我以为就不能贬为"废言",因为它有一定的历史价值,它对探察其晚年的人生哲学和处世观念,不无参考价值。除外,作为书法珍品,它也有不可多得的收藏价值和观赏价值;再者,它也够得上称为中国楹联中的一小批宝贵的散金遗珠。

附录:

李鸿章游欧洲时,德国宰相卑斯麦曾送给他一个很贵重的烟斗。后来,李鸿章却将这个烟斗送给了袁世凯,颇有讨好或是提前奖励他心中的这位继承人的意思。李鸿章离世后,袁世凯知恩图报,呈上一副挽联:"受知早岁,代将中年,一生低首拜汾阳,敢诩临淮壁垒。世变方殷,斯人不作,千秋大名配诸葛,长留丞相祠堂。"以表心迹。奇文共赏,岂可不读。

海军元老孟慕超将军的传奇生涯

郭存孝·周文杰作品

中国现代海军创建于清末民初,当时有不少青年怀抱雄心壮志,欲乘长风破万里浪,献身海疆,报效祖国。我的二表叔孟慕超将军便是其中的一员(先父郭耀荣,乃饱学之士;曾先在上海吴淞海军学校,后在北洋政府海军部军学司任文职官员,与孟慕超既是同事也是表兄弟。先叔郭耀麟,曾任南京海军部草鞋峡鱼雷营少佐教官。中华民国二年海军总长刘冠雄颁给他的委任状和军刀,在"文化大革命"中丢失),与役海上多年,官拜海军少将。但其事迹,鲜为人知,笔者予以披露,以飨读者。

毕业于江南水师学堂

孟慕超,字亦凡,笔名轶凡。清光绪十年(1884 年)生于江苏南京。光绪十六年(1890 年),两江总督曾国荃议奏在南京设立"江南水师学堂",惜壮志未酬,未能设置。继任的两江总督沈秉成接任后,力谋实现,于同年九月,酝酿已久的"江南水师学堂"终在南京下关成立了。校方随即"延订洋文、汉文各项教习,分设驾驶、管轮两门",规定学生课业"自英国语文而外,凡勾股、算术、几何、代数、微积分以及中西海道、星辰部位、驾驶御风、测量绘图诸法、帆缆、枪炮、轮机大要、皆当次第研求。堂课毕业,派登练船,俾周览山海形势,沙礁风涛,更番巡历,以练胆识"。堂课需四五年,船课即海上实习又需三四年,前后需经八九年,进行严格的理论与实践相结合的教育。孟慕超于清光绪二十四年(1898 年)入学,受毕八年堂课和船课,以优异的成绩,于光绪三十二年(1906 年)自第五届驾驶班毕业。同届毕业生共十七名,孟慕超位居第三,次于杨庆贞、吕德元。时年二十二岁。

先赴日本学习、后去英国深造

北洋政府海军统制(总司令)萨镇冰(1859—1952),为培养刚起步的海军人才,从江南水师学堂、烟台海军学校中挑选优秀学生,送到当时的海军强国去学习海军技术。1906年冬,孟慕超与吕德元、奚定谟等被选送北京练兵处甄选。结果决定选派孟慕超、吕德元、刘永诰、沈鸿烈、刘田甫、佘振兴等三十人赴日留学。

抵日后,孟慕超等被安排在非海军军官学校而是东京商船学校。该校设备先进,建有室内体育馆、游泳馆和柔道馆。除学科外,非常注重兵操和体育。住在练习船"明治丸"上,这是一艘建于1874年购于西洋的三桅机帆旧船,其住房狭窄,生活条件较差,学生十分不习惯。终在日本完成学习日文一年后,佘振兴、孟慕超等大部分学员乘假期返回上海之便,集体面谒萨镇冰,申诉在日"无学可求,徒费年月",要求调回国派舰服务。留学英国出身的萨镇冰,面对学员们的如此重大抉择,未敢擅专,乃奉电请示南北洋大臣,获准。遂运用自己的留英关系,向英国海军部商得八个留学名额。萨镇冰于是从回国的留日学生中择优选拔:孟慕超、吕德元、奚定谟、沈奎、佘振兴、温树德、刘永诰、任光宇去英留学,旨在为国育才。

孟慕超等赴英国途中,先到香港,被派在英国东方舰队实习。1908年春,萨镇冰商得英国海军提督摩亚勃上将同意,改派孟慕超等至地中海大西洋舰队进修。孟慕超等人在这项训练航行中,驶经苏伊士运河、英伦三岛、丹麦、挪威等地区,费时一年半,完成此深具历史价值的航海训练。

据孟慕超长子前海军上校孟汉钟回忆,孟慕超曾在舰队航行于寒彻入骨的北大西洋马耳他港公海上时,军舰忽然停驶,英国教官命令中英两国军官跃身大洋,绕舰游一周再行登舰,目的在测试海军人员在零度以下的海水中的耐寒能力。孟慕超平时练就一副强壮的体魄,轻易地完成了这次突袭训练。后来孟慕超等八人学成归国,同仁们戏称彼等是"八仙过海",其实是表现了不服输的奋斗精神。

再度留英　学有专精

中日甲午战争后,北洋海军覆没,1909年(宣统元年),清廷议设"海军事务处",指派郡王衔贝勒载洵和海军提督萨镇冰为筹办海军事务大臣。次年11月,改称"海军部",旋成立"巡洋舰队""长江舰队",中国海军从此进入新纪元。是年,清廷再度指派孟慕超等人赴英深造,孟慕超遂在英国格林威治海军大学习海军专业技能,使他的专业理论更趋系统化,由于他学习认真,特殊训练勇敢,遂使他成为中国海军早期最优秀的军官之一。

1911 年(宣统三年)适逢英皇乔治五世举行加冕典礼。清廷派出副贝子载振为特使,巡洋舰统领程璧光为副使的代表团,乘"海圻"号巡洋舰前往祝贺,航海教练官孟慕超、刘永诰列入行列、英王举行加冕典礼时,孟慕超因英语特佳,乃随程璧光、汤廷光参加了伦敦白金汉宫举行的盛宴。

"海圻"舰完成任务后,孟慕超随舰赴巴黎晋谒孙中山先生,旋因墨西哥内乱,当地华侨生命财产受到威胁,"海圻"号奉命横渡大西洋,驶往美国、墨西哥、古巴和巴拿马诸地慰问侨胞,此行开启了中国军舰远涉美洲的先河。

1912 年,清王朝被推翻,中华民国诞生,南京临时政府成立,孙中山先生就任临时大总统。4 月,中山先生辞职,袁世凯继任大总统,临时政府迁北平,海军部也随之北上,袁世凯任命刘冠雄为海军总长。国内政局风云变色,"海圻"舰未逢其盛,而航行于海上一年多,10 月回到国内,此时,中华民国诞生了。

执教军训 桃李天下

1912 年,海军部将江南水师学堂改名"南京海军学校",不久又改称"海军军官学校",专以训练海军初级军官为宗旨,由李和为代校长,孟慕超为总教官。旋调充"应瑞"训练舰总教官,随后受聘兼任中央陆军军官学校、中央政治学校、中央警官学校和中央宪兵学校等校海军教官。孟慕超在各校授课期间,亲自编写讲义,后来辑成《海军战术》一书,盛行一时,广获好评。

海军部和各军事政治训练部门都十分敬重孟慕超,皆着眼于他对英国先进船舰及海军设施的熟知和对教学的认真态度。学员也特喜爱他,在他的教导下学员取得长足进步,真可谓桃李满天下,这是孟慕超最大的慰藉。

积功晋阶 荣获授勋

1913 年 1 月 18 日,袁世凯据"海军总长刘冠雄呈请授孟慕超、刘永诰为海军中校",其余 91 人授海军少校,孟慕超的升阶在军官中荣列榜首。

南京临时政府成立后,曾对陆海军制定了勋奖章办法,但未及执行。袁世凯就任大总统后,制定了勋奖章颁发的办法:勋章分白鹰、文虎两种,各分 9 等。

规定凡有特殊功勋的授予白鹰勋章;凡有武功或劳绩的,则授予文虎勋章。1913 年 5 月 9 日,海军部呈请对"海圻"舰赴欧美之行出力人员分别奖叙,呈文曰:"'海圻'赴英祝贺英皇加冕等,往返历时年余,计程万余里,该舰员各久涉风涛,具见劳苦。程统领璧光经年远使督率有方,汤舰长廷光远涉重洋驾驶尽善。所有'海圻'军舰职员学生理令分别奖。"5 月 12 日,袁世凯颁布特令,授予程璧光二等文虎勋章,汤廷光三等文虎勋章;授予额外副孟慕超、刘永诰等六等文虎勋章。

入海军部　执掌要务

　　1916 年,袁世凯非法称帝,次年即倒台,刘冠雄也一度下野,未几又东山再起,复任海军总长,孟慕超调至北京政府海军部任职,并于 1921 年晋升简任海军上校,此后先后担任军法司审检科长、军务司军事科长;抗日战争期间任参谋处军务科长。

　　那时,海军有一个特殊现象,即海军领导层控制在闽籍人士手中,中下级军官若非闽籍或不谙闽语者易受排挤,孟慕超虽拥有留英等高等学历和优良业绩,但因系江苏籍,为人又刚直不阿,故而屈才担任海军上校军阶长达 24 年,直到抗日战争胜利后,海军总司令改组,桂永清出任总司令,他在南京召见孟慕超,特授予海军少将,至此,孟慕超才荣列海军高级将领行列。他平易近人,视籍派如草芥,与其闽籍下属相处甚好,而自己长期不被重用,虽有怨言,但却淡然处之,显其高贵品质。

出席国家重要会议

　　孟慕超任职海军部后,从此与海洋绝缘了,但作为一位受尊敬的资深海军元老,他曾代表海军部出席了国民政府召集的一系列重要会议,开辟了他海军生涯的新旅程。

　　孙中山先生逝世后,国民政府在南京成立"总理奉安委员会",办理迎灵、国葬及招待中外来宾等事宜,孟慕超被临时调为由外交部部长王正廷为主任的招待组任干事,奉安期间,孟慕超与另 9 位干事共同接待了中外陆海空军高级将领 110 余人。

"七七"事变后,孟慕超曾代表海军部出席了航空委员会陆海通讯符号会议,投身抗日救国洪流。1937 年冬,南京沦陷,海军部撤往后方,改组为海军总司令部,次年成立海军作战教训委员会,孟慕超被调任研究员,着手从理论到实践两方面研究如何利用我远逊日本军力的海军力量进行对日作战。

1939 年 3 月,军令部组设"陆海空军沿革史编纂委员会",孟慕超偕秘书陈培源参加了会议。会后他着手搜集海军史料编纂研究,可说是海军历史资料编纂研究的先驱。

1940 年,军委会组织"建军委员会",起草《建军大纲》。孟慕超被聘为海军委员,主导筹划海军建军大纲。次年 12 月,又被邀请出席军委会召开的国防十年计划书的拟定会议,出席者还包括多位法制和建军专家。孟慕超负责研究建军发展方案,同时主编《海军杂志》月刊。他本人既会写又会译,这位海军学术权威,把这些工作做得有声有色,广获好评。

1945 年,抗日战争胜利,国民政府还都南京,孟慕超随海军总部东返。未几,海军总司令部撤销,成立海军署,孟慕超等一批元老官员被无故解职。1947 年秋,桂永清出任海军总司令,亲聘孟慕超为海军少将法制委员,旋即实授海军少将,继续重用,命孟慕超投入海军规章制度的研究和增订中,他虽年届花甲,却一如既往,勤恳为之。

1948 年 9 月 23 日,孟慕超感叹 8 位清末留英的海军学生中,硕果仅存,还在服现役的只剩下自己与吕德元、余振兴三位老少将了。被友人誉为"豪迈而富文采(才)"的孟慕超遂与吕德元、余振兴在南京海军总部合影留念。孟慕超还即席作诗《岁寒三友》:

1948 年 9 月 23 日,孟慕超(中)与吕德元、余振兴在南京合影,图为孟慕超的题跋照

> 横舍龙韬喜共探,海邦负笈忆归骖,
> 犀军几换沧桑局,形影相亲益友三。
> 劫余皓首尚同官,杯酒弥欣搄肺肝,
> 鸿雪襟痕留纸上,松身犹健镜中看。

郭存孝·周文杰作品

35

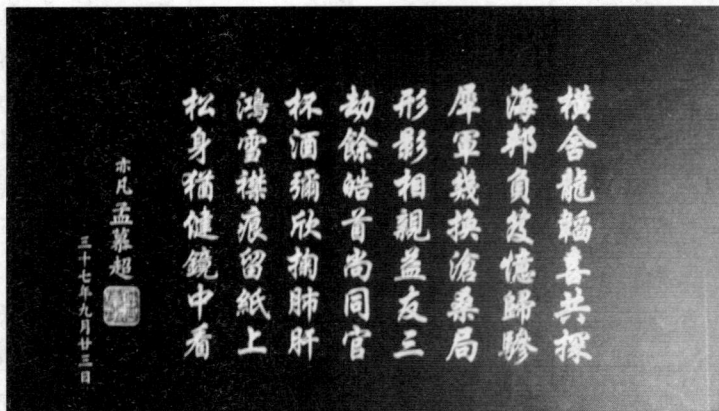

松身猶健鏡中看 鴻雪縱痕留紙上 杯酒襟欣摘肺肝 劫餘皓首尚同官 形影相親益友三 犀軍戟換滄桑局 海邦負笈憶歸驂 横舍龍韜喜共探

赤凡孟慕超

三十七年九月廿三日

1948 年 9 月 23 日，孟慕超将军在南京遗留的题词，现收录于王玉麒《海魂》一书

1949 年初，孟慕超等随军赴台，但仍从事海军法规的修改工作，直到 1953 年才正式退役。同年夏，孟慕超因哮喘病恶化，不幸在台北离世，享寿 70 岁。后与夫人合葬于台北富贵山之墓园内。

缔造罕见的海军世家

孟慕超不仅是一位海军元老，而且他还缔造了一个海军世家。孟夫人朱仪宾女士原籍江苏扬州，系海军耆宿朱天森少将胞妹。孟夫人含辛茹苦，相夫教子，数十年随夫南北奔走，历尽艰辛，把七子三女抚养成人。

孟慕超胞弟孟慕庄，1914 年毕业于山东烟台海军学校，历任各舰艇二副、大副及鱼雷副长等职，卒于 1954 年。

孟慕超长侄孟汉鼎，1928 年，毕业于山东烟台海军学校驾驶班。1930 年，被派赴日本留学，学成归国，长期从事海军军需业务。1944 年，升海军中校，担任海军部出纳科科长。1946 年，升海军上校，被派往英国进修。1947 年 11 月，随海军上校邓兆祥赴英接受"重庆"号巡洋舰，任上校军需长。后又任海军部第四署第一处处长。1954 年，病逝南京。

孟慕超长子孟汉钟，1934 年毕业于福建马尾海军学校第五届航海班，后任航海员、观测员、火工长，"江沅"舰二副。1943 年起，先后在美国费城斯瓦摩尔大学和马里兰州美国海军专科学校受训学习。1946 年回国，在海军总司令部任海军少校代科长，嗣任上海海军补给总部中校副总站长。赴台湾后，曾任上校外语联络官、教官等。现已是百岁老寿星，现仍住在美国华盛顿州史普肯市，四世同堂、安度晚年。2010 年 6 月 14 日，应邀为王玉麒著《海痴——旧说佘振兴与老海军 1889—1962》（2010 年 8 月台湾出版）作"雪了'甲午'之耻"的序文。点赞了佘振兴将军的"海痴"精神，也惠及其父的中国海军元老的历史功绩。笔者与这位大表哥有着长期的书信往来。

孟慕超次子孟汉霖，与其兄汉钟同校同届毕业。抗日战争时期在"平海"舰上担任高射炮见习官，1937 年 9 月 22 日，在江苏江阴炮击日军机群长达 6 小时，敌机不支遁去，孟汉霖不幸中弹牺牲，年仅 19 岁，乃抗日烈士、民族英雄。事后受到国家奖叙，名列忠烈祠。

孟慕超四子孟汉基，毕业于海军军官学校补给班和美国海军补给学校。曾任舰队补给官和对外联络官，又任海军军品储备库中校库长。退役后与家人团聚于美国加尼弗里亚州。

孟慕超六子孟汉烈，专攻海上通讯，先后在海军电台及军舰任通讯官。现住台湾。

孟慕超三女孟静芝，嫁与海军军官邓大明。孟静芝考入美国海军顾问团任秘书，为时十余载。夫婿邓大明历任舰务官、副舰长、舰长等，其间经考选分派日本和美国学习潜水及滩救等专业；又任海军滩救大队大队长。退役后，转任商船船长，曾航行五大洲，现已病故。

孟慕超侄孟汉英（孟慕庄三子），1945 年入海军，曾在南京海军补给总站任后勤工作，后转入中国石油公司油轮服务，曾因某轮上原油起火，孟汉英冲入燃油内抢救同仁，后因灼受重伤，结果不治身亡，亦人杰也。

孟慕超三子孟汉民，先后毕业于陆军和空军军官学校，官至空军中校。退役后，转入中华航空公司服务。现三代人移居美国加尼弗利亚州。

孟慕超将军一手缔造了一个海军世家，这在中国是鲜见的。这与他热爱海军、热爱国家的精神是密不可分的。虽然他学有专精，但海军事业却未能登峰造极，军阶一生止于少将，但他对海军的痴心和追随从未减少，因此造成子侄辈继之而起，一家十多人投身海军的壮举。特别是孟慕超将军毕生为中国海军的创建和发展以及实践到理论上的探索研究，真正做到了鞠躬尽瘁，死而后已！

郭存孝·周文杰作品

清末民初吴宗濂、赵元益译《澳大利亚洲新志》

2015 年 11 月,笔者在深圳大学城图书馆,喜见吴宗濂与赵元益合译之中文版《澳大利亚洲新志》。上海商务印书馆于民国二十五年(1936 年)十二月,据灵鹣阁丛书本排印出初版。这册中译本诞生于清朝光绪二十三年(1897 年),该书原为法文版,作者不详,创作于 1889 年(清光绪十五年)。两位中文译者为吴宗濂和赵元益,未将原法文作者及其简历译出,实是一大憾事!原著反映了那个历史阶段的澳大利亚的真实面貌,其内容的广度与深度、素材的翔实程度以及引用数据的丰富性,令人叹服!故作者敢以标之为"澳大利亚洲新志"。可见气度不凡!但是,难能

清末民初外交家吴宗濂

可贵的是,这是一份厚礼,因为它所包含的价值不菲,它为我们提供的是一份研究于 128 年前即澳大利亚建国前的历史珍贵档案。

吴宗濂与赵元益是清末民初翻译界高手

吴宗濂和赵元益是清末民初多种西文书的翻译高手。他俩通力合作,翔实而又完美地将多种西文原著译成中文,献于国人,功不可没。

吴宗濂(1856—1933),字挹清。清咸丰六年,太平天国运动期间,诞生于江苏省嘉定县(今上海市)。1876 年(清光绪二年)入上海广方言馆,学习法文。次年,改入北京同文馆,再学法文和俄文。毕业后,清廷授予同知衔候补记名海关道四品道员,随即任职京汉铁路局法文翻译。1883 年(清光绪九年)随中国驻俄国公使曾纪泽在沙皇俄国参加商改中俄《伊犁条约》的谈判。从 1885 年起,在驻美、英,驻俄使馆做翻译。1897 年回国后,就职于芦汉铁路稽查部。

1901 年(清光绪二十七年)在上海广方言馆任法文教习。次年起,出任驻法使馆秘书,驻西班牙使馆代办,旋任留英、法、德、比学生监督和驻奥国代办。1905年(清光绪三十一年)回国,任署理外务部右丞。即随镇国公载泽、户部侍郎戴鸿慈、兵部侍郎徐世昌、湖南巡抚端方、商部右丞绍英五大臣出洋考察君主立宪。1908 年(清光绪三十四年)升署理外务部左参议、右丞。1909 年(清宣统元年)出任驻意大利大臣。中华民国成立后,续为驻意大利公使。1914 年回国,任大总统府外交咨询等挂名闲职。译著有《德国陆军考》《随轺笔记》《法语锦囊》《英法义比志译略》("义"指意大利)《记孙中山伦敦蒙难》等。平生未到过澳大利亚和新西兰,但在清光绪二十三年,却与赵元益合译并出版了《澳大利亚洲新志》。1909 年,他还在旧《东方杂志》上发表了一个长篇的翔实宏文:《桉谱》,向国人郑重介绍这种世界稀有的已誉为澳大利亚的"国树",可见其对澳大利亚的深厚情谊! 后人不忘前辈之功,中国邮电部在 1990 年特别发行了"中国引种桉树 100 周年"邮资片,以示纪念!

赵元益故居

　　赵元益(1840—1902),字静涵,江苏新阳(今昆山)人。清朝的附贡生和举人。清同治八年(1869 年)起,在上海江南制造局的附属翻译馆充当西文译中文的工作,毕生独自著述,笔译、合译西书十余种。幼年时,因其母被庸医误诊而卒,遂发愤研究医术,久之便成名医。因受表哥华蘅芳影响,兼熟算术,却又精于格致之学。清光绪十五年(1889 年)作为医官,随从出使英、法、比、意四国使馆工作。归国后,重返翻译馆。光绪二十三年,他与董康等人在上海创办"译

郭存孝·周文杰作品

书公会"。彼在该会主持"采购泰西东切用书籍,向伦敦、巴黎各大书肆采购近时罕见切要之书,凡有关政治、学校、律例、天文、舆地、光化、电气、矿务、商业诸学",皆在网罗之中。应该是本年,他与吴宗濂合译的《澳大利亚洲新志》《澳门纪略》。光绪二十五年(1899 年),再与吴宗濂合译之《英、法、比、义译略》等进口外文珍本中的三本,等等。作为中国译林先驱和名医,他是向国内传播先进科学技术的先行者之一。今日美丽的苏州市有一座名人馆,其中"清代名人厅"中便展示着赵元益的事迹与文物资料。

澳大利亞洲新志

清
嘉定吳宗濂同譯
新陽趙元益

境界　澳大利亞在南洋各島之東南以此與亞細亞洲分開西邊有尖角直削在京師西經三度二十二分五十八秒澳大利亞之東有一凸角名比隆在京師東經三十七度十二分二秒澳大利亞之北有一凸角名紐爾克南緯十度四十二分在其南有凸角名韋爾孫南緯三十九度九分自東至西長約三千八百啓羅邁當自北至南寬約三千一百啓羅邁當

幅員　地面之廣七百六十二萬六千二百七十五方啓羅邁當澳洲爲地球最大之島較法國大十四倍得歐洲五分之四其地分爲五鬧地彼此不相牽制各有自主之權其中最大者曰西澳洲有二百五十二萬七千五百三十方啓羅邁當(法國、比國、德國、奧國、意國、葡萄牙國供之尚有七十餘萬)曰奴浮樹加爾第西特有八十萬零七千三百方啓羅邁當(英吉利三島有二十一萬九千七百九十五方啓羅邁當)曰南澳洲連北地併算有一百七十三萬零六百三十方啓羅邁當曰維克多利亞有二十三萬七千六百十方啓羅邁當

周圍　澳洲陸地之形平整有山其四周之邊斷者甚少約寬廣一萬三千至一萬四千啓羅邁當有海

澳大利亞洲新志

一

《澳大利亚洲新志》扉页

事实证明，吴宗濂与赵元益等的翻译杰作，在晚清洋务运动时期，为大家广泛地了解世界提供了有益的公共资源。值得多读、细读。

附录：

《澳大利亚洲新志》(全文)

境界 澳大利亚，在南洋各岛之东南，以此与亚细亚洲分开，西边有尖角，其形直削，在京师西经三度二十二分五十八秒。澳大利亚之东，有一凸角，名比隆，在京师东经三十七度十二分二秒。澳大利亚之北，有一凸角，名纽尔克，南纬十度四十二分。在其南有凸角，名韦尔孙，南纬三十九度九分。自东至西，长约三千八百启罗迈当(中译意"公里")。自北至南，宽约三千一百启罗迈当。

幅员 地面之广，七百六十二万六千二百七十五方启罗迈当。澳洲为地球最大之岛，较法国大十四倍，得欧洲五分之四。其地分为五属地，彼此不相牵制，各有自主之权。其中最大者，曰西澳洲，有二百五十二万七千五百三十方启罗迈当。曰南澳洲，连北地并算，有二百三十三万九千七百五十三方启罗迈当。曰魁伍司伦特，有一百七十三万零六百三十方启罗迈当。曰奴浮尔加尔第西特，有八十万零零七百三十方启罗迈当。曰维克多利亚，有二十三万七千六百十方启罗迈当。

周围 澳洲陆地之形，平整有山。其四周之边，断者甚少，约宽广一万三千至一万四千启罗迈当。有海湾海口等，为数不多。其南边靠西，形如弓湾，名曰澳洲大湾。该处有光陡坡，有低而有沙者，有直削成峭壁者，高一百至二百迈当。其内无通海之河，亦不能成海口。其正西一面，与此相同，南边靠东，维克多利亚、奴浮尔加尔第西特之东，其形各异。近太平洋一边之海岸，景致甚佳，有山阜、树林、牧场等。东北边船只不易湾泊，因海中多暗礁也。海口最大而最深者，名闸克森，其内有城，名曰昔得内(即今新南威尔士州首府雪梨)。又有一海口，名但尔凡，系在北地界内。又有一海口，名非里波(今译菲律普)，内有迈拉波尔纳城。又有四小城，一名挨得赖以得(今南澳州首府阿德雷得)、一名白里斯排伍(今昆士兰州首府布里斯班)、一名纽手揩司尔(今新南威尔士州纽卡素)、一名弗勒莘脱尔(今西澳州弗里曼特尔)。

地面高凸，澳洲为一极大之山，其高亦寻常，其边窄而不甚高。近太平洋一边，其地多山而饶，树木颇多，热带上之天气。因有海风而温和，如欲入山，山虽不高,颇属不易。自山而下,又至一山,豁然开朗,别有一境。其中有几条山带,孤立而形小,穿过其山,自东至西,或自北至南皆有之。另有数角,草木遮蔽,有槐树、胶树成小林。澳洲内地,有五分之四无植物与人迹,地面俱干,只有枯草。又有刺人之小树,无江湖、无翼。所有佳地可耕者,系在山麓及海滨。论其佳地,其宽广尚不及法国之多,只得占澳洲十四分之一。

稍远至内地,有一带颇宽,为极佳之牧场,其形如戒指、又如光环,其环之中间,竟无出产。澳洲之东南角最高,其山之极高,名澳洲阿尔魄斯山,又名蓝山(西名字峦)。比来奈山,犃来脱底维亭郎山,犃郎比盏山。以上数山,连澳洲统合而算其最高度,系在郎赛司过山中,距海面有二千二百四十一迈当,尚不及芒白兰一半之高,芒白兰之高,四千八百十迈当。

水利 地近赤道,内地平坦,山不甚高,少云雾,并无冰雪,因有此数故,并合天气甚燥,河形极微。最低处在洲之东南,该处有瀑布,有爱尔湖,犃而得纳湖,多伦湖。湖不甚深,形如大溪。其爱尔湖与他湖相通者,即罢尔古湖,话不登湖,麦刚大湖也。惟此数湖,大半干涸。另有近海之河,系人工开成者,不甚长,可以行船者甚少。竟有不能行船者,只有一大江,名曰墨尔累江,长约一千八百启罗迈当,面积有七十兆法顷,可行小火轮船,自海口行至阿耳百离城。通此江之河,有墨来别士河,加以腊克郎河,又有一河名大林河,因其水流长二千启罗迈当,故较大于墨尔兰江。澳洲之西斜坡,因其地土之松,欲成一河而不能,下雨时水积于地面,泛滥横溢。有碱地数处,名阿买段奥司丹勒弗罗阿,此数处即在夏时亦有积水。他池之水,只在冬令下雨时有之,亦有湖显露甚速,居然逐年放开,然倏无此等湖时亦甚速。此洲至少有三分之一,为人迹所未到,但今时可以决定,将来有人能考察此地,亦不能有所更改。

天气 澳洲数处之地势,城邑水道之形,可定澳洲之天气。沿海一带,有益于养身,百度寒暑表从未至一度之下,在日光中升至八十度,阴凉处不过四十度。其热气虽在热带,而为海风所吹和。雨稀,惟每下一次甚大。至于内地天气,迥不相同,大火炉风,空气干燥,雨水竟无草木,故不能畜养兽族。

草木鸟兽 澳洲植物,种类不多,树木内有槐树与橡胶树,此种树有高一百五十迈当者,较旧金山最高之树更高。无有矮树,有枝之树甚少,叶暗而不茂。禽兽之种类亦不甚多,所有者大半为澳洲之本产,兽身有袋,其名曰刚古罗。又有哇尔尼多兰格芒米否鸟,声不能鸣,羽毛甚肥泽发光亮,式样颇多。

民数 1788 年(笔者按:即清朝乾隆五十三年),罗打里海湾(与昔得内相近),始属于欧洲诸国。其时白种之民,只有一千零三十八人。1886 年,距始为属地之时,仅及百年,其时白种之民,有二百七十万零四千二百二十七人。内在奴浮尔加尔第西特(今译新南威尔士州),有八十万零零七百三十方启罗迈当,有一百万零零三千零四十三人。魁恩司伦特(今译昆士兰州)有一百七十三万零六百三十方启罗迈当,有三十四万二千六百十四人。南澳洲有九十八万三千六百五十五方启罗迈当,有三十一万二千七百五十八人。北领地有一百三十五万六千一百二十方启罗迈当,有四千二百六十二人。西澳洲有二百五十二万七千五百三十方启罗迈当,有三万九千五百九十四人。共计地面方启罗迈当七百六十二万六千二百七十五,人数二百七十万零四千二百二十七人。当始立属地之时,及寻得金矿之后,外来之民数骤加,近时民数之多,一因生多死少,一因自外洲而来者,白人加多也,土人渐减少,现只有五万五千人。

民死之数甚少,欧洲相比可知之。奴浮尔加尔第西特,每一千人内死者十五人;维克多利亚十六人;魁恩司伦特二十人;南澳洲十二人半;西澳洲二十人。奴浮尔加尔第西特,每年生三万六千二百八十四人;死者一万四千五百八十七,较多二万一千六百九十七人;进口者七万零三百八十八人,出口者四万一千八百九十六人,较多二万八千四百九十二人,共多五万零一百八十九人。维克多利亚每年生三万零八百二十四人,死者一万四千九百五十人,较多一万五千八百七十二人;进口者九万三千四百零四人,出口者六万八千一百零二人,较多二万五千三百零二人,共多四万一千一百七十四人。魁恩司伦特,每年生一万二千五百八十二人,死者五千五百七十五人,较多七千零零七人,进口者三万四千一百零一人,出口者二万零九百十一人,较多一万五千三百一十九十人,共多二万零一百九十七人。南澳州,每年生一万一千一百一七十七人,死者四千二百三十四人,较多六千九百四十三人;进口者一万七千六百二十三人,出口者二万五千二百三十一人,较少七千六百零八人,共多六百六十五人。西澳州,每年生一千四百六十六人,死者八百零六人,较多六百六十人,进口者五千六百十五人,出口者一千八百七十七人,较多三千七百三十八人,共多四千三百九十八人。统算生者九万二千三百三十三人,死者四万零一百五十四人,共多五万二千一百七十九人;进上口者二十二万一千一百三十一人,出口者十五万八千零十七人,共多六万三千一百十四人。统共多十一万三千二百九十三人。

教务 当官之教竟无之。耶稣教及各种秘密之邪教，比别种教多。入教者有一百五十一万一千五百二十三人。罗马天主教有五十一万六千五百零三人。

学校 官办大书院有三处，一在昔得内、一在迈拉波尔纳、一在挨得赖以得。该处为上等之功课，能入此学者有等级，如中国秀才、举人之类，与欧洲诸国所定之名目相同。其二等之学塾，不属国家，只由地方公款内津贴。其初学学塾，无论何等人必当入学读书，如其父母不令读教门之书者，亦听之。1884 年，启蒙学塾有五千八百四十四处，男童有二十八万六千一百十三人，女童有二十六万七千零七十八人。男教习五千六百七十四人，女教习六千二百七十六人。

耕种 1885 年，计算耕种之地，在奴浮尔加尔第西特，可耕之地有三十四万法顷。每一方启罗迈当，有千分顷之四之地可种。每一人约可种十分顷之三。维克多利亚，有九十三万法顷，每一方启罗迈当，有百分顷之四可种，每人约可种十分顷之九。魁伍司伦特有八万法顷，每一方启罗迈当，有万分顷之五可种，每一人约可种十分顷之二。南澳洲有一百十一万四千法顷，每一方启罗迈当，有百分顷之一可种，每一人约可种四顷。西澳洲有三十二万法顷，每一方启罗迈当，有分顷之一可种，每一人约可种一顷。可种之地共有二百四十九万六千法顷。

出产 所种之物，大宗为五谷、干草、薯蓣、葡萄、烟叶、棉花、甘蔗。

牧养 羊为澳洲最大之生意，共有六十六兆头。奴浮尔加尔第西特其数最多，有三十八兆头。维克多利亚十兆头。魁伍司伦特九兆头。南澳州七兆头。西澳州一百七十万头。若论每一人牧羊之多，须以西澳州居首，约每一人可牧羊四十二至四十五头。奴浮尔加尔第西特三十八头。魁伍司伦特二十六头。南澳州二十二头。维克多利亚十头。大半之羊为西班牙之种，毛极细软。

地产 1851 年，在奴浮尔加尔第西特部内，勒非司奔克里克，离居易庸不远，始寻得黄金。嗣于维克多利亚部内罢拉拉（今巴拉瑞特）城外觅得金矿。自此以后，又觅得无数金矿。维克多利亚部内三分之一为藏金之石，估值金价，自开金以来至 1886 年，有七千五百兆佛郎。只是维克多利亚一部，有五千兆佛郎之矿产，黄金之外，铜为最多。1845 年，在南澳州苦林加相近处，寻得铜矿,煤矿亦多而富。但其煤质不如英煤。另有银矿、铅矿,澳洲北领地之宝石。

制造 近年来在五处属地之中区,设立制造厂极多。奴浮尔加尔第西特有厂三千四百六十三,男女工匠有四万零六百九十三人。维克多利亚有厂五千七百八十三,男女工匠五万一千四百六十九人。南澳州有厂六百四十六,男女工匠七千九百五十二人。魁伍司伦特有厂一千零七十九,工匠之数未详。西澳州有厂九十一,工匠之数未详。共有一万一千零六十二厂。

商务 1886 年内,进口货物有一千二百八十兆佛郎。出口货物有九百三十五兆佛郎。其出口货之大宗为羊毛、黄金、铜、五谷、咸肉、皮、棉花、烟叶、糖、葡萄酒。

河道铁道电线 火轮公司三处,系属地有津贴者,另有无津贴之公司。陆路内各处有铁道。奴浮尔加尔第西特已造成之铁道有三千一百十四启罗迈当;造而未成者有四百三十启罗迈当,共有三千五百四十四启罗迈当。维克多利亚已造成之铁道,有一千八百零五启罗迈当;造而未成者有五百零九启罗迈当,共有三千三百十四启罗迈当。魁伍司伦特已造成之铁道,有二千五百零二启罗迈当,造而未成者有一千零五十二启罗迈当,共有三千五百七十二启罗迈当。南澳州已造成之铁道,有二千二百二十四启罗迈当,造而未成者有六百七十一启罗迈当,共有二千八百九十五启罗迈当。西澳州已造成之铁道,有二百四十八启罗迈当,造而未成者有七十四启罗迈当,共有三百二十二启罗迈当。1888 年,已造成之铁道,共有一万零八百九十三启罗迈当,造而未成者共有二千七百零九启罗迈当,两共一万三千六百零二启罗迈当。海底电线,自达尔文海口接到爪亚之傍茶亡齐;又自昔得内通到新西兰之奈尔森。又自美尔波尔伍(按指墨尔本)通到属尔叨士温(此在澳洲之南答斯马尼内,属英)。澳洲陆路电线,自北至南,从巴尔没司敦到美尔波尔伦。又自贝尔次至挨得赖以得(今阿得雷德)。各处大城俱有电线相通,共电线之长有四万九千五百三十六启罗迈当。

各种大城 美尔波里(今墨尔本)城内外有三十六万五千人。昔得内城内外有二十二万四千二百十一人。挨得赖以得城内外有十二万五千人。罢大拉城内外有四万一千人。特司脱城内有三万八千四百二十人。白里司罢伍有三万一千一百零九人。齐龙(今维州吉隆市)城内有二万零六百八十二人。阜次(今西澳州珀斯)城内有五千八百二十二人。

掌故 西历 1507 至 1529 年之间，澳大利亚为葡人所得，唯是考究明白，实在 1720 年，在爪哇京城之荷兰人考究得之。自 1606 至 1644 年内，荷兰人在北西南三处海边详细履勘，水手内之考究甚精，唯为有功者名阿背尔带司门，知西边之荒野居民之凶悍、贸易之清淡，因此立属地之意，迁延不就，靠太平洋一边较胜于前言之三面，人俱不知之。科克（今译库克）于 1777 年，始泊船于西南角，所有东面之海边，尽行认出，自好户角至牙京克角，全属于英国，名奴浮尔加尔第西特。

近今 1800 年，以后有法国之水手名罢代，又有一人名弗来西奈，亦往海边四周游历察看。英国第一次欲立商埠，在 1788 年，在罢带里海湾，唯是察看该处，方知不佳，故又换至南边，另择一海湾，名曰萨克森码头，其择地之人名曰昔得内，初次在该处设埠之时，有犯罪做苦工者七百五十七人；英人二百人，另有管理犯罪之人住于该处。今只能以游历著名最有功者称述之，罗森伊是第一人，穿过蓝山，爱文司与屋克司累，行过麦加里及辣克郎河，和浮尔余没行过维克多利亚西方一带，至非里河口。阿郎甘奈扛行至幕尔敦海湾，沙司达脱行过大林及墨累米赛尔行走西边沿海之山内，有多次极为尽力。伯爵司脱齐里几考究澳洲阿耳魄司山内之可瑟司可山，鹟勒哥里兄弟三人考究西澳洲之土地有十五年之久。后殁于 1848 年，因在澳洲自东至西又走一次即殁。男爵冯米累行过澳洲阿尔魄司山，即金白累等处。麦克都阿尔司打脱，在澳洲自南至北，自挨得赖以德起到忘第爱门止，白克自美尔波尔伦起至卡尔邦打里，及其回时，因饥渴而死。话白登行过澳洲西边荒僻之所在，电线道与特格累江之间，乔伍阿来克、藏特福来司、特齐尔司，此三人在澳洲西边游历。今时尚有许多游历之人，招寻澳洲各处之地，内有讲究地学者，又有专寻牧场者，此等人如是劳心劳力，可以令人认识，或者尚可寻得澳洲三分之二之地。1851 年，寻得金矿，澳洲由是兴旺，群聚多人，至今有愿常住澳洲者，又有从前犯罪充军之人或其子孙。其民分为二种，各不相涉，得金矿以后，失业之人一拥而来，又有想发财之人，几乎天下之人俱聚焉。该处居民之旧俗，因此丕变，众人俱想得金矿，故从前分开各不相涉之意，渐化而无。自彼时起，生齿日繁。1851 年，有三十万人，今有三百余万人。

澳司脱拉拉齐 澳洲内英属地。靠太平洋一边者，名澳司脱拉里——即澳大利亚——塔斯马尼。新西兰维底——又名婴维岛。又奴浮尔第奈内之一分。此数处总名澳司脱拉拉齐。

幅员民数 幅员之广,有八百二十一万六千五百方启罗迈当。民数三百八十万,合每二方启罗迈当有一人。

澳洲新民政事 澳洲各属地,彼此不相牵制,俱得自由,除西澳洲之外,各处各有政府,不相统属。立属地之法,与英国制度无甚区别,统辖该处之官即总督,系英君主所派。上议院之员,系律例官所派。下议院之员,须民间公举。所有律例,已经本处议院核准者,即可照办,假设有一律例,系英国议院中管属地事务之员议准者,须英君主批准,然后施行。属地公举之人数本甚少,所以该处公举者,可以全岛之人俱有之。

塔斯马尼

边境幅员 此在澳洲之南。南纬四十度三十三分,又四十三度三十九分。形如三角。其底线向北,其平面积六万八千三百零九方启罗迈当。城之最大者名奥罢(今译霍巴特)。

民数 1804 年,第一次到塔斯马尼之白人,系充军做苦工者。其时岛中黑色土人约有五千人。今 1889 年,白人有十三万七千二百十一人,每一方启罗迈当当有二人。其黑人消灭殆尽。1886 年,生者四千六百二十七人,死者一千九百七十六人,多二千六百五十一人。入口者一万五千三百九十九人,出口者一万四千六百三十人,多七百六十九人。总数生多于死,进口多于出口,共有三千四百二十人。奉耶稣教者十万人。天主教者三万人。启蒙教法,勒令一切之人俱学而不取费。不归教或归教由其自便。1885 年,有学堂一百零四所,俱归国家经理。有学徒一万零五百三十一人,有男女师二百九十六人。奥罢城有居民二万八千六百四十八人。郎出司登,居民有一万七千七百十五人。

耕牧制造商务 1885 年 12 月 31 日,计算巳种之地,有十六万七千爱克达呵。所种之物,五谷并结果之树。1885 年,所养之羊,有一百六十四万八千六百二十七头。地产最富者矿类,锡为最多。1872 年,在比所甫山中,寻得之金矿亦多。制造厂有三千三百三十一所。1886 年,入口货约四十四兆佛郎;出口货三十三兆佛郎。入口船只一千四百零五号,共六十九万二千四百二十九顿。出口货物之大宗有锡、啤酒、糖汁。

铁道电线 塔斯马尼之铁道,已造成者有四百八十八启罗迈当;造而未成者有二百二十二启罗迈当,总数七百十启罗迈当。海底电线,自乍尔土叨到迈拉波尔纳。

掌故　1642 年，有人名阿倍尔打司门，寻得此地。1804 年，始有赴岛谋生者，犯罪之人充军到澳罴叨魂，亦以是年为始。1854 年，该岛始为自主之属地。

笔者之跋　《澳大利亚洲新志》，作者为法国人，身世阅历不详。译者用的是文言文，译音带有强烈的主观性，译文也夹杂中国味。作者与译者均未到过澳大利亚，彼等只是照本宣读，故存在问题是不足为奇的。作者所引用的数据精细到个位数，十分惊人！用的是法国计算法。作者笔下的"澳大利亚洲"，虽然内容丰富，但其主要成分是由自然状况构成。可惜的是，作者在文中忽略了或淡化了一个根本问题，即当时的"澳大利亚洲"，仍是大英帝国的一个巨大的海外殖民地。这块殖民地在当时已处于一个拥有六个各自为政的殖民区，彼此正在钩心斗角酝酿成立中央联邦政府的历史阶段。客观事实是，这些殖民区的政府已对华人和原住民推行了"白澳至上"的歧视政策，作者对此既未详谈也缺少评说。我认为作者引用的原始档案资料当源于英国殖民部的官方公报，截至最晚为 1889 年。作者在他的"澳大利亚洲"的疆域内，还包含本岛内的塔斯马尼亚和本岛外的新西兰、斐济、巴布亚，为这些小殖民区也留下了些许的宝贵的历史档案。笔者认为这篇诞生于 128 年前的《澳大利亚洲新志》，虽然年份"新"意不浓、内涵也不够完善，但它的重要的历史价值则不容置疑，尤其是帮助我们细识 1901 年中央联邦政府诞生前夕的澳大利亚早期历史，实有裨益。

吴宗濂、赵元益笔下的新西兰与斐济及巴布亚

郭存孝·周文杰作品

　　清末民初翻译界高手——吴宗濂与赵元益笔下的150年前的新西兰、斐济、巴布亚的自然、社会、物产、人文,又是个什么样的模样呢? 我们能知悉并掌握先哲们遗存的这些数据和珍贵的历史档案,这对我们研究今非昔比的现代化新西兰及斐济等岛国的前世,很有意义。

　　两位翻译高手告诉我们:

新西兰(又名奴浮尔在耶得)

　　境界　在太平洋中,距南澳洲之东南约二千启罗迈当,共有两大岛,尚有多小岛,合为一地。地之面积共二十六万九千九百五十七方启罗迈当。

　　周围与山　岛之四边,共长四千八百启罗迈当。大埠名屋克伦特的乃丹及里脱尔顿。近此岛边之附岛不多,小肯岛内之最要紧者为斯特哇尔岛,在南边有福伏海峡隔之。新西兰两岛内,中间有高山横亘其中,南边之山更高,有许多火山,其火已熄,间有未熄火者。山顶离海面约高二千迈当。在其北岛名曰罗阿阜湖山,高于海面二千八百零四迈当。爱猣芒高于海面二千三百五十一迈当。此二座山,出乎群山之外,丛然矗立,气象峥嵘。近于海边,在其南岛名曰南阿尔魄司山,其山巅之雪,终年不化,极大冰块坠下,直至距海高三百迈当处。山顶最高处名曰科克,高三千七百六十八迈当,与塔斯马冰山相对,在山之直,至海边有高旷平原。

　　水利　最大之湖,在北岛者名曰韦克底,长二百七十启罗迈当。在南岛者名曰玛利南或名克鲁兜。又有斗巴为北岛最大之湖,替阿奴为南岛最大之湖。

　　水土　和平无病。北岛较热,最热之时,十四度三分,与罗马之莽特盉力欧米兰无异。南岛离赤道远,其天气可与奴尔芒特岛(属法国,在法之北境)相比,出热度,每年中数约十二度,夏时热度中数,北岛十八度五,南岛十六度三。冬时热度中数,十度又七度二分。平原内平地雪稀。西边近海处,雨水独多。

　　民数　新西兰之土人曰马里斯。当白人初到时,计有十二万人。1886年,只存四万二千人。白人初至之时,系在1840年,住于今之挖林登埠。1886年,

白人之数至五十八万九千三百八十六人。此一年内,生者一万九千二百九十九人,死者六千一百三十五人,多一万三千一百六十四人。进口者一万六千一百零一人;出口者一万五千零三十七人,多一千零六十四人,共多一万四千二百二十八人。奉耶稣教者三十九万三千九百七十一人。奉天主教者六万八千九百八十四人。启蒙学堂勒令幼童入学,不归教中管理不收费者,一千零二十七处。生徒八万一千六百六十三人。男女师二千六百十九人。此系 1886 年之数。

耕牧制造商务 已耕之地有五十四万顷,合一方启罗迈当有二顷,合一人种一顷。牲口有十五兆,合一人一方启罗迈当有五十五头,合一人有二十六头。在 1852 年,在哥罗芝头可寻觅得黄金。1861 年,在土白该寻得黄金,随后又寻得许多黄金矿。自 1857 年以来,黄金价值有一千零五十兆佛郎。另有煤、矿银矿等。各种制造厂,有一千六百四十三所。进口货,在 1886 年有一百六十八兆九十七万五千佛郎。出口货,有一百六十六兆八十二万五千佛郎;出口之大宗为羊毛、黄金、咸肉及肉汁、五谷等类。船只入口者,在 1886 年有一千四百三十二号,合九十九万零九百零三吨。

铁道电线 铁道之已作贸易者,有二千九百十一启罗迈当;造而未成者二百七十五启罗迈当,共三千一百八十六启罗迈当。自奈尔森到昔得内(按指澳大利亚悉尼),有海底电线一道。

大城 屋克伦特(今奥克兰)有六万五千人;的乃丹有四万五千六百十一人;克里司参司有二万九千六百五十五人;挖林登有二万七千八百三十三人。

掌故 阿培尔打司门于 1642 年寻得此地,阅一百二十七年。有科克(今译库克)游历北岛,科克先游海湾,名曰巴勿低,后至美尔苏里湾,彼与英王若耳治第三取此地。1770 年,科克并取南岛。初到新西兰之白人,有传教者,伊等在该处设立公所,该处今名罗塞尔。1840 年,始成英之属地。新西兰本属于奴浮尔加尔第西特,至 1841 年,始为另一处。

维底——又名裴维——群岛(即今斐济)

境界幅员 共有二百二十五小岛,在新西兰之东北,又在澳洲之东南纬十五度至二十二度。此中最大之岛,为维底雷。约一万七千至二万启罗迈当。

山水 其地多山,火成石及珊瑚小岛,到处皆有之。最大之湖,在维底雷,于名曰里哇,长六十迈当,可以行船。

水土 水土甚洁。赤道之热气,为海风吹散,周年热度,中数二十六度六分,在太阳内至多五十度,至少十五度五分。周年雨水,中数约得二迈当又八十九。

民数　居民十二万六千人，内有白人二千二百九十三人。1859 年间，土人尚有二十万人，后渐减少，此与澳洲他处属地相同。岛中有二城：一名苏浮、一名里和开。

耕种商务　种玉蜀黍、棉花、甘蔗、咖啡等。1885 年，入口之船一百二十四号，有五万四千吨；入口货，自 1875 年至 1885 年，有五十七兆佛郎。出口货，有五十兆佛郎；出口货之大宗为糖、可可油（又名苟苟）、各种果子、棉花、玉蜀黍。

船期　有按期之火轮船到新西兰、昔得内、奴浮尔加里度尼。

掌故　此数岛，系阿倍尔打司门于 1643 年寻得之。后科克又考察之。1804 年，有犯罪充军者数人到新西兰，至利哇岛，即行居住。1874 年，土酋投诚英国，归其保护，阅一年，此数岛渐成属国也。

奴浮尔第奈（今巴布亚）

奴浮尔第奈一名巴布亚。在澳洲之北，中隔一海峡，名多勒。地之幅员有七十八万五千三百六十二方启罗迈当。岛之中间有高山一带，名萨尔路易及非尼司堆尔等，山岭甚多，高过永雪界。水道不甚明悉。唯此岛之土甚形肥瘦，因土高之故。雨名甚多。天气热度不大，周年热度约二十七度至三十二度，极热时不过三十九度。居民约五十万人。此岛为三国所分：西北属荷兰、东北属德意志、东南属英吉利。1526 年，葡萄牙人始寻得此岛。

（注：本文与上篇《澳大利亚洲新志》，均引自 1936 年 12 月上海商务印书馆《使德日记及其他二种》）

孙中山垂爱澳大利亚侨胞概述

　　孙中山先生是伟大的民主革命的先驱、伟大的爱国主义者、伟大的民族英雄、伟大的 20 世纪中国第一次历史性巨变的领导者。他的一生，是为近代中国的民族独立、民主自由、民生福祉而无私奉献的一生，是为国家统一、振兴中华而殚精竭虑而鞠躬尽瘁死而后已的一生。孙中山先生也是全世界海外华人华侨之父。笔者身为澳大利亚华侨的一分子，对于孙中山先生在海内外所创建的伟大的历史功绩，始终怀着深切的敬意！

　　今日的"台独"份子，变出花样来"去中国化"，说穿了就是妄图"去孙中山化"，这是逆时代潮流而动，逆世界华人华侨的心愿而动，这是不得人心的，也是注定要失败的。

　　实际上，全世界包括澳大利亚的华人华侨，对孙中山先生发起的革命活动，从一开始便与之站在同一战线上，总是全身心地报以积极的响应，无论是精神上的同情，还是物质上的不断支持，尤其是在赞助军饷方面，总是慷慨解囊。孙中山先生深受感动，他不分国界、不分疆域地尊称华侨为"革命之母"，这是给世界华侨包括我澳大利亚华人华侨的最高奖赏。对此，世界古今华人华侨包括澳大利亚华人华侨是铭刻在心的。

关心奖励澳大利亚华侨

　　孙中山先生虽然没有到过澳大利亚和新西兰，但是他是非常了解并热爱澳大利亚的。他总是将爱心送给澳大利亚、新西兰等国的侨胞。澳大利亚等大洋洲诸国华侨，虽然不曾目睹孙中山先生的风采，然而孙中山先生在他们心目中的地位是至高无上的，他们认识到孙中山先生的革命思想产生的凝聚力、影响力是巨大而深远的。

　　孙中山先生就任临时大总统前后，澳大利亚侨胞在中国政治的大气候笼罩下，俨然形成两派。悉尼（早期译为雪梨）是保守旧派侨胞的中心，宣传孙中山先生共和思想的中心则在墨尔本。

1921年，中华民国诞生后，消息传到澳大利亚，华侨载歌载舞，纷纷庆贺。他们体恤临时大总统的困难，纷纷向孙中山先生伸出了援助之手。当时的"少年中国会"曾募集了1500多英镑汇往中华民国政府，孙中山先生很感动，特颁奖状鼓励。奖状上写道：

美利彬（墨尔本）少年中国会于中华民国之始，踊跃输将。军储赖济。特予优等旌义状。奕代后民永多厥义。此旌。

中华民国元年三月初一日

临时大总统孙文

此奖状是孙中山先生与澳大利亚华侨社团首次联系的证明，也是珍贵的文物。

祝贺国民党澳大利亚悉尼总支部诞生

中华民国肇始，政局纷争仍很激烈，对澳大利亚华侨亦产生极大影响。此时中国派驻澳大利亚首都墨尔本的总领事魏子京为北洋政府代表，这位使节是北洋政府利益的维护者，但共和派势力亦非弱势，两派在争夺华侨的斗争中相持不下。直到1916年袁世凯称帝失败去世后，澳大利亚华侨政治力量对比才发生根本性的变化，共和派势力占据了上风。之后，在孙中山先生的关怀指导下，中国国民党第一个澳大利亚支部在悉尼诞生了。这支中坚力量的出现，可谓是澳大利亚及整个南太平洋诸国华侨政治生活中的一件大事，其首任党支部主席为郭标（1868—1931，广东中山人，1882年赴澳大利亚谋生，后为澳大利亚华侨领袖，是上海永安公司创办人之一）。1922年，中国国民党澳大利亚党支部举办了全澳大利亚恳亲大会及支部落成庆典。孙中山先生亲赠墨宝——"同心协力"，上款写"澳洲国民党恳亲大会"，下款写"孙文敬祝（私章）"。全文楷

书,字体丰厚、苍劲有力。

孙中山先生又热情地为中国国民党雪梨支部成立,亲笔题赠一幅墨宝:横写:"碻立不拔"四个楷字,下款写"雪梨支部落成志庆,孙文(私章)"。

此外,孙中山大总统还为墨尔本分支部办公楼的落成,发表一则"训词"。全文如下:

维中华民国十一年正月一日中国国民党澳洲美利滨分部党所落成并开恳亲大会驰书请以一言为训文曰

溯自革命成功吾党应时势之要求为远大之组织将谓与中华民国永保无疆之福已顾国基初建付托非人袁逆叛国帝制自为以其所以祸国者祸吾党于是阴谋百出贼我元良坏我丕基利诱我弱者威迫我健儿于意是有癸丑之役文惩前之失改造斯党海内之士颇引为难然海外同志努力坚持未闻有因失败而自馁者讨袁之役美洲一隅集款多至百万其他各埠莫不踊跃输将争先恐后忠义之徒手奋呼愿以身殉奔集革命军旗下转战齐鲁闽粤以血肉之躯与逆奴相搏前仆后继不可毕举内地人士闻之奋发其鼓舞群伦有如是者澳洲僻处海陬国人侨是邦者为数亚于南洋群岛然勤朴劳苦爱国爱党出乎至诚美利滨分部成立后,同志益自策励协力前进建兹宏宇蔚然大观诸同志任事之忠且勇矢志之远且大方兴正未下也兹者大盗窃国毁法灭纪举国鼎沸莫可终日吾海外同志回顾宗邦顿疾首其奚能已文兴师护法再造政府辱承国会推黄居元首本吾党为国牺牲之志极大戡乱图治使艰难缔造之民国由文而手创由文而中兴嗟我同志责任在躬曷能旁贷维钦维敬毋怠毋荒念之哉慎厥后于时保之以永终誉。

孙文(私章)

按此"训词",名为致墨尔本全党及华人华侨,实为发给全澳大利亚的党员及华人华侨的一篇檄文,旨在声讨窃国大盗袁世凯,号召全体旅居澳大利亚的华人华侨要为保卫新生的中华民国而奋斗!

继悉尼和墨尔本之后,昆士兰州的布里斯班、南澳州的阿德雷得、西澳州的珀斯等地华侨的国民党支部也先后诞生了。1917年,新西兰的第一个奥克兰支部也成立了。到了1920年,澳大利亚北领地的达尔文和南太平洋的法属塔希堤岛(又译大溪地)等支部也出现了。于是,在孙中山先生和国民党中央党部的关注下,经过协商,所有支部最终统一认同澳大利亚悉尼支部为总支部。

悉尼总支部成立后,迅速成立"救济局",旨在统一接受澳大利亚包括新西兰、大洋洲各个支部以及个人的捐款。悉尼华商领袖黄柱等曾向孙中山先生捐款2000英镑。孙中山先生对此义举非常高兴,夸奖澳大利亚侨胞"爱国有心,接济无懈"。1920年10月25日,孙中山先生向黄柱等寄来一封亲笔签名函,表达他的谢意和敬意。

函曰:

雪梨救济局

黄柱先生暨 诸执事先生钧鉴 昨承电汇永安转来 贵局存款英金二仟镑已照收到随经电复料经均览兹由财政部照给收据壹纸请为查收敬悉

诸先生救国有心接济无懈至为感佩兹者惠州已复广州将下堪慰　热诚第
饷需甚急仍恳源源续济俾师行无阻是所至祷此复并颂

　　均安

孙文　九年十月廿五日

为澳大利亚中文报亲题报名

郭存孝·周文杰作品

1904 年,共和派成立了"新民启智会",1908 年,创办了中文报《警东新报》。是年,两位共和派人士、国民党人黄右公、刘月池抵达墨尔本,即被聘任《警东新报》编辑,他俩执笔,便与保守派的喉舌《东华报》展开论战。1919 年 12 月 20日,维多利亚州的国民党将《警东新报》改名《民报》,随即请孙中山先生题写报名,孙中山欣然允诺,于是便亲笔题写"民报 孙文题"五字,并加盖"孙文之印"(私章),以示慎重。

1922 年《民报》迁悉尼,欧阳南任经理,黄右公等为编辑。逢周六、周日出版,由澳洲邮政总局发行,后改为三日刊。该报阐明其宗旨是:"鼓吹世界大同,促进人类道德,光复固有人权,排斥专制民贼。灌输侨界智识,铲除迷信积习。"该报一度停刊,很快又复出,直到 1950 年才正式休刊。《民报》是当时澳大利亚发行时间最长的华人中文大报,它是我华人新闻媒体的光荣先驱。福生于微,这与孙中山先生的泽惠是分不开的。

1914 年,郭标、余荣等在悉尼创办《民国报》,公开抨击袁世凯的倒退言行,支持孙中山先生的民主革命思想。该报曾请求孙中山先生赐赠墨宝,孙中山未负众望,即书"天下为公 民国报社嘱 孙文(私章)"。该报特刊于头版头条,这对该报的发行功莫大焉。曾日销 2000 份,除澳大利亚外,该报还发行到南太平洋各埠。于 1925 年停刊。

首派私人代表刘星海赴澳大利亚慰问侨胞

1917 年 9 月,孙中山先生在广州就任中华民国护法军政府的陆海军大元帅。他为了感谢澳大利亚华侨爱国护党的精神,并希望继续得到澳大利亚华侨对广东军政府发动的北伐战争的物质支援,1918 年,孙大元帅特派他的私人代表刘星海,赴澳大利亚了解侨胞的疾苦并加慰问,同时考察了华商的生存与发展情况。

再遣政府特使陈安仁到澳大利亚进行筹饷

1920年4月，为了削弱北洋军阀政府在华侨中的势力，并巩固壮大澳大利亚和南太平洋华侨的革命力量，中国国民党悉尼总支部召开了第一次全澳代表大会，参加大会的有来自澳大利亚和南太平洋所直支部的代表70多人。其中有政治家、牧师、医生、律师、记者、工会会员及商人，大会开了8天，孙中山先生的革命思想得到进一步诠释。可以说，这是进步力量的一次大检阅，意义非凡。

为了支持澳大利亚华侨方兴未艾的共和势力，继续声讨祸国殃民的军阀统治，并为开展北伐正义之战筹集资金。1921年10月孙中山先生决定利用悉尼"一大"后的大好形势，特派陈安仁（1890—1969）为政府特使，到澳大利亚进行访问视察，这是有史以来中华民国元首派出的官方访问澳大利亚的第一位使节，影响深远。

陈安仁

陈安仁，广东东莞人，字仁甫。1910年加入同盟会，参加辛亥革命，任广东北伐军总司令部秘书。1914年起任《觉醒》《大光》《天声》《民醒》等杂志编辑、总编辑。积极宣传孙中山的革命思想和主张。1921年8月，他为了支持孙中山就任非常大总统并开展北伐大业，在广州发起成立了"中央筹饷局"。是年10月，被孙中山大总统委为特使派往澳大利亚。陈安仁抵澳后，在悉尼和墨尔本受到了热烈欢迎。他在两地进行演讲，强调孙大总统的政治主张，号召悉尼、墨尔本两埠华侨为北伐战役献金。两埠华侨和国民党员积极响应，悉尼、墨尔本和斐济共捐款4000余英镑，第二年又捐出5000英镑。陈安仁出访，不仅得到了澳大利亚华侨的财力支持，更重要的是大大加强了澳大利亚各支部在思想上、组织上与广州国民党中央党部的联系。陈安仁未负使命，前赴澳大利亚等地考察筹饷获得圆满成功，获得了孙中山先生的嘉奖。

1923年8月，陈安仁用"中国国民党驻澳洲太平洋群岛雪梨支部用笺"，向孙总理呈报他在澳大利亚等地考察筹饷情况。他写道：

驻澳洲特派员陈安仁为呈报事 安仁不才猥蒙总理擢拔委派巡视澳洲暨南太平洋群岛各部宣传辅助党务鼓吹筹饷调查及联络侨情等职。忆自余十年（按指 1921 年）八月三十一日偕同雪梨支部代表黄来旺君动程往澳。于九月八日到山打根埠登岸后与当地侨商林文澄、李锡麟等君筹北伐军饷事经函请粤东中央筹饷局委林君等为筹饷干事其后结果筹得军饷七千余港元（约十镑）途径澳洲圣士汤士威、半里士彬等埠曾登岸宣传西南政府德、意及鼓吹筹饷于九月二十二日安抵雪梨城 兹将二年来巡视澳洲及南太平洋各部经过办理各事揭系大端依实呈报

（注：陈安仁此报告系用毛笔繁体字、无标点。笔者稍用标点并空格分段，便以阅读）

陈安仁后任驻南洋特派员、国民革命军总政治部编审委员、国民政府侨务委员、教授等职。他是位著作等身的学者，著有《中国政治思想史大纲》《中国近代政治史》《六朝时代学者之人生哲学》等。由于他是中国侨务先驱，亦是澳大利亚和世界华侨的挚友，所以深受华侨爱戴。1949 年移居新加坡，但晚景凄凉，生活潦倒，1968 年谢世，终年 79 岁。

"一大"期间 看重澳大利亚代表黄右公

1924 年 1 月 20 日至 30 日，时任陆军大元帅、国民党总理的孙中山，在广州亲自主持召开了划时代的有共产党参加的中国国民党第一次全国代表大会。参加大会的海内外代表 165 人，与会代表一部分是孙中山先生指派的，一部分是由各省市选出的，华侨代表则是由各侨居国的国民党员中推选出来的。澳大利亚悉尼总支部推选的唯一代表是黄右公，此君参加"一大"，备受孙中山先生的重视。

按大会主席孙中山先生的指示，邀黄右公登上讲坛向大会做了悉尼总支部党务状况的报告，受到与会代表的一致好评。随后，孙中山先生还亲自指定黄右公为大会宣传问题审查委员会委员。

黄右公是澳大利亚华侨代表和国民党中受孙中山先生亲自指派的唯一幸运之人。

孙中山思想继续鼓舞着澳大利亚的华侨

1925 年 3 月 12 日,孙中山先生因病不幸在北京谢世,但孙中山先生的光辉思想继续照耀并指引着后来人的前进步伐!

1926 年 1 月,中国国民党在广州召开第二次全国代表大会,谭延闿任大会主席,本届大会来自澳大利亚的唯一代表是王健海(1894—1963)。1 月 12 日,王健海向大会做了澳大利亚、新西兰和大溪地的党务报告。其中他提及"澳大利亚有总支部 1 个,支部 6 个,党务是公开的,经济方面也比欧洲较好"。他的报告得到与会者好评。

王健海,字国祥,广东惠阳人。曾加入同盟会,1911 年 11 月,参与辛亥革命广东光复之役。嗣受孙中山之派遣赴澳大利亚、新西兰、大溪地主持当地国民党党务,长达 20 余年。历任国民政府行政院侨务委员会委员、国民党驻大溪地直属支部执行委员、制宪国民大会代表、宪政实施促进委员会宣传委员会委员等职。1963 年逝世,享年 69 岁。

自从中国国民党第一次全国代表大会召开后,澳大利亚各支部为了便于接受孙中山先生和国民党中央党部的指导,并保持中澳两地的密切联系,国民党悉尼总支部设立了以陈伍一为主任的广州办事处。据记载,1931 年,国民政府在南京召开"国民会议"时,澳大利亚华侨选代表便是陈任一。陈任一(广东新会人)为早期移民,清光绪末年与刘月池、刘灯维等组织"中国少年会",后为墨尔本国民党支部委员。

出席"国民会议"的法属大溪地的侨选代表是国民党执行委员巫笑竹。驻秘鲁和巴拿马的直属支部及侨民代表便是前驻澳大利亚特使陈安仁,不过这已是孙中山先生仙逝之后的话了。

1925 年,孙中山总理不幸仙逝,这是中国民主革命的无法挽回的重大损失。全国人民无限悲痛!1929 年 6 月 1 日,国民党悉尼总支部为孙总理奉安大典特设灵堂,以示纪念!是日,墨尔本分部亦设灵堂,张挂对联"精神不死,主义常存";横幅曰"浩气长存",以此纪念总理奉安大典。

时光飞逝。2016 年,已是孙中山先生诞辰 150 周年,世界各地华人华侨皆举行了隆重的纪念大会。我侨作为历史的接力赛者,我们的誓言是继承孙中山先生的革命遗志,学习孙中山先生的进取精神,弘扬孙中山先生的博爱情怀,奋笔谱写强大的统一的新中国的华丽篇章!

本书作者郭存孝、周文杰出席在北京举办的第二届世界文学大会,图为郭存孝据本文做大组发言

胡适与上海小报界名人的交往与纠结

在晚清与民国期间，亦即从 1840 年到新中国成立前，逐渐兴起于大城市中的一种旨在服务市民，以消遣娱乐为主，结合新闻、掌故、文艺及食货等为一体的，充满趣味性和可读性的短小精悍的小型地方报纸。据知这些多如繁星的小报，现在主要收藏在上海图书馆。

笔者本以为作为一位洋博士，胡适会不乐意与这些通俗性、娱乐性、市井小报有什么稿件往来。结果在《晶报》中，喜获胡适的短文。多报翻阅，还知道胡适与《上海画报》《晶报》《时报》（位列上海《申报》《新闻报》大报之后排第三）等多种小报的创办人、资深主笔张丹斧、钱芥尘、狄楚青、陈景韩（冷血）、包天笑等，多有往来，既有交情更有深交。胡适与张丹斧、钱芥尘、狄楚青且有书信往来或赠送题词的情怀。更有趣的是，笔者还发现胡适对小报的能量和作用抱有积极态度。1921 年 10 月，胡适在日记中曾吐露过心声，他说："《时报》于我少年时很有影响。我十四到上海（甲辰），《时报》初出版，我就爱看。我同它做了六年朋友，从十四岁到十九岁，正当一个人最容易受到影响的时代。《时报》的短评、小说、诗话，都能供给一般少年的需求。那时受《时报》的影响，究竟还是好的多。"更有甚者，笔者还发现胡适与个别小报主编，在笔墨官司中还有少许的"刀光剑影"。这些虽系吉光片羽，然亦堪称珍贵。

胡 适

胡适与文坛"怪物"张丹斧

郭存孝·周文杰作品

张丹斧(1877—1937),外号"洋场奇才",戏称"文坛怪物",江苏仪征县人。自署丹翁,晚年号无为。早年曾中秀才,后入天津洋学堂,抵沪补习英语。曾入南社,为著名社员。光绪末年创办《扬子江报》,又任《风人报》编辑。宣统年间,在上海就任一份白话文报——《竞业旬报》的主笔。1908年,胡适接手任主笔,于是二人成同事兼文友。此后他俩之间的嬉笑交往成为他们人生华章的经典片断。

张丹斧在办《小日报》创刊前,曾请时任北京大学教授胡适撰稿,来信既恳切又带敬意。信曰:"适公,我是您的旧朋友,您无论何等忙法,不屑替别人做文字,旧朋友的文字,忙里偷闲总要做一

张丹斧

点儿。虽拿我开心,我看见了都是极欢口长的。说到征文未免客气,今世简直是拉住老朋友,硬请帮帮忙。您现在虽口似的("口"为辨认不清的代号),我泥似的,但我看您仍像住在竞业报馆西边房里的胡铁儿一样,您心内大概也是如此。有一天在马路上匆匆地好像看见一个人,您猜哪一个?谢小庄,奇怪,那是谢小庄,分明一个人家的烧饭师父,未来得及招呼他去远了。小日刊,因'刊'太像'刻'字,怕人认不得,已改作小日报了,无非热嚼大头蛆,您不可不来耍耍。辛白已奔丧回去么?我真想他得很。具甫 新改名延礼状。"

民国小报辟专版向读者推介"奇才张丹斧"的书画

1919年3月21日,胡适给张丹斧复了信:"丹翁:你的来信,我应该遵命,但是

63

此时忙,倘有工夫,我一定做点'小文'字送来。《小日报》出版时,请送我一份。"随后《小日报》出版时,张丹斧将胡适复信登于创刊号上,旨在利用名人效应,为小报开辟一个好的销路。

是年11月9日,张丹斧在《晶报》上发表一篇《为什么新诗都做得不好》,意在调侃胡适做不好旧诗,所以才提倡写新诗。胡适对此挑战,决不保持沉默。七天后,胡适在同一份小报上发表了一篇题为《与丹翁说话》的短文应战。兹将胡适大文重刊以下:"你的《为什么新诗都做得不好》,实在是一篇骂人利害的文章。但是你的'成见'太深,故不免有冤枉新诗的地方和过誉旧诗的地方。即如'幽香雾,云鬓湿'两句,我老实闻不出什么香气。又如'书纵远'三字,究竟有什么了不得的好处? 总之你既承认'那首新诗却也不能说不好',何必又说'新诗都做得不好呢?'这样一笔抹杀,便是你的成见作梗。我们作新诗的人,最共同的态度是'尝试'两个字。你是一个绝顶聪明人,我很盼望你能破除成见,用你对我的新诗的态度来细心研究别人的新诗,承认我们有大胆'尝试'的权利,以后你自然也会变换现在的见解了。忙得很,不能打笔墨官司。恕罪恕罪。适。"这封信,可以说是胡适维护新文化运动的胆略和气势,并阐述新诗的出现是时代的需求,既合理也正当。

胡适的《与丹翁谈话》在《晶报》刊出后,引起社会反响

1921 年 7 月 20 日,胡适在日记上写下:"今天的《商报》有张丹斧和我开玩笑的一篇文章:《胡老板登台记》。"这是由一位自称是北京大学学生许新白所作,此人借胡适应张元济之邀,出任上海商务印书馆编译所所长时,就其排场、待遇等夸大其词,甚至无中生有,旨在哗众取宠。张丹斧还介绍许新白去实地调查,胡适接待了这位陌生的学生,用事实粉碎了他的谣传。胡适知道这场戏的后台是谁,但只说了一句:"今天(7 月 21 日)去看张丹斧,他是一个顽皮的玩世家。"从而便宣告这个玩笑已经结束了。

1921 年,这一年可谓胡适与上海一些小报的社长、主编接触最频繁的一年,因为这一年胡适在上海,近水楼台先得月,有些报人都想借助新文化运动名人的效应。是年 7 月 17 日,胡适"晚间到《申报》馆看史量才,《时事新报》馆看张东荪,《商报》馆看狄楚青,《神州日报》馆看张丹斧,皆不遇"。连访四个报馆,却半个人影也未见到。21 日,《时报》馆侯可九君来访,张丹斧介绍许文声(辛白)来访,胡适忙"去看张丹斧",真不知为谁辛苦为谁忙?!

多年以后,1929 年间,张丹斧与毕倚虹(1892—1926,江苏仪征人,《上海画报》创始人)共同编辑《上海画报》时,张丹斧在画报上写了一首"剑指"胡适,名曰《捧圣》的打油诗。说什么:"多年不捧圣人胡,老友宁真怪我无。大道微闻到东北,贤豪哪个不欢呼。梅生见面常谈你,小曼开宴懒请吾。考据发明用科学,他们白白费功夫。"胡适看后,立即复了一首《和丹翁捧圣诗》:"庆祥老友多零落,只有丹翁大不同。唤作圣人成典故,收来干女画玲珑。顽皮文字人人笑,愆赖声明日日红。多谢年年相捧意,老胡怎敢怪丹翁?十八,三,一九。"

胡适这首打油诗,深入浅出,点破了他与张丹翁往日有痕的岁月,道出了他俩嬉笑人生的韵味与价值。也许这对张丹翁来说,如此玩笑,可收双倍的快乐。但对胡适来说,如此嬉耍,却是赔本的交易,除了穷于应对,则无乐趣可言。胡适这首诗的原抄稿,

胡适《和丹翁捧圣诗》

65

现已收入由台北胡适纪念馆主编出版的《胡适手稿》第三册。

张丹斧在《捧圣》中，提到"梅生见面常提你"一句，按此"梅生"系指《上海画报》摄影美术兼文字编辑黄梅生。胡适应黄梅生之请，曾为之书写一幅白话诗扇面。文曰："鲍老当筵笑郭郎，笑他舞袖太郎当。若教鲍老当筵舞，依旧郎当舞袖长。"胡适在诗后作跋："杨大年的文字，石守道目为三怪之一，然这一首却是很好的白话诗，殊不像西昆大师的作品。"此诗连同前一首诗，均刊于《上海画报》。

胡适与"报坛耆宿"钱芥尘

钱芥尘(1886—1969，浙江嘉兴人)，是位饮誉于清末民国的"报坛耆宿"。他与胡适相识较早。清光绪末年，胡适由中国公学退学，组织新中国公学，时年十六岁的胡适，竟挑起初级英文教员的重担，令人刮目看，但也引起钱芥尘的好奇与注意。

钱芥尘坠地十八天即丧父，赖母鞠养成人。曾考中清朝秀才，后因投稿结识蔡元培，1904年受邀赴沪，参加《警钟日报》的校对工作。从此开始了他的报人生活。辛亥革命后，蔡元培创《大共和日报》，章太炎为主编，钱芥尘继任总经理，张丹斧、张季鸾、胡政之、

报坛耆宿钱芥尘

余大雄(谷民)等分任编务。为了报纸的出路，钱芥尘想到了虽年轻但其才华已显山露水的胡适。于是用上海大共和报馆用笺，向胡适发了一封带恭维性质的征稿信。文曰："适之先生 十天重洋，暌隔癏想，为劳累辱口有问感荷之余，忻悉学日俱富，动口多绥，为祝为谢！每于德兄处获读手书，日思以旅美记者乞先生担任口，以学业时间有碍为虑，用是未敢陈请。今荷 远念故人，彰以弘著，当为国人饷威。何可口此，不独敬邦之幸，亦阅报者之本务。祈陆续赐稿，以关于口国者之译论最佳，谨当遵照 雅命，月以二十饬口为纸口口口。致临颖盼切，不尽所云。即颂学祉。弟钱芥尘拜启 一月四日。"(笔者按：因原件个别字辨认不清，故以口代之)

未等得胡适的回音，钱芥尘已离开《大共和日报》，出任《神州日报》经理，

采金摘玉集

CAIJIN ZHAIYU JI

彼乃邀张丹斧与余大雄出任编务。未几,钱芥尘将《神州日报》交与余大雄,自己出任上海《新申报》总主笔,同时又创办《新中国杂志》。旋在天津办《华北新闻》,在沈阳办《新民晚报》。待毕倚虹谢世后,又接办了在上海早已声誉卓著的《上海画报》的重任。

据郑逸梅说:1926年,钱芥尘在上海新闻界组织东北视察团,成员都是各报的总编辑及名记者,有戈公振、潘公展、严独鹤等,代表团抵达后,立即受到了张学良的亲自接待。张学良为了拉拢南方新闻媒体,后来给予各报资助,都委托早前结为金兰之交的钱芥尘进行分配。当时,贵为东北大学校长的张学良,特聘钱芥尘为高等顾问,东北文化委员会常务委员;张学良羡慕胡适的才气,知道钱芥尘与胡适有良好的朋友关系,因而委托钱芥尘邀请胡适与章太炎到东北大学讲学。钱芥尘遵命照办,结果得到的回答是:"著一本书,几十万人看,讲学、听课者不过数百人,影响不大。"胡适就这么坦然地拒绝了。

胡适是个讲情义的人,他不想亏待人,但谁要向他提交"硬"任务,那往往会适得其反。1921年7月22日,胡适获悉钱芥尘已回到上海,于是忙里偷闲,当晚"五时半,到大东旅馆去看钱芥尘"。二人相见甚欢,钱芥尘当场代表《时报》再向胡适约稿,请看胡适在当天日记上,是怎样写下那段只供自己欣赏的话:"芥尘是一个大滑头,他想替《时报》馆拉我,可谓笨伯。今天我肆口乱谈,《红楼梦》哪,《水浒传》哪,碑板哪,使他们不能开口。"未料胡适用巧动舌簧战术击退追兵的妙计,再次谢绝了钱芥尘的约稿请求。

谨查胡适有关资料,再未见到他俩以后还有什么交往。据上海"补白大王"郑逸梅(1895—1992)说,1953年,钱芥尘应聘为上海文史研究馆馆员。1955年被捕入狱,1958年获准保外就医。"文化大革命"中再度受屈,虽免过度劳役,但亦不堪其苦。1969年8月,终离世,享寿84岁。

胡适与资深报人狄楚青

狄楚青(1873—1921),名葆贤,号平子,江苏溧阳人,清光绪朝举人。包天笑誉为"世家子、才人、名士"。彼拥护维新运动,变法失败后,避往日本。1900年,投入维新派发起之中国国会活动和自立军起义,事败,再避居日本。1904年,回上海创办《时报》,直到离世为止,都将全部心血注入新闻事业之中。为了《时报》的发展,不计委屈,三番五次向胡适征稿,尽管成功率很低,亦乐而为之。

胡适说:"得上海《时报》狄葆贤先生的快信,说《时报》附出的七种周刊将停止，版改出一个'星期论坛'，前已由张培风君向我睐厂说过，已得我的允许，担任主任，他不日将登广告发表此事，并云'从此敝报仗先生法力，将由九渊而登九天矣！'这事太突兀！张君来说过，我并没有答应他。我怕狄君真如此发表，故急托张君发电阻他，我也写了一封信给他。"

兹据胡适日记，可以看到他俩之间围绕《时报》是怎样进行互动的。1921年6月26日，胡适将狄楚青的来信，公示如下："适之先生大鉴 久仰 高风，深以未得一观 颜色。为恨！为怅！培风兄函来，述先生盛意，允为本报作文，感荷之至，不可言喻。但敝报定于七月一号起，将各种周刊停止，增一星期讲坛，惟为日甚促，务求 先生即赐一文（全稿能到则更佳），于本月底寄到（至迟初一二），因日内即拟登广告，声明周刊停止，改为星期讲坛，由 先生主任。敝报仗 先生法力，将由九渊而登九天矣。欣喜何极！一切详情，详致培风兄函中。口何之处，丐 赐复音。不胜祷盼。专此。即请道安弟 狄葆贤（楚青）"。

7月17日，胡适于"晚间到《时报》馆看狄楚青。《神州日报》馆看张丹斧。皆不遇。"22日，胡适当晚"五点半到大东旅馆看狄楚青、钱芥尘。狄先生来看我次，皆未见，故去看他。此君亦是二十年前的新人物，但现在似不能振拔了。"23日，"狄楚青送来《三希堂法帖》《宋拓大观帖》《宋拓凉化阁帖》《石室秘宝》共四种，皆是他自己的有正书局影印的帖中的最大部。"24日，"《时报》馆狄楚青托人写信来说，要我'担任撰述，月俸篆敬二百元，不拘体裁，不拘字数'。此君前托张煊来说过，我没有答应他；此次他来看我三次，俱未见，故不得已会他一谈。今竟出重价来买我了。卖文本不妨，但此事须细查。"可是一周后，是月31日，胡适给狄楚青复了一封信，说"思考了几日，答应狄楚青为《时报》的周刊作文"。8月28日，"狄楚青邀胡适吃午饭"，这是人们以为他俩的最后一次欢聚，有著作遂将1921年定为狄楚青的谢世之年。但是，事实并非如此，因为两年多后即1923年10月10日，胡适在日记上写道："狄楚青来访，谈甚久。他是迷信佛教的人，说的话很奇怪，他说他夫人因儿子死后周年，念佛三日，三夜不断，忽然大'悟'，此后遂累显'神通'。他送我一册《汪定观室人行略》，中多记此类事。"胡适有所不知，事情是这样的：此时的狄楚青早将《时报》馆抛向脑后，在家沉迷于佛学，并为家务所累，而不能自拔。盖狄夫人育有六个女儿，狄楚青念子心切，又娶心爱之妻妹，如夫人幸为他诞生一子。可惜好景不长，儿子与如夫人先后去世，打击甚重，以致狄楚青神情恍惚、迷信日重、语无伦次，近于痴呆，想必不多时日便离世了。留有遗著《平等阁笔记》《平等阁闲话》等。

胡适与"时髦主笔"陈景韩

资深报人陈景韩(笔名冷血)

陈景韩(1877—1965),江苏松江人,又名景寒、陈冷、冷血、无名、新中国之废物等。清季秀才。1899年,留学日本。1901年参加同盟会。次年回国,在上海《大陆》月刊任编辑。1904年《时报》创刊,知音狄楚青邀任编辑。著名报人戈公振称赞"陈冷主笔独创体裁,不随流俗,如首立时评一栏,分版论断,扼其机枢"。冷血后应老资格的《申报》之请,出任总编辑,位居首座。其实胡适对冷血在《时报》创刊之初的革新言行,就对其产生了好感。

1921年4月9日,胡适"回寓,恰值主人之子振时邀了陈景韩(冷血)、李松泉和两个葡萄牙人在家吃茶。他们邀我加入。我因张丹斧七月间曾做一篇《取而代之》的文,使我觉得很对不起陈冷血,故我不便即辞出。他们散后,我与冷血谈颇久。冷血于甲辰年(1904年)《时报》初出世时创出短评的体裁,确是报界一革命。日报上介绍新小说,并时时自著短篇小说,也是他提倡最有力的。当时的冷血很有精彩,现在他已成了一个世故极深、最不肯得罪人的时髦主笔了。我劝他做白话,因为他十年前做的白话小说并不坏。他说他现在每夜三点钟睡觉,每日十二点起来,已没有著作的时间了。他又说日报不当做先锋,当依多数看报人的趋向做去。其实上海的日报,每日有几十万字,改革确不易。但主笔的评论是很容易改革的。不过冷血先生此时的血很不容易再热了!"

胡适这篇夹议夹叙的回忆,反映了一个小报的办报人的艰辛和不易。反映了冷血因视胡适为知音,才坦诚地向他倾吐苦水。而胡适也回馈予善言,尽管对冷血多少存有失望的情绪,但那也是勉励之词啊。两年多后即1923年9月24日,"陈景韩(冷血)来游山,说狄楚青和他都想请我去主办《时报》,希望把《时报》变成一个全新的报纸。我婉辞谢绝了他。"这是已知的他俩最后的一次邂逅。

1929年冬,出任中兴煤矿公司董事长兼协理。抗战期间,拒国民党之请,不回《时报》任职。新中国成立后,任上海市政协委员。晚年,中风不能行动,渐致神志不清,药石无效,遽告离世,享年八十有九。

胡适与"蝴蝶鸳鸯派"小说主将包天笑

包天笑(1876—1973)名公毅,字朗孙、笔名钏影。江苏吴县人。清季秀才。1900年至1912年,在多个编译所从事日文、英文译书工作,与陈冷血合编《小说月报》《妇女时报》。主编《苏州白话报》周刊。1906年至1919年效力《时报》长达十四年,是其人生途中的精彩驿站。又曾主编《立报》副刊,其后为"蝴蝶鸳鸯派"小说主将之一。曾加入"南社",一度在上海商务印书馆编译所担任译书工作。抗战胜利后,短期居于台湾,后移居香港直到谢世。生平著译丰富,著有《钏影楼回忆录》《留芳记》《上海春秋》《新白蛇传》等;译有《天方夜谭》《迦茵小传》等;创作电影剧本《好男儿》等。后病故于香港,享年97岁。

蝴蝶鸳鸯派大作家——包天笑

包天笑与胡适的相识与结缘,为时短暂。虽然包天笑与钱芥尘、狄楚青、韩冷血都是莫逆之交,也深知他们与胡适有交往,但自己与胡适则没有什么走动,有关胡适的文存和包天笑的著作都证明了这一事实。如果比之钱芥尘等对胡适颇多恭维的行为,包天笑则相反,他对胡适却有微言。尽管如此,但是彼此心中皆有对方，那是毋庸置疑的。至于他俩的首次也许是最后的一次接触，是因二人共居上海一地，源于《留芳记》的"一书之缘"。

包天笑说："提倡白话文，在清季光绪年间，颇已盛行。陈淑通、林琴南等诸君创办《杭州白话报》。在这之后，我又办起了《苏州白话报》，并不是苏州的土话，只是一种普通话而已。……比了胡适之等那时还早数十年呢。"包天笑提倡白话文确实很早，功不可没！不过与胡适提倡白话文的范围之广、受惠面积之大、影响力之深远是无法比拟的。包天笑的憋屈情绪似乎是多余的。

包天笑脱离《时报》后，为了写历史小说，去了北京。他受了张岱杉（前清举人，一度任国民政府的财政总长）的启发，得到在场的钱芥尘"拊掌称善"的支持，便决定为已誉满京华的名伶梅兰芳写一部历史小说体裁的传记，取名《留芳记》。包天笑早年在上海便已认识梅兰芳，此番在京，更是多次去府拜晤，梅兰芳热情接待并予口授，另又对北京朋友进行了走访，终使他获得了许多素材。包天笑于是花了一番功夫，研磨了两年多的时间，采用了章回小说体，共写出了二十回，合计十万字。包天笑交代写此书的动机时，说："志不在于梅的美艺嘉誉，而很想阐发那时国民革命的史实。"最终在上海定下书稿。1924 年 3 月至 4 月间，包天笑携稿赴京，首请林琴南（时年 73 岁，未料下半年便仙逝矣）审阅书稿，并请林琴南为《留芳记》作序。接着，包天笑将书稿送给在北京的张岱杉、丁士源、杨荫孙诸位先生审阅。罗瘿公（广东顺德人）还为《留芳记》题了一首"调寄浣溪沙"的词，光其篇幅！

包天笑说："最后，我将这稿本给胡适之看过。我知道胡适之的为人，你若诚心请教他，他也诚心对待你，而且肯说实话。他看过了，便说：'我知道你写这小说很费力，我敢批评你五个字，吃力不讨好，恕我直言'。"包天笑听罢，大惊失色！暗呼"这仿佛对我兜头一瓢凉水，我正在兴高采烈时呢。但事后想想，确也是他的见到语。再一想想，人做'吃力不讨好'的书正多，写小说是其小焉者耳，因想胡适之的一生，就是'吃力不讨好'呢。那时我已回上海了，和胡适之见面，也是在上海。我就把这二十四回的《留芳记》急急想出版了。"最后由中华书局主动接纳出版。初版三千册，三个月内即销罄，后再版至三版，乃止于绝版。多少年后，不忘初衷、谦虚亲和的包天笑，都把《留芳记》当作是一本"未完成之作"。

《留芳记》它证实了胡适与包天笑的一面之交和一书之缘，永存于世。

胡适与太平洋国际学会第四届中国大会

太平洋是世界上最大的大洋。虽叫太平洋，但并不太平，至今也是如此。所以太平洋沿岸国家想方设法要使太平洋变成名副其实的"太平"洋，让太平洋变成和平之海、为人类服务之洋。于是一个由美国檀香山商学界领袖发起的，旨在"通过国民外交、增进各民族间友谊及谅解"的"太平洋国际学会"便应运而生。自从 1925 年成立肇始，美国、加拿大、中国、日本、澳大利亚、新西兰及英国等部分太平洋国家接踵成立分会，此后，中国等分会的学界商界杰出人士投身其中，他们在第一届、第二届、第三届大会中，各自做出了积极的贡献。本文所谈乃是在中国召开的第四届大会的点滴秘辛。

胡适

中国顾大局　阻日本挑衅　大会终召开

太平洋国际学会是 1916 年由美国海外的夏威夷州檀香山美国学界商界人士酝酿，1925 年 7 月，发起并成立的非官方性质的政治学术团体、国民外交团体。总部就设在檀香山。从第一届到第三届大会，太平洋沿岸国家中的美国、中国、澳大利亚、新西兰和日本等部分国家均有学者代表出席。会议主旨是积极地对太平洋沿岸各国面临的问题及相互关系之症结，进行研究讨论并交换意见，以增进了解并建立亲睦关系。

1931 年 9 月 18 日，日本在中国东北蓄意制造并发动侵华战争，1932 年 2 月，东北全境沦陷。这一行为引起中国人民包括学术界人士的无限愤慨！就是在这样的险恶的背景下，太平洋国际会议中国分会，以执行委员会委员长胡适为首的中国学术界,明知国难当头,却毅然接办第四届大会的具体任务。

日本代表非常惧怕中国代表利用第四届大会的优势对日本窃据我东北的罪行进行谴责。故提出大会延期或易国举行,反之,则不出席,更威胁要退出太平洋国际学会。对于日本的要求,中国代表本认为"九一八"事变已发生,已没有与日本代表共叙一堂的必要了!但最后考虑此届大会国民政府已经核准,并早已通知各国代表,如擅自取消,无疑有碍国家信誉,所以决定派中国分会主任干事陈立廷(时任上海金城银行发展部主任)、副主任干事刘驭万(时任中国基督教青年会干事)向新闻界说明真相,一面按原计划照常进行筹备工作。中国分会识大体、顾大局,决定将会址改在上海举行,从而暂时结束了纷争。

面对日本和国内的一片反对声,是年9月,蒋介石在南京发表演讲,以大会"实欲联络国际之感情,支持大会召开,且是政府行为",终使反对声浪销声匿迹。由于大会的各项工作准备就绪,外国代表已先后抵达上海。据统计,来华出席大会的代表共140人,他们分别来自美国(26人),英国(20人),日本(19人),加拿大(11人),澳大利亚(9人),新西兰(6人),菲律宾(5人),中国(38人),荷兰(1人)。列席的观察员,有:国际联盟(2人),国际劳工局(3人)。大会收到外国国家元首和政府首脑给大会发来的贺电,计有:美国总统胡佛,英国首相麦克唐纳,澳大利亚总理詹姆斯·斯卡伦,新西兰总理,加拿大总理,日本首相若木规,菲律宾政府代表,中国民国政府主席蒋中正,国际劳工局的代表。

太平洋国际会议第四届大会改在上海举行

1931年10月21日,太平洋国际学会第四届大会在上海静安寺路万国体育会内举行了庄重的开幕典礼。首由中国太平洋国际学会理事长徐新六代表主办国致欢迎词。随后由各参加国首席代表宣读其国家元首或政府首脑的贺电,由于菲律宾是第一次正式参加,其政府贺电由首席代表菲律宾大学校长巴尔马宣读,他受到了全体代表的热烈欢迎,为此,巴尔马亦当场致了答谢词。

开幕式上,本届大会会长胡适做了一个有的放矢的主旨演讲。他委婉而激昂地说道:"今日之盛会,不仅在太平洋国际学会本身历史上,就是在世界上同样的国际会议历史上,也算是一个好榜样。这榜样是什么?就是在承平的时候,凡自命为有国际思想的人,不应该在黑白不分、意气用事的当儿,放弃他们开诚布公、静心探讨的态度。但是各位会员,我们不要过于乐观了。大会在今天仅仅开始,在我们前面还有许多繁难的问题,要我们分析。并且若是可能的话,要我们解决。若是我们所持的研究态度不对,我们会失败的。若是我们仅以意气用事,不听对方的理由,我们会失败的。若是我们来到这里,仅仅为某一种学说去宣传;或是仅仅为某一种事件去辩护;我们会失败的。所以在我们工作开始的头一天,不妨把我们的工作与我们的问题的性质先仔细地观察一下。我们目前的问题,是国家与国家间的问题。是民族与民族间的问题。我们的工作,是替这些国家与民族去思想。这个工作,最高尚、最纯洁,却同时也是最危险的。古哲有云:一言兴邦、一言丧邦,就是这个意思。我们除非开诚布公,捐除成见,我们是不能希望成功的。我们到这里来,不是要揶揄,不是要响喊,乃是要了解。我们到这里来,不是要教训旁人,乃是要共同思想,彼此交换意见。只有用谦恭寻求真理的精神,我们才可以得着一部分的成就。"

大会采纳圆桌会议形式,有全体会议和小组会议两种,各位代表自由编组。

出席第四届大会的代表均提供学术论文,并在两个圆桌会议上进行交流。兹择中国、日本、澳大利亚、新西兰四国学者代表及其提供之论文,公之于下,以资研究。

中国代表及其论文:赵敏恒《外人在华的新闻事业》,方显廷《中国工业化之统计分析》,何廉《东三省内地移民研究》,陈翰笙《到东北去的难民》,刘大钧《外人在华投资统计》,徐淑希《东北的几个问题》《满洲问题的歧途——和平呢或武力改决呢》等三篇,陈衡哲《中国文化论文集》,鲍明钤《在华外侨的地位》等两篇,谢家荣、朱敏章《外人在华矿业之投资》,侯树同《东三省的日本钞票》,陶孟和《中国劳工生活程度》,张心一《中国的粮食问题》共15篇。另,胡适之博士做《杭州在中国历史及文学上的地位》和《中国的文化冲突》等精彩演讲。

日本代表及其论文:Kyushiro Nakeyama《近代日本的中国研究》,Masutaro Kimura《中国的财政改良与公债整理问题》,Tadashi Sekino《高丽之古物保管》,Juo Dan《东京之汉改造及建筑问题》,日本经济委员会会员《日本最近之税则修改》,Unokichi Hattori《汉字之优点与缺点》,Tetsujiro《日本受1930年不景气的影响》,Juago Nitobe《日本之经济与财政》,Kokichi Uchida《日本生活程度的效率》,Katsushi Uchida《中国的国债整理》,Tenichi Itani《日本对华投资》,Akira Nagano《中国资本之发展》,Saburo Yamada《外侨在日本之地位》,Matsutaro Ariki《中国币制的报告》,Siachi Saito《基督教在日本文化上的影响》,Yasunosuke Sato《中日问题》,Junshiro Asari《日本纺纱棉业的发展》,Shiroshi Nasu《生产要素与农业产品的连带关系》,Kengo Takayanagi《日本商法史大纲》,合计19篇。

澳大利亚代表及其论文:A·S·Kenyon《一省之拓荒——澳洲维多利亚马

采金摘玉集

CAIJIN ZHAIYU JI

里州的故事》,K・H・Bailey《澳洲外侨在法律上的地位》,D・B・Coplaw《澳洲的经济考查——美国政治学社会学学会年刊出版编定者》,Sir W・H・Moore《英国的自治联邦与国际联盟》,Reprintfrom Argus《太平洋贸易》,G・L・Wood《世界不景气与澳洲生活程度》,另,太平洋澳大利亚分会《空军军缩与太平洋问题》,合计7篇。

新西兰代表及其论文:T・D・Hall《外侨在新西兰之地位》,D・Stawart《新西兰的税则与太平洋贸易》,J・Allen W・M・Benson《新西兰大事记》。

中、日代表对日军入侵中国东北问题展开争论

由于本届大会正处于"九一八"的风口浪尖之际,虽有胡适会长定下的中庸之道的讨论基调,中国学界商界与会代表已心知肚明,决以大局为重,不主动挑起冲突,然在日方学者代表"剑指"中国时,是可忍,孰不可忍,中国代表不得不进行还击,这是无可厚非的。

会议进行中,对于最敏感的日军侵占中国东北的问题,连日皆有讨论,中日代表发言者甚多,会场空气比较紧张。日方代表虽较其国内军政当局开明,但也为其国家的侵华政策做了牵强的辩护,中国代表则坚持正义和公道及以国际法律为依据进行批驳。

可是在这之后,日方代表忽然改变了腔调,由守势转为攻势,日本高柳教授在演讲外交机构时,无端借英国某法学家之口,妄言由于军阀割据,中国的"国家资格"都成为问题了,立意是"借刀杀人",旨在挑衅,与会者无不感到诧异。次日,上午举行圆桌会议,中国代表陈立廷与高柳同桌,于是他便向其责问:日本人心中既否认中国之国家资格,因此便任性侵略,旁若无人矣。因正压邪,高柳无言以对,则推诿姑引他国学者之论,彼自己与日本国民固不承认之。言次颇呈捉襟见肘之相。因为难以自圆其说,甚窘! 卒使在座其他日本学者也呈尴尬之状。

当会议进入大会阶段,全体代表围绕太平洋国际学会总部送来的讨论大纲——《中国的国际关系》进行总结性陈述,大会主席英国代表罗斯请中国代表陈立廷首先发言,陈立廷称中国当前外交分两大部分:一、面对日本以外各国,主要是整顿修正问题,其工作量较轻;二、面对日本,是直接关系生死必争问题,其工作量较重。陈立廷继而正义凛然地略叙日本对华的侵略政策及侵略行为,接着痛驳高柳教授的中国为"无主权国家"之谬论,义正词严,与会各国代表无

不为之动容。可是日本代表却恼羞成怒,日本领队年迈的新渡户却质问大会主席罗斯,陈立廷之言论是否违反会规?意在企图阻止陈立廷的发言。罗斯不接受日本人的蛮横态度,谓陈君言论,并未触犯会规,仍许中国代表继续发言,并尽其词为止。待陈立廷的话音刚落,高柳失常地抢着发言,接着新渡户更加失礼地突然站立怒吼,硬说陈立廷的演说侮辱日本帝国及日本代表,结果造成全场哗然。陈立廷当仁不让,也起立声明,谓所言皆事实,决无有意诋毁。又说,如所叙事实太率直而致日代表误会,则甚以为歉!日本代表佐藤、前田二君同时发言,嘈杂不辨作何语。各国代表已不能再忍,大呼"会规,会规"。罗斯命令佐藤坐下,宣布时间已过,不能再发言。当即宣布休会,中日两国学者唇枪舌剑一场,至此乃告结束。

次日,经太平洋国际学会总会和大会主持人出面斡旋,中国代表团以自己是主办国,乃以大局为重。陈立廷遂给罗斯主席写去一函,罗斯在全体大会上,将此函进行宣读。陈函略谓昨晨发言时,容有伤及日代表感情之处,彼颇引为不安云。日本新渡户当场上前与陈立廷握手,以表误会完全消释,末由日本高柳教授指出他的演词中之疏忽处,请中国代表原谅。一场风波,遂告结束,各国代表,始转忧为喜焉。风波虽息,但因日军侵占我东北并且蠢蠢欲动则是无法抵赖的事实,受害的中国人的发声是无可非议的,它终赢得世界正义的人民的同情和支持,则感幸甚!

学会总会制定的"非自主民族"论

太平洋国际学会总部注意到世界上早已存在的土著民族(即原住民)与世界人口移动问题。为此,总部曾下功夫对太平洋土著人、移民状况及衍生问题做了调查,随后完成了一份厚重的统计资料。我觉得这份历史资料来之不易,有参考价值。

学会总部对土著民族定性为"非自主民族"。该数据称"太平洋非自主民族的人数,根据最近的统计,约一万一千八百万人。占全世界人数的百分之七,他们所居住的面积,分散在太平洋各方,有两百万方英里。这一万一千八百万人口在荷兰管辖之下者有五千二百万,日本二千四百万,法国二千一百万,美国一千三百万,英国(包括澳大利亚和新西兰所辖者在内)七百万,而在葡萄牙管辖之不下者亦有五十万。这些非自主民族为所在地的土著者,约有一万零八百万,是土著而不在非自主区域以内者(如北美之印第安人,新西兰之美阿利人,亦差不多有六十万人。在这些非自主区域而非土著即外国移民者,中国人有五十万;日本人约有七十五万;印度人约有六十万;其余三十七万,则为白种人)。除外,还有澳洲的野人;加拿大的印第安人与'Skmos';属日本的高丽人,以及在日本的倭义奴人'Ainu';新西兰的美利阿人;美国的印地安人;苏维埃势力之下的西伯利亚族人,以及蒙古族人;在中国的苗族人、瑶族人;南美、中美的土人"。

故本届会议已将土著人及中国等国的移民问题提上了研究日程。关于土著民族问题,这是南北美洲、大洋洲普遍存在的问题。而中国移民问题,其焦点主要在北美洲、亚洲和大洋洲。这当中,除美国、加拿大是受纳中国移民的国度外,还有澳大利亚、新西兰等国。兹就澳大利亚与新西兰的与会学者对土著民族问题、中国移民问题、中国学者进行了讨论。

澳大利亚、新西兰参与本届大会的团队中并无华人学者和商界人士,他们所提供之论文,只有少量的涉及土著民族和华人移民的问题。

新西兰代表奢谈原住民与华人移民的问题

大会在讨论到"土著与时代的影响"的问题时,新西兰的学者说,执政者多使用一种"人种参合"或叫"混合熔炉"的办法,也就是通过"洗白"的手段,以达到强使原住民与白种人归于一体的目的。真不知这是否是妄想? 真不知这是否与一个民族的自主、自愿和尊严相悖?!

一位新西兰学者在大会上说道:"我们原来的意识,是想把美阿利人(今译毛利族,系原住民,时占全国人口百分之四)教养起来,使他们成为'白人',我们的土著教育制度就是以这个为目标的。结果:他们的人口衰减了,他们的文化也要解体了。"即使他们当中受过高等教育的人,也不情愿"与白人共休咎"。而却自自然然地回归到土著社会里去了,有人还组织了"美阿利少年党",其宗旨是专以挽救他们的民族命运。于是一些年轻人,纷纷投入到政、法、医、教以及宗教各界,大显身手。其中加达爵士便成了大众的领袖,最终荣登新西兰内阁部长之宝座。有一段时期,一位美阿利人甚至代理过新西兰的内阁总理。这位学者又自豪地说:"美阿利人的进步,美国及日本两国对之良有愧色"。

1907 年起,新西兰政府通过了《中国移民修正法案》,规定中国移民必须通过一项额外英语语言阅读测试及人头税照旧的歧视政策。1908 年,接着又通过一项《移民限制修正法案》,规定居住在新西兰的中国人,在离境前,必须在登记档上留下指纹,唯此,下次返回才有可能。并且挑明只有中国人才须这样做。

这样的苛政，必定遭到中国政府和移民的反对。

新西兰代表在大会上却妄说："我们的新政策还是一个'白色新西兰主义'——最好能百分之九十九是英国人，大家因对于失业的澳洲人民之侵入颇怀戒心，对于东方人民颇少注意。国境内只有 3000 中国人，几无日本人，只有几个印度人和叙利亚人，大多数都在水果业上服务，因此没有什么严重的问题发生。"历史真相是这样吗？单就人头税来说，1934 年，新西兰政府在名义上废除了人头税，但实际上该税种的征收，却一直持续到 1944 年才停止。

中、澳两国学者在移民问题上有争议

当大会讨论到"人口移动问题"时，新西兰学者说，英澳殖民行政官员，对澳洲的原住民领袖曾采取了与该国大同小异的方法，即采取将其"智慧更上一层楼"的教育手段，利用悉尼大学考古学院教师的培训来实现其"洗白"的目的。结果是在巴布亚岛及新几内亚等地，所取得的行政成绩，"颇为不恶"。

澳大利亚学者在大会上说：世界"经济衰落之变本加厉的情形，侵入澳洲较他国为早。我们澳洲工业界对于工作机会的竞争已渐呈尖锐化。工会及政党已要求在公私各机关之人员雇用，澳洲人须有优先权利。"又说什么："在澳洲并没有一处存有普遍的与显明的排外观念。所谓'白色澳洲政策'乃是另一件事。此乃关于立法方面，并不是故意与外国侨民为难。反对外人乃完全因为竞争的缘故。"

一位中国学者听罢这位澳大利亚学者对白澳至上政策妄下雌黄的辩解，非常不满，于是当即质问他："澳洲政府与中国政府新近之争论，是否即澳洲人仇视亚洲工人之明证？此等争执中有一点引起多数会员等之特别注意者就是注册手续。澳洲政府引用手印之方法，以甄别往返澳洲之中国侨民。此种方法曾被中国人严厉反对，谓此乃与查检囚犯之手续无异，实属侮辱人格之至。中国总领事曾提出一种变通办法，凡出入澳境之华人，先由中国领事馆登记，并由该馆职员发给凭证，以昭信守。此项交涉结果如何？直至现在尚未见发表。"义正词严，澳方代表，无言以对。

中国学者接踵又说："中国政府有要求保护在澳出生的华人之权。换一句话说，即中国父母在澳洲所生之儿童，须受中国政府之保护，此事乃法学上'属人主义''属地主义'之冲突。1929 年，中国宪法中之国籍一则下，即有：凡属中华血统之人，皆为中华之国民。而澳洲与其他西洋各国均以其诞生之地以定其国籍。有一澳洲法律专家报告谓,关于这个问题,澳洲政府是不肯放弃其权利的。固然,两国政府俱不能要求他人承认其国籍宪法之治外法权。中国会员也不持异议。"中国学者对这个问题表现出是一种"通情达理"的态度,事实证明,澳大利亚联邦政府执行这一政策已近百年了,这是客观事实。但是中国学者对于按手印一事却未放松。中国学者重申:"希望澳洲政府对于手印一案,能以光明正大的方法应付此项抗议,因为此项抗议即使未必有明显的法律根据,然而实有热烈的情感作后盾。"

太平洋国际学会总会支持本届会议讨论部分学者提出对"半奴奈术式劳工"问题。理由是因为存在着太平洋各区苦工之招募与运输,直接影响各处劳工生活程度;间接影响各受纳国对于移民的态度,甚为重要。大会讨论中,有一份未署名的报告说:"澳洲及新西兰与其附属地方,此种半奴奈式的华工招募早已不存在了。"有的还说"工人绝对无选择工作之权利,但是他们的意见是常常被容纳的,星期日及中国节日均可自由。"这种说法,在 1931 年左右那个历史阶段也许是一种个别现象,但不可忽视的是其偶然性及其不确定因素,不过,远景当可看好!

余音绕梁　精彩可期

本届会议从 1931 年 10 月 20 日起到 11 月 2 日结束,历时 12 天。会中曾赴杭州游览,为了助兴,大会会长胡适博士为各国学者做了《杭州在中国历史及文学上的地位》的演讲。大会前五天讨论经济问题,后五天讨论政治、文化等问题,胡适在"太平洋国际的文化关系"的大会上,又做了《中国的文化冲突》的专题演讲,均受到与会学者的赞赏。太平洋国际学会总部和中国分会宴请各国代表以及胡适会长等先后发言。最后一天,在"大会之批评"和"大会所得之一班"两个会议上,胡适会长和中国学者陈衡哲女士、吴贻芳博士等均进行了演说。最后由胡适会长宣布第四届大会闭幕。

笔者要说的是,本文所述中国与日本、中国与澳大利亚、中国与新西兰在会议上的争论,未能畅言。如中、日两国学者在伪满洲国问题上还有针锋相对的争论等,亦未提及,故本文只算得上是冰山之一角。还有中国与美国、中国与加拿大、中国与菲律宾等国,在侨民问题上也存在类似的讨论或争议,本文也未纳入,日后再做专题研究。

笔者要特别声明的是,1931 年,太平洋国际学会第四届大会上的秘辛,那是八十六年前的旧事,尽管澳大利亚和新西兰的"白澳至上"政策,已成历史名词,强征"人头税"的歧视行为,也早已永固在历史档案袋之中。当年与会的学者,不消说全体但敢说绝大部分代表,可能均早已作古矣!今日的中国、日本、澳大利亚和新西兰等国,其国力皆是今非昔比,人民的力量也都不可同日而语。但是,"白澳至上"政策,安知不会卷土重来?!还须拭目以待。再说,如何要使今日的太平洋成为真正的太平之洋,看来绝非易事。因此摆在眼前的任务,实在是任重而道远啊。不过只要努力奋斗,坚信精彩终是可期的!

胡适关注二战后的集体安全制度问题

郭存孝·周文杰作品

近阅 1942 年 9 月 8 日重庆《大公报》，有记者发表题为"国际学生会席上 胡适演说集体安全"的报道。这是胡适七十四年前在美国华盛顿召开的"国际学生代表大会"上最后一次会议上的演讲。这篇演讲产生在 1942 年 6 月间，当时法西斯德国不仅蹂躏着整个欧洲，战火已延烧到苏联，而日本侵略军的铁蹄不仅正在践踏中国，还将战火续燃到东南亚，以及美国珍珠港。面对世界命运已处于如此极端严峻的关头，胡适愤而声讨，借会议平台向世界发出最强呼吁，这是很有积极意义的。

胡 适

笔者纵览胡适的演讲，发现其主旋律多在精神文明、治学之道、文学创作方面，至于战争主题的演讲并不多见。此次胡适关注第二次世界大战（当然包括日本侵华战争）后的集体安全，他在公开演说中，接见出席国际学生会议的代表，会间认真回答了记者的提问，这一切，均透露出胡适对第二次世界大战后的世界秩序的深虑和关注；他同时详细而又反复地告诉世界，谁都不能独善其身，每个国家，都必须投身于保卫集体安全制度之中，别无选择。

胡适特别号召世界青年学生们要保持警惕，他说："和平不仅应将其获得，且应求其实现。"胡适还把目光投向国际组织，他认为国际组织应该真正负起制止战争，保卫欧洲、亚洲的集体安全，建立新秩序，为欧、亚人民创造美好家园的责任，这是一个刻不容缓的大问题。

兹将这篇报道全文抄录如下：

据美新闻处讯：华盛顿六日电：甫经卸任之中国驻美大使胡适，顷在国际学生代表大会最后一次会议席上发表演说，警惕各学生谓：和平不仅应将其获得，且应求其实现：谓建立一种有效之集体安全制度，乃此一代人类之第一职责。胡氏称:'余建议全世界青年应就一简单之目标(愈简单愈佳),取得共同一致之见解。余主张吾人应集中目标于包括在大西洋宪章之中全面式集体安全,以及余所认为在四大自由中,最属重要之免于被侵略恐惧之自由理想。换言之,即吾人希望达到之最低限度目标,乃一可使一切国家免于被侵略恐惧之自由,且能安居于本国边界之内之世界秩序。如此种免于恐惧之自由,不能达到,则其余一切自由均将无从立足,且将迅速遭受破坏,一如此等自由在武力统治区域下之遭受破坏者然。上次大战以后,所建立之世界秩序之主要缺点,乃未为此等集体安全制度规定方策对付法律及和平之可能破坏者,此为吾人无可置疑者。余之一代虚耗二十载光阴,而未创设能使世界安于民主政治及人道主义之程序与机构。此一教训,应永志不忘。以故吾人必须一致最低要求:吾人须具一有效之全面安全制度,使丹麦、瑞士及中国等亦能如苏联、大英帝国及美国之同享安居之福。此最低限度之要求达到后,则世界建设之其他一切理想计划,始有实现之机会。首先应实现者乃集体安全制度也'。

胡氏于答复如何实现此一制度时声称:'第一:吾人必须免除武力乃与灾祸不可或离,且在世界建设之任何理想计划之中,必须避免使用武力一项偏见。吾人必须避免使用武力一项偏见。吾人必须认识如法国哲学家巴斯柯尔所云者:正义如无武力为后盾则不威。吾人必须认识法律与秩序如不得社会国家或国际间有组织力量之有效推动,则徒然一纸空文。简言之,吾人必须认识和平必能获得有效之推动。第二:吾人必须认清势力均衡之旧观念永将无用,而须以一新观念代之即以一压倒之力量,为法律及秩序之后盾是也。势力均衡在任何一方具有优势力量之后,均衡立即失效。以故未来之世界安全,实有赖于一切国家将其经济及军事力量,统盘措置,群策群力,保和平于不坠。一国家之政府,以有警察之权而得创立,一国际政府亦应以一联合之警察力量,统制国际运输,控制国际间之战祸。以为该政府成立之基础。然此非即谓须以中国军队警卫日本,苏联、美国、英国军队警卫德国。而为建立一有效之机构及程序,包括对世界矿产及金属资源之科学化合理化之国际管理在内,以防止侵略者之诉诸武力。'

昨日即大会之最后一日,有中国学生两人发表演说。其中有一天津人郑女士发言谓,吾人必须在各个不同国家之民族间培养更良好之了解云'。

國際學生會席上
胡適演說集體安全

1942 年 9 月 24 日,重庆《大公报》刊出了胡适的演讲全文

　　笔者看完七十四年前胡适这篇重要演讲,除了对胡适先生的言行表示敬意外,还对胡适公开点赞那两位与会学生代表中的天津郑女士的卓实远见,亦表钦佩! 可惜,胡适没能将另一位学生代表记下来,而对郑女士也没有为后世留下更多的信息。这虽是弦外之音,然亦是胡适华章的最好注脚啊!

胡适为《良友》画报著文并题字

提起《良友》画报,不由回想起解放前,当时我还只是一名少年,在姑父家中曾看到过。不过那时年少无大智,虽曾仔细翻阅过,可惜时过境迁,没能留下什么深刻的印象,但画报毕竟是一份大型的彩色形象化的抢眼的刊物,因而《良友》还是落在我的不泯的记忆之中,《良友》画报真的是我的良友。

历史的长河奔流而去,当我执笔写这篇文章时,我已是一个移居西方国家——澳大利亚二十多年的耄耋老人了,但我们有幸在墨尔本大学图书馆东亚部查阅旧报刊时,欣喜地看到了阔别已60余年的《良友》画报。虽然我是有备而来的,但翻阅的结果,令我喜出望外,因为我查到了胡适的大作和题字,而后者确系尘封之物。

《良友》画报封面之一

为《良友》画报著文

《良友》画报(月刊)诞生于1926年的上海,是年2月15日发行创刊号,封面人物是影星胡蝶的"胡蝶恋花图"。创办人伍联德(1900—1972,广东台山人),由于《良友》画报在社会上的声誉日隆,名重一时的文坛硕彦支持者日众,而被誉为学术界权威之一的胡适便是其中的一位。

当时美国驻华大使馆商务参赞安立德,写了一本书名曰《中国问题里的几个根本问题》,此人敦请时任上海中国公学校长兼任上海光华大学和东吴大学教授的胡适作序,胡适欣然允诺。1928年6月24日,胡适写就"请大家来照照镜子"序文,首交《良友》画报发表,《良友》画报感到光荣!于是刊登出来。胡适在文中批评安立德妄自尊大的言论,说什么当年的中国经济、交通落后,劳动生产力低下和社会风气败坏等。安立德更是嘲讽"中国的铁路仅及美国的三十六分之一,汽车为千分之一,公路为百分之一",当然,当时的中国的国情是不能与美国相提并论的。殊不知当时的旧中国的生产力之所以那样低下,究其根源在于帝国主义和封建主义以及军阀势力的联合绞杀所造成的。胡适在文中消极地自叹"中国人不如洋人",流露出民族自卑感,是令人遗憾的。但是,胡适在文中针对在中国最大的航运业机构——招商局中发生的一件重大贪污案,敢于批评当局的腐败作风,指出这是政府用人唯亲的恶果。他建议:要复兴中国,必须要整理国家政治,建立反贪污制止舞弊的制度,要向人家学习,取长补短。此外,要认真办好教育,打倒愚昧,等等。这些见解,在当时已切中时弊,今天看来仍不失有一定的重要意义!

为《良友》画报题字

胡适题字

《良友》画报上的"良友"二字,原本是创办人的一时即兴之作。为了提高该报在市场上的竞争力,该刊后任主编决定运用名人效应,于是决定邀请政府要员和社会名宿为该报题字题词。胡适应邀后,便在洒金宣纸上,工工整整地写了"良友"两个楷字相赠。"良友"二字,言简意赅,一语双关,这既是给画报的大名,亦是定性《良友》为全国读者之良友也。

　　当时与胡适所题"良友"二字相同者,还有蔡元培、戴传贤等。其他题字题词者,有国民政府主席林森,军事委员会委员长蒋介石,以及孙科、宋庆龄、宋子文、孔祥熙、张群、王云五、于右任、戈公振等。真可谓:集众家书法,逞一时之盛!

"四十而不惑"——胡适四十岁生日记趣

郭存孝·周文杰作品

胡适过生日是对母亲的感恩

胡适非常重视伟大的母亲赐给他生命的那一年那一月那一日那一时,为了永远铭谢妈妈的恩惠,从古到今,千万年来,每个人也包括现代杰出学者胡适在内,都异常重视对生日的庆贺,如遇五逢十,庆贺的仪式更是隆重。有趣的是胡适还有与挚友们相互祝寿的良好习惯,他们将过生日打造成为主宾共享的喜日。

胡 适

胡适父亲铁花公(时年 47 岁),清光绪十五年(1889 年)迎娶本县冯顺弟(时年 17 岁)为第三任继配。婚后翌年,随夫到宦所。光绪十七年十一月十七日(1891 年 12 月 17 日),胡适诞生于上海。1897 年,胡父去世,胡母年仅 23 岁,胡适方 5 岁。后来,胡适在《先母行述》中说她"温厚有礼,通大义,性尤镡粹"。佩服其母"内持家政,外应门户,凡十余年。以少年作后母,周旋诸子诸妇之间,艰难困苦有非他人所能喻者。"胡适在致其族叔胡近仁的信中,更是坦言,他"生平有二大恩人,吾母吾兄而已"。又说:"吾力求迁就,以博吾母欢心。"未料民国六年(1917年)其母病故,年仅46岁。胡适得讯,回乡奔丧,亲书"魂兮归来"四字,志其悲哀!事实证明,胡适是位大孝子,他对生日的重视,就是宣示他自己对母亲的感恩。

胡适未就他十岁、二十岁、三十岁为主题写过什么纪念作品,到四十岁即中年时期,才按孔子所言"四十而不惑"写就《四十自述》。他说:"四十岁写儿童时代,五十岁写留学时代到壮年时代,六十岁写中年时代。但我的五十岁生日(民国三十年十二月十七日),正是日本的空军海军偷袭珍珠港的后十天,我正在华盛顿做驻美大使,当然没有闲工夫写自传。我六十岁生日(一九五一年十二月十七日)正当大陆'沦陷'的第三年,我当然没有写个人自传的情绪。"可是,1961年12月17日,则是胡适七十大寿日。此时,正值胡适因心脏病在台北住院治疗期间,因此胡适"坚辞一切祝寿的举动"。但是全台湾自上到下,一片欢庆声,生日前一天,蒋经国代表蒋介石到病房为胡适祝寿。病房外及走廊上堆满了鲜花和花篮,一本祝寿签名册上陆续有113位客人签了名,按毛子水说,这是"大家借这个日子来记识我们自己的庆幸"。除外,还有送生日礼物的,如著作、画册、酒、茶叶、水果、领带、尼龙被、睡衣、猩猩木(又名圣诞红)等。李敖创作了三十首白话打油诗,敬贺适之先生七十岁生日。当晚,胡夫人江冬秀在家中举行祝寿宴会,出席的有毛子水、杨亮功等四十余人。祝寿仪式,虽系朴实无华,但仍凸显礼重情隆。

罗尔纲、赵元任等为胡适四十寿辰致函献诗

1930年12月17日,胡适是如何欢度他的四十寿辰的呢?据参与者石原皋(1905—1987,绩溪县人)说,当时是在北平地安门米粮库四号家中举办的。祝寿仪式规模,比之七十华诞之气势,则显得简朴得多。

胡适虽置身于风俗旧习颇多的古老的北平,丰俭由人,但他则主张革新从简。他宣布不设寿堂,不叫堂会,也不收礼品,因此亲友们也就没有送礼的了。不过,他的挚友傅斯年、俞平伯、闻一多、冯友兰、朱自清、毛子水和甫从中国公学毕业便随胡适来胡府效力的学生罗尔纲等二十余人联名赠送了一幅寿屏,胡适很高兴地将这个寿屏高高挂起。那天,打破常规,不是由江冬秀掌灶做她的拿手菜——徽州火锅来款待客人,而是从街道上请了大菜馆的高厨来家做菜,显示了规格的提升。饭后,大家分散在各个房间内,爱打牌的便坐下来打牌,不

爱打牌的,三三两两在一起喝茶、抽烟、嗑瓜子、谈天。胡适夫妇与客人热闹了一天,兴犹未尽,直到夜阑人静,客人才依依不舍地离去。

罗尔纲的祝寿函,颇具典型性,它让人一见树木,更知森林。现将全函抄录如下:

> 今天是吾师的四十大寿,尔纲荷蒙提携,逢兹盛会,幸也何如!惟初来北地,无以为贺,谨与成之先生共献生花数盆、香橼两树,借"生花"与"香橼"之义,敬祝吾师的生辰。更缀芜辞,以表欢忻。吾师今天刚过四十岁的生辰,吾师的功绩,早已千秋。天涯地北,万流同庆。这,何须我细数。这,更何须我歌颂。我只敬祝吾师康健长寿,万岁千秋。多饮些牛奶鸡汤,少喝几杯黄酒,只有年年岁岁的今天,是个例外,吾师须要对酒高歌,放杯痛饮,庆祝这人人欢欣的生辰。

> 学生尔纲敬贺

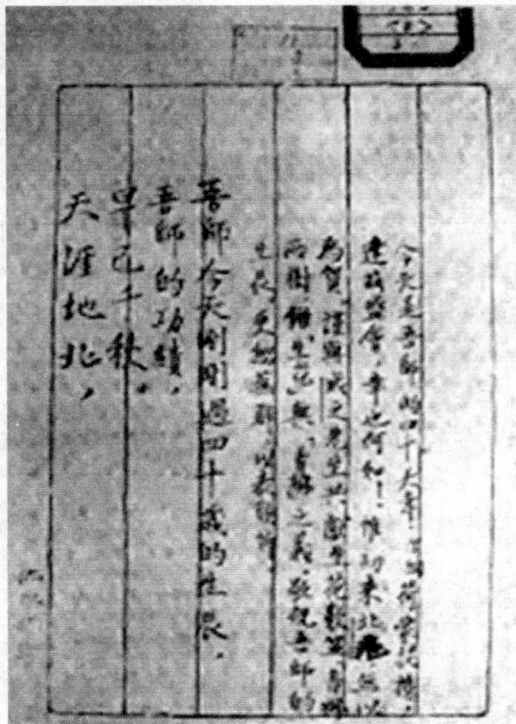

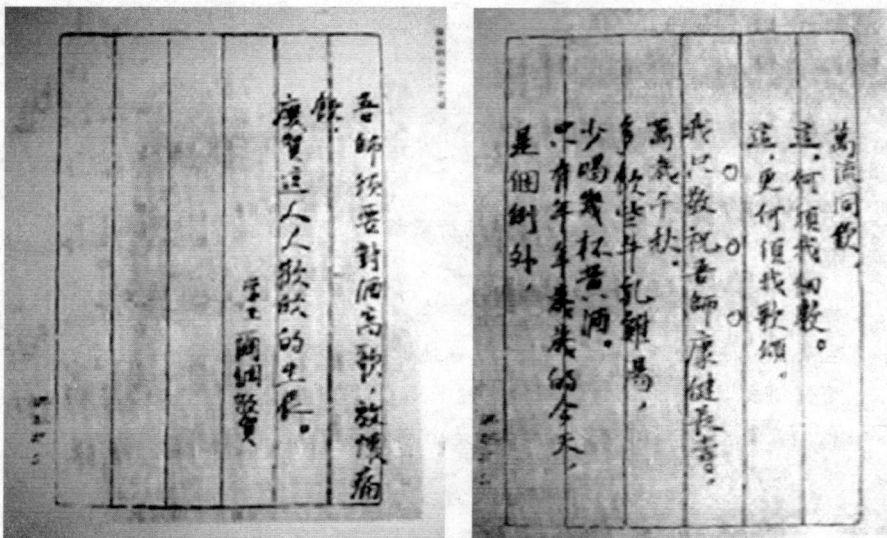

罗尔纲致胡适祝寿函

　　时年二十五岁的青年罗尔纲，甫走上工作岗位，就遇上校长、老师的四十大寿，当时囊空如洗的罗尔纲，便与胡适侄儿胡成之合买了鲜花和香橼树作为献礼。足见其良苦用心！作为后辈，罗尔纲还奉劝老师节制饮酒，多喝牛奶和鸡汤，增强营养，强化体质，实在是满满的真情实意。

　　2015 年，笔者在广东深圳大学城图书馆，喜见贾逸君选辑自《北平晨报》的1931 年出版的《中华民国有趣文件一束》中，有赵元任（1892—1982，语言学家、作曲家）所撰献给胡适四十大寿的白话诗，读之颇感有趣。现转录如下：

　　民国十九年十二月十七日，为胡适之博士四十岁寿辰。时胡寓北平米粮库四号，亲友往祝寿者甚多。夫人江冬秀，特赠以止酒戒指。友人刘复（1891—1934，字半农。曾留学英国和法国，获博士学位。北京大学文学系教授。语音学家）等则赠以白话寿诗，诗传为赵元任所撰，毛子水书。兹照录于下：

　　　适之说不要过生日，
　　　　生日偏又到了。
　　　我们一般爱起哄的，
　　　　又来跟你闹了。

今年你有四十岁了哪，

　　我们有的要叫你老前辈了哪；

天天听见你提倡这样，提倡那样，

　　觉得你真有点儿对了哪；

你是提倡物质文明的咯，

　　所以我们就来吃你面，

你是提倡整个国故的咯，

　　所以我们都进了研究院；

你是提倡白话诗人的咯，

　　所以我们就啰啰唆唆地写上了一大片。

我们且别说带笑带吵的话，

　　我们且别说胡闹胡搞的话，

我们并不会说很巧妙的话，

　　我们更不会说"倚少卖老"的话；

但说些祝颂你们健康的话——

　　就是送给你们一家子大大小小的话。

兄先生

适之　　　　四十双寿！！

嫂夫人

拜寿的是谁呐？

　　　　一个叫刘复，

　　　　一个叫丁山，

　　　　一个叫李济，

　　　　一个叫裘善元，

　　　　一个叫容庚，

　　　　一个叫商承祚，

　　　　一个叫赵元任，

　　　　一个叫陈寅恪，

　　　　一个叫徐中舒，

　　　　一个叫傅斯年，

　　　　一个叫赵万里

　　　　一个叫罗莘田，

一个叫顾颉刚，

一个叫唐擘黄，

毛子水算一个，

最后是李芳桂。

有星儿的夫妇同贺，没星儿的"十分惭愧"。

民国十九年十二月十七日《北平晨报》

　　胡适素重情义、礼尚往来，遇到挚友的生日，他只要没忘记，都会表示祝贺，即使偶尔忘记了，之后又想起时，也会亡羊补牢，把事情做到完美，他的朋友也是如此。有一次，友人忽然想起了他的生日，因为有事不能去胡府面贺，以致连忙奉函并写对联拜寿。12 月 17 日，后学吴其昌在致胡适函中，说："昨见北平《晨报》（车上见的），才知今天是先生的四十初度，我恨不能立刻奉一觞寿酒，然而事情不巧如此：我的妻偏偏在这天从上海到天津来，我不能不到天津去走一趟，只好等我回北平后，再来拜寿了。我在旅馆里做一幅寿联恭祝先生。文曰：'加紧继续千里世以后的文化运动；切莫误会四十岁便过了青年时期'。"同日，黄秋岳也奉函胡适，曰："您今天四十生日，我实在想不出拿什么东西来送您。您说辛稼轩词做得佳妙，我集两副对联都是稼轩词，送给您吧。一副是：'刘伶元自有贤妻，乍可停杯强吃饭；郑贾正应求腐鼠，看来持献可无言。'另一副是：'扶摇下视，屈贾降旗，闲管兴亡则甚？岁晚还知，渊明心事，不应诗酒皆非'。"又解释说："这两副对联的意思是'祝 您新文化运动的胜利'。"另意是"切止酒"。最后说："今天恕不来拜生日，改日来谈天吧"，等等。

　　胡适的友人对自己的生日先遗忘后又想起，于是重拾盛情，连忙上函补寿，胡适则致谢不误。1949 年 12 月 17 日，是胡适 58 岁生日，赵元任给在美国的胡适发了祝寿电报。胡适很感动！遂于 23 日致函赵元任夫妇，"谢谢你们一家贺我生日"。1952 年 11 月 3 日，胡适记住是日乃赵元任的生日，他在 10 月 27 日致函赵元任时，特别提及"下月三日是元任的六十岁整寿，可惜不能来登堂贺寿，只能在这里同冬秀举杯'遥祝'福寿无疆"。1959 年 11 月 5 日，胡适忽然忆起赵元任的生日，他致信元任："昨天时逢来看我，我才想起前天是你的生日，敬补祝大寿！"此外，胡适还进一步想到了寿礼的重要性，他在致函赵元任时，特别提到了这件大事。他说："元任吾兄：你的生日，我从来没有送个贺礼。今年（按指 1956 年）难得我们能够在一处过你的生日，我要你破例收下我破例送你的一套生日贺礼。你千万别怪我，更不可因此生气！这是我们认识以来四十六年中的第一次破例送礼贺你的生日，我借此祝你能够继续过四十六年的平安、快乐、有用的生活。"虽然胡适没有说明他送给赵元任是一套什么样的礼品，但胡适破了四十六年以来的惯例，即是俗话说的"千里送鹅毛，礼轻情义重。"就是这个道理。

澳大利亚汉学家菲茨杰拉尔德谈胡适与溥仪

胡适于 1922 年 5 月 30 日和 1924 年 5 月 27 日,两次会见清末民初第一号敏感人物即走下"清王朝圣坛"的末代宣统皇帝溥仪(1906—1967)。在胡适的眼里,这只"是一件很可以不必大惊小怪的事",但在民国之初的朝野上下,却引起了一片热议和否定之声。当时在华的美国、英国和澳大利亚等国的学者和记者群中,对胡适的这种"胆大妄为",也发出了阵阵褒贬之音。

本文只就生于英国、殁于澳大利亚的著名汉学家——查尔斯·帕特里克·菲茨杰拉尔德(Fitzgerald, Chirlas Patrick)关于这件事的鲜为人知的亲历记,做一点推介。以期从另一侧面使我们认知此事,当有裨益。

20 世纪 70 年代,菲茨杰拉尔德在澳大利亚首都堪培拉家中翻阅他收藏的中国古籍珍本

(上)

为了弄清胡适见宣统帝的始末,不妨先读读胡适所写会见前的日记和之后所作的表白性的力作《宣统与胡适》;看看他是怎样向世人交代这一事件的。

1922 年 5 月 24 日,胡适在日记上是这样写的:

我因为宣统要见我,故今天去看他的先生庄士敦(Johnston),问他宫中情形。他说宣统近来颇能独立,自行其意,不受一班老太婆的牵制。前次他把辫子剪去,即是一例。上星期他的先生陈宝琛病重,他要去看他,宫中人劝阻他,他不听,竟雇汽车出去看他一次,这也是一例。前次庄士敦说起宣统曾读我的《尝试集》,故我送庄士敦一部《胡适文存》时,也送了宣统一部。这次他要见我，完全不同人商量，庄士敦也不知道，也可见他自行其意了。庄士敦是很稳健的人，他教授宣统，成绩颇好；他颇能在暗中护持他，故宣统也很感激他。宫中人恨忌庄士敦，故此次他想辞职，但宣统坚不肯放他走。

郭存孝·周文杰作品

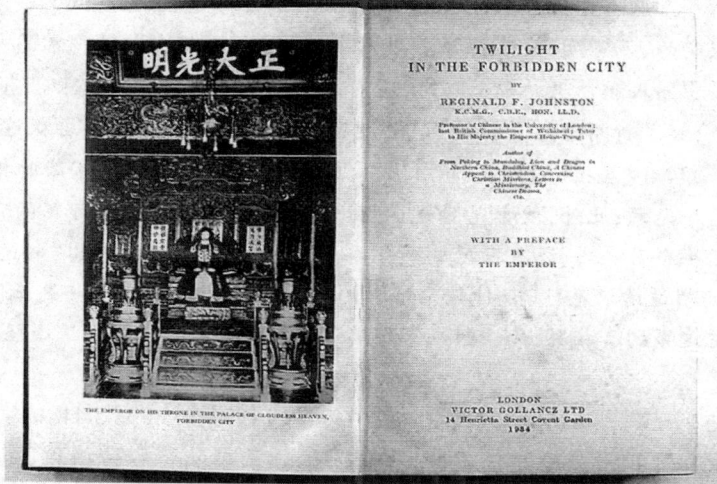

1934年，庄士敦在伦敦出版了《紫禁城的黄昏》，忆述他与溥仪一起见证了一个没落王朝的最后岁月。图为溥仪坐宫受拜插页

胡适在会见宣统帝前，走访庄士敦，获得了第一手情况，为他的正式访问铺平了道路，说明胡适很稳重。1922年，胡适记曰：

阴历五月十七日，清室宣统皇帝打电话来邀我进宫去谈谈，五月三十日上午，他派了一个太监来我家接我，我们从神武门进宫，在养心殿见着清帝，我对他行了鞠躬礼，他请我坐，我就坐了。他的样子很清秀，但颇单弱；他虽只十七岁，但眼睛的近视，比我还厉害。他穿的是蓝袍子，玄色的背心。室中略有古玩陈设，靠窗摆着许多书，炕几上摆着本日的报纸十几种，内中有《晨报》和《英文快报》，还有康白情的《草儿》和亚东的《西游记》。他称我"先生"我称他"皇上"。我们谈的大概都是文学的事，他问起康白情、俞平伯，还问及《诗》杂志。他说他很赞成白话；他作过旧诗，近来也试作新诗。我提起他近来亲自出宫去看陈宝琛的病的事，并说我觉得这是一个很好的事。此外，我们还谈了他出洋留学等事。那一天最要紧的谈话，是他说的："我们做错了许多事，到这个地位，还要靡费民国许多钱，我心里很不安。我本想谋独立生活，故曾想办一个皇室财产清理处，但这件事很有许多人反对，因为我一独立，有许多人就没有依靠了'。"我们谈了二十分钟，我就告辞出来了。

一个人去见一个人，本也没有什么稀奇。清宫里这一位少年，处境是很寂寞的、很可怜的；他想寻一个人来谈谈，这是人情上很平常的一件事。不料中国人脑筋里的帝王思想，还不曾洗刷干净。这一件本来很有人味儿的事，到了新闻的记者的笔下，便成了一条怪异的新闻了。自从这事发生以来，只有《晨报》的记载（我未见），听说大致是不错的；《京津时报》的评论是平允的；此外，便都是猜谜的记载，轻薄的评论了。最可笑的是，到了最近半个月之内，还有人把这事当作一件"新闻"看，还捏造出"胡适为帝者师""胡适请求免拜跪"种种无根据的话。我没有工夫去一一更正他们，只能把这事的真相写出来，叫人家知道这是一件很可以不必大惊小怪的事。

胡适第一次成功访问溥仪后，时过两年半即 1924 年 11 月 5 日，胡适给国民政府外交部部长王正廷写信，反对军阀冯玉祥派军队将废帝溥仪驱逐出宫。说："清室的优待乃是一种国际的信义、条约的关系。条约可以修正、可以废止，但堂堂的民国，欺人之弱，乘人之危，以强暴行之，这真是民国史上的一件最不名誉的事。"谁知这封信四天后在《北平晨报》刊登出来，引起舆论大哗，人们纷纷指责胡适，连胡适挚友朱经农、周作人、唐钺、李书华、李宗侗等皆公开表达异议。11 月 9 日，庄士敦写信给胡适，表示支持，只此一户而已。溥仪出宫后，胡适曾特地到醇王府去看望他，表示慰问，并劝溥仪出国留学，自己愿意给予帮助，似乎给了溥仪一丝安慰。

胡适"救助"溥仪的举措，纯属多余。他努力将自己打扮成一个同情怜悯弱者的高大形象，可惜得不偿失，且逆时代潮流而动，故难赢得人心。

（下）

现在来谈谈菲茨杰拉尔德何许人也？他是怎么与溥仪联系上的？他又怎样与胡适扯上关系的？

菲茨杰拉尔德的次女米拉贝尔·菲茨杰拉尔德为其父的《为什么去中国——1923—1950 年在中国的回忆》一书作序时，告诉我们，其父是一位"杰出的汉学家"。1902年,生于英格兰,1922年,在伦敦东方及非洲研究院学习汉语(教师中有一位中国人即舒舍予先生)。1923年起,他开始了在中国的长达30余年的精彩之旅。这期间,他碰上了轰动一时的胡适会见宣统皇帝溥仪的热门事件,菲茨杰拉尔德很快便被卷入了这个时闻的漩涡。他为我们提供了这个时闻的一些细节,有趣的是,他无缘结识胡适,但他对胡适是中国"第一位提倡白话文的先驱",则如雷贯耳。重要的是,他还提供了关于这次事件一些鲜为人知的花絮。

菲茨杰拉尔德说:"溥仪从皇宫被赶出来以前,曾经聘请过一位家庭英文教师,那就是雷金纳德·约翰逊爵士(按即庄士敦)。最初,雷金纳德爵士是中国顾问团的成员,后来成了威海卫的英国总督。他之所以被聘为皇帝的家庭教师,部分原因是他汉语的听、说、读、写能力都很出色。我来北京定居的时候,他刚刚接受了伦敦东方语言学院的汉语教授职务,我在东方语言学院读书时的老师多拉·伊文思,把我介绍给雷金纳德爵士,后来,他不止一次请我吃饭。有一次,他还对我讲述了溥仪被逐出皇宫以后,他是如何安排溥仪逃离北京的往事。"雷金纳德接着又说:他"制订了一个周密计划,事先买好一张去天津的三等火车票,溥仪身穿一件素净的蓝色长袍,看起来像个朴素的大学生,独自一人,悄悄溜出父亲的宅邸,乘一辆停在墙角的黄包车,直奔火车站,然后登上开往天津的火车"。雷金纳德又说:"溥仪时年二十一岁,从来没带过一分钱,对什么东西值多少钱,更是一无所知。"所以"事无巨细,都考虑得很周到",旨在让溥仪逃离成功。

菲茨杰拉尔德还揭露溥仪勾结庄士敦盗卖皇宫之珍宝的罪行。他说:"作为中介人,他(指庄士敦)曾经代表溥仪把皇宫收藏的最珍贵的宋代瓷器运往香港·上海银行(英国)。后来,为了满足溥仪一家与相关人员的财务需要,这些瓷器都被拍卖掉了。如果不是全部的话,至少大部分都成了伦敦珀西瓦尔·耶兹的收藏品了。"

至于胡适,菲茨杰拉尔德虽未能与之谋面,然在其著作中却给予很高的评价;对胡适应约与宣统相见,也有美声细语。他说:"胡适博士是当时中国文化界最著名的人物。他是北京大学教授,是主张用白话文代替文言文的主要提倡者之一。胡适重新激起了人们对明朝和晚清时期中国白话文小说的兴趣,并给予高度评价。那些小说正因为是用白话文写的,才得以广泛流传,但也因此而被倡导古文的学者们视为垃圾而抛弃。有一天,溥仪问雷金纳德爵士,是否可以邀请胡适博士前来一叙?这的确是一个令人吃惊的请求。谁都知道,像其他现代派学者一样,胡适博士也是一位坚定的共和主义者,对通过共和之路实现民主抱有一线希望。共和主义学者们一向认为,满洲人不仅愚蠢无能、百无一用,而且夜郎自大、故步自封。这种看法已经成了一种根深蒂固的成见。不过,雷金纳德爵士还是设法和胡适博士取得了联系。胡适对溥仪的邀请不仅感到意外,而且十分为难。倘若同事和朋友们知道他和被赶下台的皇帝暗中来往,他便很难在他们面前抬起头来。为了让胡适博士同意秘密来访,一切都得仔细安排。雷金纳德爵士亲自负责胡适博士经过的宅院入口处的安全,除了门卫,一定保证不让任何人看到胡适博士来访。至于雷金纳德爵士,门卫当然认识。皇帝和胡适博士的会见进行得非常顺利。胡适博士发现,那时大约二十多岁的年轻皇帝,至少像他的大多数学生一样聪明,并且对有关文化和语言改革的趋向,表现出浓厚的兴趣。雷金纳德爵士是在一次午宴上谈及这件往事的。一家非常著名的报社记者当时也在场。通过这件事情,我才认识雷金纳德爵士头脑冷静、随机应变的才能,并且由衷地钦佩他!原来,雷金纳德爵士头一次提到胡适的名字时,那一位记者竟然问道'你说的是谁?'这位记者显然从来没有听说过胡适。雷金纳德爵士发现自己失口说出这件事,连忙利用英文'谁'和中文'胡'之间发音的相似,把这件事遮掩过去。不过,这件事倒令人大开眼界。那时候的北京,没有听说过胡适的人,就像伦敦没有听说过萧伯纳的人一样少而又少。而身为大报记者的那位先生,居然会是这'少而又少'中的一员。"

可以理解的是,胡适未曾与菲茨杰拉尔德见过面,他俩之间没有任何交往,尽管如此,胡适的形象却矗立在菲茨杰拉尔德的心中。而菲茨杰拉尔德的上述精彩报道,很可惜胡适听不到了,那本书也变成一本胡适永远读不到的天书了。

菲茨杰拉尔德在胡适会见溥仪事件后,他花了许多时间在中国旅游。1939年到1945年,他在英国外事办公室工作。1946年到1950年,在英国驻中国顾问团工作。是年,他应澳大利亚驻华大使之邀,来澳定居。作为"中国通",1951年,他被聘任澳大利亚国立大学东方研究系高级讲师,1954年升任教授,1968年被授予名誉博士。1970年到1972年,是墨尔本大学现代中文系客座教授。1972年在墨尔本离世前,他是澳大利亚拥有中国历代古珍秘籍的第一人,又是一位拥有二十一部包括《为什么去中国——1923—1950年在中国的回忆》在内的书籍和无数文章的作者,但他也实实在在是一位中国人民不能忘怀的朋友。

罗尔纲与中华书局

郭存孝·周文杰作品

罗尔纲先生生平著书38部,解放前后与17个出版社打过交道,它们是:商务印书馆、中华书局、北京三联书店、贵州人民出版社、正中书局、上海书店、江苏人民出版社、开明书店、科学出版社、广西人民出版社、重庆胜利出版社、桂林建设书店、独立出版社、六艺书局、上海人民出版社、香港三联书店、山西人民出版社。

罗尔纲的第一本太平天国历史专著——《太平天国史纲》,1937年由商务印书馆出版,此开出版专著之先河,亦创太平天国历史研究成果问世之先声。但是出版太平天国史论著作最多的出版社,则首推北京三联书店,达12

1953年,罗尔纲在南京堂子街太平天国某王府门前

部之多。其次则数中华书局,亦多达11部。尤其感人的是,1995年5月,罗尔纲仙逝后,中华书局犹将罗尔纲的遗作《晚清兵志》(内含《淮军志》《甲癸练兵志》《陆军志》《海军志》《军事教育志》《兵工厂志》六种),于1997至1999年陆续出版。2003年7月,中华书局接踵又将罗尔纲早年的《"金石萃编"校补》出版。以慰先哲在天之灵,也造福读者。

笔者在南京太平天国历史博物馆工作40余年,从1952年起师从罗门,受惠良多。特别是目睹罗尔纲先生全心全意研究忠王李秀成自述这一浩繁工程中历经艰辛但终有斩获的事迹。笔者也有幸得到罗先生亲手交与笔者的关于忠王李秀成自述原稿笺证多部题笺赠书,笔者如获至宝,视为不可或缺的教科书。

笔者在罗尔纲先生身边,虽不经常侍奉左右,然因有召即来,如代寄信件,代印照片,代送资料。同乘三轮车陪他去南京市委宣传部,拜会周村部长,解决抄写工的费用问题。又曾持其亲笔函往中国科学院南京史料整理处(今中国第二历史档案馆），向王可风主任借调陈列橱柜等。平时偶语中，罗先生也常指示笔者不论是写文或是出书都要绝对一丝不苟，他也说到他与中华书局等出版单位之间也有沟通，但也有沟而不通的时候，总之，教导我出一本书绝非等闲之事，我心领神会，牢记心间。不过对于罗先生如何与出版单位沟通或沟而不通的，则不得而知，也不便请教。

笔者今秋在苏州古旧书店购得方继孝先生的《旧墨三记》，忽见内中有一封罗尔纲致中华书局的亲笔信，真是喜出望外！原来这是一封解放之初罗尔纲写给中华书局上海编辑所的一封亲笔信，信中所谈主要话题是关于李秀成自述原稿笺证出版契约签订问题。按大陆全境解放时，罗尔纲正在广西贵县老家，一面养病，一面迎接家乡的解放。

1951 年 1 月 11 日，正逢太平天国金田起义 100 周年，是日《人民日报》发表了社论。而南京（太平天国改名天京）又曾是太平天国的首都，天王洪秀全的宫殿——"天朝宫殿"的所在地。故在南京举办一次重大活动是顺理成章的。1950 年 12 月，南京市人民政府即邀请罗尔纲先生来南京主持这次活动，罗尔纲应允而来。在南京担任太平天国起义百年纪念筹委会委员。筹委会议决四项任务：1. 举办太平天国起义百年纪念展览（1951 年底，笔者从南京人民美术工厂调来南京市文物保管委员会，从事文物展览的美术设计布置工作，故没入太平天国展览的收尾工作）；2. 在天朝宫殿遗址前，树立太平天国起义百年纪念碑；3. 建立太平天国纪念馆；4. 成立太平天国起义百年史料编纂委员会。罗尔纲参加以上四项工作。展览结束后，罗尔纲则长年在南京，实际主持搜集编纂太平天国史料工作。1951 年 1 月，首次由开明书局出版了他的《忠王李秀成自传原稿笺证》；同年 5 月再版。但作者不满现状，决心修订，并交由中华书局出增订本。于是便出现了 1953 年 12 月 27 日，罗先生利用"太平天国起义百年纪念史料编纂委员会"信笺，以工整的楷书，给中华书局上海编辑所写信这件事了。此信弥足珍贵！因罗尔纲生前未见他在书中提过此信。2014 年，罗尔纲先生女儿罗文起主编的《罗尔纲全集》也未见该信的尊容。

笔者认为，该信可启迪世人：1. 它提供了一部书诞生后尚有一段精益求精的道路要走的真理。2. 出版者与作者的互信互动的和谐关系是多么的可贵！信曰：

中华书局编辑所

一、接十二月十九日编 53 字号第 1860 号大函，并《忠王李秀成自传原稿笺证》版权契约两份，又惠汇增订部分致酬款人民币壹佰壹拾叁萬叁千捌佰元均已奉到。兹遵嘱将版权契约一份签署，随函挂号奉回，又新书内容单、作者调查表一份，并同函挂号奉上，请检收。此稿承赶快出版，并重排新版，以副读者殷殷之望。贵所为人民服务的高度精神，至为感佩。二、大函示知，贵所同意我十月二十七日所陈全部改写《太平天国史稿》的办法，嘱在半年左右将改写本寄上，如能提前更好。并命先提出具体计划，以便贵所安排工作。接示后，曷胜欣怍，已于本月二十二日接奉大函之日，即日动手改写。兹特将所拟《太平天国史稿新编》写作计划挂号奉上，敬请审定教正，俾有所遵循为幸！（以后写作情况当间一两月报告贵所一次。）此稿现正在日夜赶写中，完成时间暂定为半年。如能挤出更多时间，有当遵嘱赶快完成，以副贵所盛意也。专此奉陈。

　　此致

敬礼！

罗尔纲
一九五三年十二月二十七日

　　函内寄：一、《太平天国史稿新编》写作计划一篇；二、《忠王李秀成自传原稿笺证》出版计划一份；三、《忠王李秀成自传原稿笺证》新书内容一份；四、作者调查表一份。

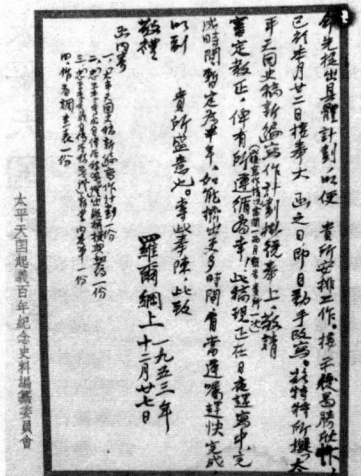

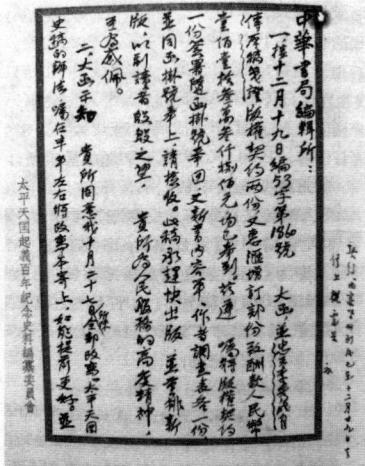

罗尔纲先生是一位治学严谨、作风扎实、为人诚实、待人宽容的大学者,他说得到也做得到的。此函证实:作者与中华书局,经过努力,双方和谐合作推进,作者表示如期交稿,中华书局也守信按时出书。1954 年 6 月,修订本的《忠王李秀成自传原稿笺证》问世了。与此同时,应邀而作的《忠王李秀成传》也由江苏人民出版社出版。1955 年《太平天国史稿》(改写本)再由中华书局出版。1957 年 12 月,中华书局又为罗尔纲连出两部增订本——《太平天国史稿》和《忠王李秀成自传原稿笺证》,两个增订本,都是精益求精之力作。1958 年,从另一角度研究的《忠王自传原稿考证与论考据》,由科学出版社出版。1980 年 5 月,罗尔纲再将李秀成自传进行编注,以《李秀成自述原稿注》为书名,再由中华书局再版。该书是罗尔纲改"自传"为"自述"之始。其实"自述"的概念与含义远比"自传"更贴切。按《罗尔纲全集》说:"此书比《笺证》更完善。采训诂与事实考证并重的体例,版本调整为据 1962 年曾家后人在台湾世界书局影印的《李秀成亲供手迹》。此书从开始作注,一版再版,不断修订、补充,长达半个世纪。"不怪罗尔纲先生无限慷慨地说道:"回首初注时,已四十九年,古人说,皓首穷经。我注李秀成自述,也从青春注到白首了。"其实不然,何止于此,罗尔纲在"文化大革命"中,由于研究李秀成及其自述给罗尔纲带来的疼痛要比作注带来的辛苦不知要超出多少倍?! 所幸,天理是公平的。

19 世纪五六十年代的南京中华书局旧址(在今杨公井)

笔者看到罗尔纲致中华书局这封亲笔信后,浮想联翩,首先哀叹他老人家作古不觉已二十余年矣,笔者也被时光推向生命的边缘,目睹罗尔纲先师在1958年6月16日亲笔题赠笔者的《太平天国史稿》(增订本)和《忠王李秀成自传原稿笺证》(增订本)以及1983年2月14日亲笔题赠门人的《李秀成自述原稿注》等书,面对三部宏著,虽然封面已蒙尘,内页已发黄,纸张也变脆,手迹也褪色,尽管亲题笔者的赠书,距今已有60高龄,然而再读之下,仍然感受到先师的学术智慧之光,依旧闪烁!

　　本人与方继孝先生同感:念先师之心未泯,先师的治学精神仍然激励我们砥砺奋进;特别是先师著书立说的规则,永远是笔者在著书的海航中的指南针。

郭存孝·周文杰作品

罗尔纲与萨兆寅

罗尔纲　　　　　　　　　　　　　　　萨兆寅

　　罗尔纲先生是位毕生以搜集太平天国文献史料为天职并最终取得成功的著名学者。

　　1953年,我在太平天国纪念馆筹备期间,协助罗先生负责太平天国文物临时陈列时,由于年轻幼稚,只知重用文物,却忽视史料的陈列价值,曾受到罗先生的批评,从而长了见识。谁知此时罗先生正全身心地在南京图书馆和前苏南文物保管委员会书库里发掘太平天国史料。苍天不负苦心人,十年磨一剑,罗先生摸底成功,终取得搜集到1200万字有关太平天国史事的珍贵史料的惊人成绩。当然,除"南图摸底"外,罗先生还有向太平军经过的重要城市的图书馆征集太平天国资料,这也是一个有效的途径。后来,所有获得,经过罗先生的梳筛、整理,对其中有价值的,多录入出版物,其功在造福士林,因而获得点赞!

　　今阅《发现李庄》一书,喜见作者刊出一件1948年11月11日罗尔纲复致萨兆寅的亲笔函。阅读《罗尔纲全集》,未见收录,尽管此函本身不具非凡价值,然而它的问世,也反映了罗先生重视史料、特别是对第一性史料寄予厚望的心态。何况这件亲笔函已是一件尘封67年的钩沉之物。兹将此函全文抄录如下:

采金摘玉集　CAIJIN ZHAIYU JI

兆寅先生赐鉴:奉接复示,敬悉汇款已寄到,业蒙雇人代钞尊藏,曷胜感幸!

兹有恳者,缘弟不日离京赴赣中正大学讲学。该书钞竣,敬乞双挂号寄"广西贵县榕北街 98 号罗敦裕堂后楼陈婉芬女士收",为感为祷!专此奉恳,并请道安。

罗尔纲的谢函,当是发自南京"中央研究院"社会研究所任职期间,是年 9 月 24 日、10 月 21 日,罗尔纲在他人生中致胡适的最后两封信中,提及他当时正在南京中央大学教授"太平天国史研究"课程及撰写《太平天国史考证学》之事。此时,罗尔纲向福建省图书馆萨兆寅馆长发函查找原始资料,当与太平天国在福建的史料有关。

是时,罗夫人陈婉芬早已回到广西贵县老家。罗先生也于年底返归故里,迎接解放。

至于罗先生在函中,说到"不日离南京赴赣中正大学讲学"一事,这是一个什么样的事情呢? 按 1946 年 11 月 15 日,罗尔纲在致胡适函中,曾告知"前几年萨本栋(1902—1949)先生在厦门大学时,因听蒋廷黻先生的奖饰,几次邀约学生任该校史学系教授,学生都向他辞了。今年夏秋南昌中正大学萧校长又迭来函电,邀约学生往任该校史学系教授。该校史学系主任为友人谷霁光君。学生已屡函辞谢"。"昨复接谷君来电,言已将生所任功课排入课程表内,并将薪水改定为 520 元。今日复将聘书及旅费均寄来,恳生即速应邀。生已复谷君,言生现还正请医病中,且未辞中研院职,断不能应中正大学之聘"。但是罗尔纲左思右想,又想请胡适批"准回北大,则先至中正大学一两年,取一资格,并得先在小大学历练,再回名大学服务,事又似可行。学生徘徊,未知适从,伏乞吾师裁决,俾得遵行"。可惜罗尔纲未接到胡适的"裁决",1947 年 6 月 15 日,却收到顶头上司孟陶和所长的"赐谕",他"十读三复,说不尽的欢欣! 便把中正大学(该校亦准病中照支薪水,待病愈到校)的旅费和薪水退回,复信婉辞了。一心一意把病养好,赶快回南京等候机会去北平拜谒吾师,以慰多年渴慕的孺念"。可是一年零四个多月后即 1948 年 11 月 11 日,罗尔纲缘何又向局外人萨兆寅旧话重提? 笔者在《罗尔纲全集》中未能找到答案。但可推论的是,那是罗先生因感愧对中正大学和挚友的诚心和敬意,自己的痴心历久未移的再表述罢了。不过中正大学任教一事,足以证明:罗尔纲面临困难抉择时,最后总是以献给胡适一颗赤诚的"愚忠之心"而收场。

至于罗尔纲致函的朋友——萨兆寅先生其人其事又是如何？笔者在《罗尔纲全集》中也是查无实录。不过，罗尔纲与萨兆寅的同一家族成员——萨本栋，是相互知名并有过接触的。另从互联网和台湾《传记文学》（2017 年第 110 卷第六期"名人逸事"）中，从提及萨兆寅长子萨本敦时，欣获萨兆寅先生的主要事迹。萨兆寅（1902—1967），蒙古族，字士武，号师虎，福建闽侯人，福建学院毕业。1919 年，赴日留学，学习图书馆学专业。毕业后回国，先在北京、济南任职，后回故里，任教育局编辑，后参与筹建福州乌山图书馆，担任主任。1933 年，萨兆寅的宗叔，曾任中国海军总长，一度的国务总理萨镇冰（1858—1952），支持"闽变"，即是年 11 月，第十九路军将领蒋光鼐、蔡廷锴、陈铭枢等联合国民党内李济深、陈友仁等，在福州发动事变，成立"中华共和国人民革命政府"，在政治上提出"打倒日本帝国主义""打倒蒋介石卖国残民的南京政府"；在军事上与中华苏维埃共和国临时中央政府和红军签订了抗日反蒋协定。不久，在蒋介石分化加武力攻击下，"闽变"失败。萨兆寅在"闽变"失败后一度消沉。

1933 年，萨兆寅被任命为福建省立图书馆首届馆长，解放后留任至 1967 年始退休，在位长达 24 年之久。未料在 1951 年，罗尔纲再度与福建省图书馆有业务往来，不过此次是公对公的关系。"1952 年 7 月 9 日，罗尔纲在致南京市文物保管委员会史料组程万孚的函中，委托他函复并汇款给该馆，请代抄太平天国原始资料——魏秀仁著《咄咄录》，约十万字。沈储著《舌击编》，约十一万字。每万字抄费一万二千元，连纸张费，共约二万元，两书总计纸张及抄费需人民币二十七万二千元。"罗先生强调"这两部书是海内未见的抄本，是值得抄的"。该馆的热情服务，赢得了罗尔纲的点赞！

1966 年起，"文化大革命"愈演愈烈，罗尔纲与萨兆寅两位专家权威，一个在北京、一个在福州，都被扣上"反动学术权威"的帽子，不过萨先生还多了一顶"走资本主义的当权派"的大帽子，他俩都在当地受到批斗。所幸"文化大革命"结束后，他俩都安然无事。萨先生的部分手稿和藏书，均得以归还。作为中国著名的图书馆学、史学、方志学、版本学、金石学等领域内多有建树的专家之一，萨兆寅曾是人民政协福建省委员。1967 年离世，享年 65 岁，他为世人留下了《萨兆寅文存》（2012 年，福建鹭江出版社出版）。罗尔纲则晚于萨兆寅三十年于 1997 年谢世，享有 96 年高寿，他老人家也为后继者留下了可观的《罗尔纲全集》（2015 年，社会科学文献出版社出版）。

师生情礼赞

——读《胡适与罗尔纲经纬录》杂忆

我的老伴郭存孝曾先后出版了十多部书,我也从他的成果里分享到一份欢乐与喜悦但很难每本都去认真细读,因为俗话说隔行如隔山,唯有 2015 年由安徽教育出版社出版的《胡适与罗尔纲经纬录》让我爱不释手,并想提笔写一点读后感,也许正如英国作家乔治·奥威尔所说:"是历史的冲动。"其渊源是该书讴歌了两位大学者的师生之情谊,一部难得的精品,这又是与我过去的职业有着密切的关系。我曾从事中学教育事业长达 36 载,退休后又任南京市教育科学研究所特约科研员及江苏省教育志编辑长达 8 年,对赞颂师生之情谊,自然格外情有独钟了。

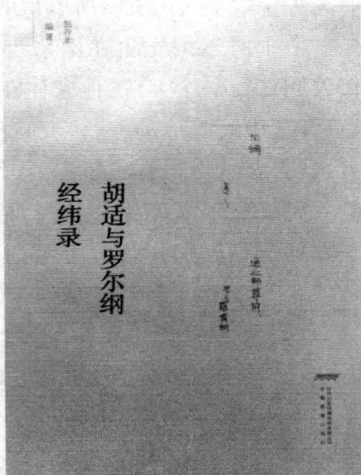

郭存孝编著《胡适与罗尔纲经纬录》,图为封面

师出罗门

罗尔纲是中国研究太平天国史之泰斗,是郭存孝的导师、前辈。正如为该书作序的罗尔纲长女罗文起所说:"郭存孝与先父罗尔纲相识于 1952 年末南京太平天国革命百年活动之际。1953 年 3 月,南京发现堂子街太平天国某王府壁画并对外开放,先父将郭存孝调来教授太平天国文物陈列大法,从此结缘。后来,郭存孝协助先父筹建太平天国纪念馆,后改名为太平天国历史博物馆。郭存孝从 20 世纪 50 年代起,历任陈列部主任、研究部主任、副馆长、馆长。在该馆工作长达 38 年之久。1992 年,被中央文物管理局评为研究馆员。是年,又荣

获国务院颁发的特殊津贴。在这期间他出版了个人专著《太平天国博物志》《太平天国诗联考注》《太平天国史论笔记》，又主编出版《曾国藩等往来信稿真迹》《吴煦档案墨迹选》等。均得到先父鼓励并为其著作作序。"这番话不仅勾勒出了罗尔纲先生对郭存孝的呵护之情，也反映了郭存孝在罗尔纲先生指引下，研究关于太平天国资料所取得的成就。

1956年，郭存孝在罗尔纲先生指导下，一面从事美术设计工作，一面投入到对太平天国文物的研究之中。图为在纪念馆开放前制作的展牌

由于罗尔纲先生在南京工作的时候，我们曾同住在一个大院，他家住在前院，我们住在后院，中间是他的办公室和资料库，前后各有大门出入，记得有一年春节，作为晚辈邻居的我们给罗尔纲先生和师母拜年，这是我第一次见到罗先生并且聆听了他的一席话，谈话虽然简短，但是我却领略到一位大学者的风范。

罗尔纲是胡适的得意门生

上海中国公学校长胡适

中国公学大学部的优秀生——罗尔纲，图为1930年毕业照

罗尔纲先生是20世纪20年代上海中国公学获奖学金的优秀学生（当时仅5名学生获奖学金）。胡适校长对这位来自广西的勤奋好学的学子，分外重视，当罗尔纲在上海公学毕业后，胡适即把他留在身边工作长达5年之久，他们结下了深厚的情谊。胡适爱护学生，尊重学生，他长罗尔纲10岁，可他给罗尔纲写信时尊称"尔纲兄""尔纲弟"，没有丝毫校长架子，而罗尔纲更敬重这位校长，把胡适做学问的"不苟且"精神，视为自己做学问的座右铭，他以胡适先生为榜样，传承了他爱护学生、真诚地指导后学的态度。

记得罗先生为郭存孝的《太平天国博物志》写序时，他在序末写着"1992年8月4日夜挥汗草此 罗尔纲谨志于北京"。对后学之关爱，真令人震撼、感动！

郭存孝在向罗尔纲先生学习、共事的近40年中，也深知胡适与罗尔纲有一段不寻常的师生情谊，他一直放在心头，也常常听他提及要进行研究。

意外的资料

1996年我们移民澳大利亚，郭存孝除研究中澳关系史、澳大利亚华人华侨史外，也想研究胡适，苦于缺乏资料。说来也巧，2007年春，一天他接到一位朋友——澳大利亚联邦参议员陈之彬先生电话，他说："我有一批历史资料，其中有不少是关于胡适的，是墨尔本大学教师、胡适的北京大学学生金承艺遗留的，他家属希望赠送给研究历史的人，我首先想到您，想请您来先来看一看如何？"郭存孝高兴之极，欣然同意。次日，我陪他去了陈参议员办公室，见到了8个大纸箱，里面装有《胡适文存》一类的专著，郭存孝喜出望外，他高兴地对陈参议员说，他非常需要这些无价之宝。陈参议员顿感自己找到了非常合适的赠送对象而欣喜，还连忙对郭存孝说改天送到府上去。不几天陈参议员果然亲自驾车把这 8 大纸箱送到我们家，我们出来要自己搬，但陈参议员不允许我们搬动，说我们年纪大了。我们眼见他很吃力地从汽车上把一箱一箱的资料直接搬进我们的书房，真让我们感到过意不去。试想一位华人精英、联邦参议员竟然如此关心体恤一个年迈的华人学者，这种将苦留给自己把幸福送给别人的品质，实属不易。他完全可以叫他秘书送来或让我们去取，可他并没有这样去做。

自从获得金承艺收藏的这 40 多部胡适遗著后，郭存孝全面开始了对胡适大师的研究，同时我又陪他去墨尔本大学东方部图书馆继续寻觅胡适的相关资料。之后他写了不少有关胡适的文章，分别在澳大利亚中文报的副刊和台湾的文史刊物上发表，他终于成了当今公认的澳大利亚唯一研究胡适的华人学者。

2014 年，郭存孝疝气发作，但为了进一步增强对胡适的实感，他执意要台北去参观胡适纪念馆，瞻仰胡适墓园，我们只好依了他。遂由女儿陪同前往，难能可贵的是，胡适纪念馆负责人对他这位前来"朝圣"的学者很敬重，不仅亲自陪他参观并解说，还馈赠他一些珍贵资料。

2013 年 9 月，郭存孝在台北胡适纪念馆的胡适铜像前留念

我们在胡适的办公桌前凝思良久，不由想到胡适最后为罗尔纲的《师门五年记》写了后记，又亲笔签赠友人、学生之书，都是伏在他的这张办公桌上完成的。想到大师的治学精神、高尚的人品，让我们在这办公桌前久久不想离去。

之后，郭存孝又有幸获得香港冯平山图书馆赠送给他尘封的罗尔纲信函复印件等。这些给力的资料，让这个当时已是 86 岁高龄的郭存孝来说，兴奋不已，他的创作欲望也随之高涨！说实在的，他是经历过胃、肠两次切除大手术的

采金摘玉集

CAIJIN ZHAIYU JI

毫耋之人，却对研究如此执着，乃是受胡适大师"不苟且"教诲的鼓舞从而砥砺前行的；这也是源于罗尔纲先生的哺育所致，他终于迅速地完成了这本《胡适与罗尔纲经纬录》。该书获得安徽教育出版社的青睐，该社便以不到半年时间的惊人速度，便将该书奉献给社会了。这印证了德国哲学家康德的一句名言："老年人要像青年人一样高高兴兴，青年人好比百灵鸟，有他们的晨歌，老年人好比夜莺有他们的夜曲。"郭存孝正是一位唱夜曲的老人。

全书赏析

《胡适与罗尔纲经纬录》封面，灰色仿线装书，上有两小帧胡适罗尔纲信笺，朴素无华。全书 20 万字，分上、下两辑，上辑讲胡适与罗尔纲的一世情缘，以罗尔纲的《师门五年记》为切入点。《师门五年记》原名为《师门辱教记》，是 1943 年罗尔纲应广西桂林一家出版社的约稿，编辑部要求他撰写他受教于胡适的情缘故事。因此，罗尔纲为感谢恩师胡适，故取书名曰《师门辱教记》。为何采用"辱教"二字，缘由 1937 年罗尔纲写了一本《太平天国史纲》，挨了胡适的严厉批评。当时太平天国史料尚未大量挖掘，社会上泛滥着清朝的片面宣传品，真伪难分，罗尔纲虚心接受，深感胡适的批评正确，应不辜负老师教导，所以书取名《师门辱教记》。该书初版，印数不多，时逢抗战，因此未能广泛流传。但看过书的朋友都说是本好书，当时中科院社会研究所图书馆主任宗井滔对罗尔纲说："我曾经看过一本胡适之的传，看过几篇写胡适之的文章，到今天看了你这本小册子，才见到胡适之的伟大。"

之后，罗尔纲对该书又做了修改并写了序，1945 年书稿交重庆独立出版社，总编辑卢吉忱想请胡适作序。不巧，当时胡适在任驻美国大使，因此书一直压在出版社，抗战胜利后，胡适去北大任校长，一直到 1948 年 8 月胡适才写好序。胡适曾说："尔纲这本自传，据我所知，好像是自传里没有见过的创体。从来没有人这样坦白详细地描写他做学问的经验。后来也没有人留下这样亲切的一幅师友切磋乐趣的图画。"

胡适给罗尔纲的信中说："这本书给我的光荣比我得到 35 个名誉博士学位还要光荣。"胡适写好序后，已面临全国解放前夕，胡适去了台湾。1953 年胡适又去了美国把这本书的修订本也带了去。后来因为出版社总编辑卢吉忱已去世，这本增订本便搁浅了。直到 1958 年，台北不少见过《师门辱教记》这本书的朋友，都认为这本书很有价值，建议胡适出版。胡适觉得众议有道理，于是决定自费印刷这本书,作为他赠送朋友的礼品。胡适将《师门辱教记》改为《师门五年记》,同时又写了后记。

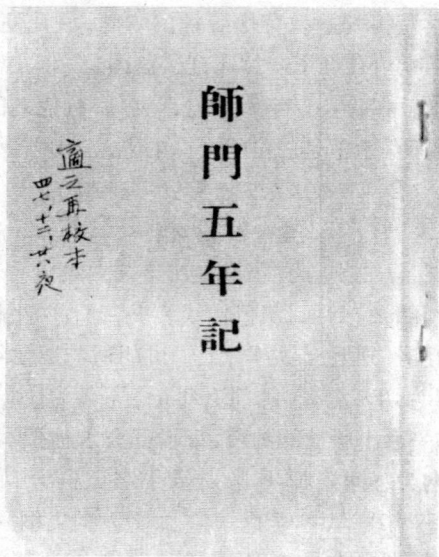

胡适自费出版赠送友人学生之《师门
五年记》,图为封面,左边是胡适的题记

　　1958 年 12 月 7 日是胡适 68 岁华诞,又是北京大学成立 60 周年庆典,胡适将《师门五年记》一书,赠送给参加会议的校友、朋友。1962 年台湾研究院召开院士大会,胡适又将《师门五年记》赠送给吴大猷、吴健雄、袁家骝、刘大中四位科学家人手一册。未料 4 小时后一代宗师胡适正在讲台上演讲时,因心脏病发作,突然倒地,驾鹤西去。

　　《师门五年记》在台湾引起了不小的轰动,印刷数达到教科书的数量,多年以后,罗尔纲才知道这段感人的故事。

　　1995 年 8 月,罗尔纲先生出版了《师门五年记·胡适琐忆》,他亲笔题字赠送了一本给郭存孝。这是他送给郭存孝的第 36 本书,也是最后一本,因为两年后罗尔纲先生在北京离开了人世。

　　《胡适与罗尔纲经纬录》上辑,还刊载了胡适与罗尔纲的往来信函,胡适日记真迹中有关对罗尔纲的记载,以及罗尔纲对胡适的论述和师从胡适获益的方方面面。其反映了胡适去世后,一个学生对老师的缅怀之情。

　　该书下辑,是郭存孝链论罗尔纲与胡适在做学问、交友、游览等活动中的片

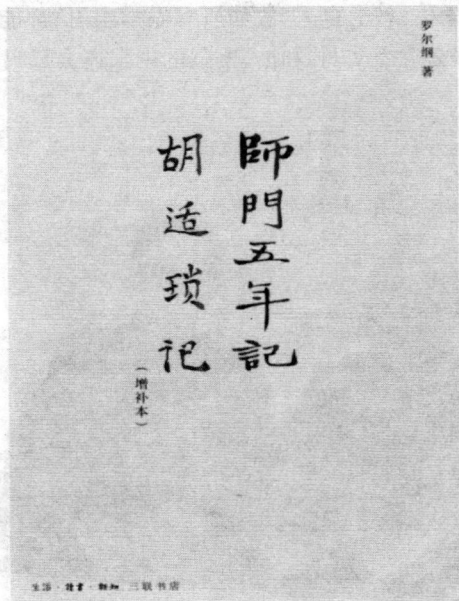

断，兼谈罗尔纲与胡适、其夫人江冬秀以及胡适两个儿子的友情，还涉及以及两岸学者礼赞胡适与罗尔纲楷模式师生关系的论述。而难能可贵的是，郭存孝挖掘了一些新史料，如当年中国公学副校长杨亮功博士在《胡适之先生与中国公学——为胡适逝世周年纪念》一文中高度赞美了胡适与罗尔纲的师生情谊。又如中国共产党早期领导人陈独秀在狱中带口信给胡适，希望与罗尔纲研究太平天国史，遭到胡适的拒绝。郭存孝还在中国考古学家《夏鼐日记》中发现胡适曾对夏鼐说"罗尔纲才是他真传弟子"。台湾著名作家李敖在他的《胡适与我》一书中讲到胡适赠送他的签了名的《师门五年记》，他很高兴。李敖还点赞罗尔纲为整理胡适父亲胡铁花遗著所做出的贡献及楷模式的师生关系。

《胡适与罗尔纲经纬录》受到好评。北京中国胡适研究会会长耿云志学部委员在给郭存孝的电邮中说："大作《胡适与罗尔纲经纬录》已拜读，先生费心将他们师生之间的相关文献聚集成一本书，很便于读者了解这一段不朽的师生情，为今世乃至后世为师为徒者，立为楷模，可谓有心人也。敬佩之至！"

作者在前言中也说道："礼赞胡适与罗尔纲这两位学术大师楷模式的师生关系，是件很有教育意义的事，由罗尔纲著，胡适作序并写后记的《师门五年记》，是这关系的具有一定含金量和独创性的见证。这一互敬、互重、互动的不泯师生情谊，对于后学有着宝贵的启迪作用。"是的，假如当今所有为师者，都像胡适大师那样爱护学生,教书育人:假如所有做学生者,都能像罗尔纲那样虚心好学、敬重教师。那么一个文明、和谐、富强的中国还会远吗?

1983 年,郭存孝与罗尔纲先生(左)在其北京罗府合影

重庆——南京, 澳大利亚驻华使馆旧址探访记

郭存孝·周文杰作品

澳大利亚驻华大使馆(南京琅琊路14号),图为门景

中国与澳大利亚两国之间,原本只有清朝末年派遣中国总领事驻澳大利亚的政府行为,而澳大利亚却未派出驻华外交机构和外交官。中澳两国的外交关系呈1:0的非正常状态。只是到抗日战争期间,中澳两国成为共同抗日盟友之后,澳大利亚才在抗战陪都——重庆,建立了澳大利亚驻中国公使馆,这使原来的非正常局面转向正常化,从而掀开了中澳两国外交关系的新纪元。

(上)

1941年,由于必须共同对抗日本侵略者神圣使命的驱使,澳大利亚联邦政府第一次与艰苦抗战中的中国政府建立了互派公使的外交关系,这是顺应历史潮流的明智决策,自然受到了两国人民包括旅澳侨胞的热烈欢迎。

随后,澳大利亚政府在中国政府派出徐谟博士为首任驻澳大利亚公使四个月后,即派出著名学者埃格尔斯顿爵士(Sir Fredric Eggleston)为首任驻华公使。

是年 9 月,埃格尔斯顿公使率属员,经印度尼西亚到新加坡,虽然一路十分辛苦,但他用饱满的热情,一路上发表了支持赞扬中国抗战的讲话,然后辗转过缅甸飞往中国重庆履任。

1940 年 10 月,澳大利亚外交官来到重庆,选择了著名的已有百年历史的风景区——"鹅岭"童家花园内,建造了在中国的第一个驻华公使馆。该馆建筑面积 518 平方米。1941 年 10 月 21 日开馆,当时除公使外,只有三位馆员:私人秘书白高英、二等秘书华勒、三等秘书华裔李贵芳。埃格尔斯顿在重庆的国民党机关报《中央日报》上发表了热情洋溢的关于中澳友好的谈话,中国媒体发表了系列的文章,向读者介绍这个抗日盟邦的政治经济和社会的情况。埃格尔斯顿展开频繁的社交活动,与中国国民政府和社会各界人士建立友好的关系,这位首任使节给中国人民留下了深刻的印象。1944 年 2 月,离任回国。公使馆在重庆运作了 6 年。

1945 年 8 月,日本侵略者无条件投降了,伟大的抗日战争胜利了。许多在陪都重庆的外国驻华大使馆,先后加入了中国国民政府还都南京的大迁徙的行列之中,其中就有澳大利亚驻华使馆这一小家。

(中)

1946 年,李贵方到南京,从《救国日报》社社长龚德柏(1891—1980,湖南泸溪人)手上租得他的北京西路 66 号私宅为大使馆。馆址占地 860 平方米,有一幢砖木结构的西式三层楼房——主楼一座、平房数间,环境优雅。同时又从首都警察厅厅长韩文焕处,租得其琅琊路 14 号私宅为大使馆用房。此屋两幢,均系砖木结构的西式假三层楼房并平房数间。

可是第二任驻华大使科普兰(O·B·Coplaud,又译高伯兰),直到 1946 年 5 月,才姗姗来到使馆接任。科普兰则另住太古山明云堂 21 号。公使馆内只有二等秘书李桂方看守老营,其余馆员除留馆外,部分兼职官员则分住北京、上海和广州。遇有要事,则归返大使馆。

1948 年,科普兰离任。此时正值中国解放战争如火如荼之际,国民党已面临崩溃之前夕。2 月间,第三任驻华大使欧辅时(Kelth Office,又译奥菲瑟)大使上任,但他面临的是已明朗的内战形势,除了忧心忡忡,他也无事可做,但是迫在眉睫的重大问题是大使馆在不久的未来将何去何从?! 则令他焦虑不安。

1949 年 1 月,国民政府外交部目睹大势已去,乃密告美国、英国、苏联和澳大利亚等国使节,通告国民党已在台湾设立招待所,并宣称可为各国使馆去台湾提供免费运输。欧辅时见美国、英国和苏联大使馆闻声均已撤往广州,遂命李贵方去台湾调查,自己则留在南京静观其变。4月23日,南京终于解放。但欧辅时并未停止活动,直到7月间,欧辅时决定以个人身份,前往南京市人民政府,要求会见外国侨民办事处处长黄华(后任外交部部长),作为新中国南京的第一位外交官,黄华亲切接见了欧辅时,这是新中国与澳大利亚在1972年建立外交关系前的第一次非正式的具有官方性质的友好接触。欧辅时大使向黄华处长侃侃而谈,意在投石问路。他说,澳大利亚愿与新中国早日建立关系,并称待毛泽东宣布建都北京后,再寻觅新馆址,但希望首先进行贸易、通讯和旅游活动,然后再建立外交关系,并且表示不论国民政府迁往何处,澳大利亚都不会派代表前去,但未明确表示将会与蒋介石的国民政府断交,只承认共产党领导的新中国。黄华对欧辅时的来访表示欢迎,也耐心地听了他不乏真诚的表白,当即告诉欧辅时,毛泽东早在1949年6月30日,就说过"第三条道路是没有的",可惜并未深谈。欧辅时觉得一时也无法取得共识,再留南京已没有什么意义了,于是决定打道回府。首先退了租房,接着将使馆内的家具和各种不易搬走的物件,一共装了469个木箱,悉数存放在英国大使馆内,自己则轻装上阵打道回府了。

后来的事实证明,澳大利亚使馆一等秘书李贵方奉命到台湾视察过一番,结果是让他大失所望。李贵方向澳大利亚外交部汇报了台湾给他的不良印象。澳大利亚决定不在台湾设立大使馆,也不派驻一名代表,有关侨务和商务均依例委托英国驻台湾领事代理;同时宣布允许蒋介石的驻澳大利亚大使馆留在堪培拉,实际上关上了与新中国建交谈判的大门。

1950年1月,中国人民解放军开进北京东交民巷使馆区,接着北京市军管会正式接管了美国、英国、法国、荷兰等国军营。就在这时即1月6日,英国驻北京总领事高来含,于当天下午亲向中国外交部办公厅主任王炳南递上英国政府承认中华人民共和国"为法律上的政府"的照会,乃成为第一个承认新中国的西方国家。英国自然地除本身外也成了英联邦管辖下的自治领和殖民地的利益维护者。

时间渐渐推移到1965年3月,英国驻华大使馆发现了16年前澳大利亚蓄存的那469箱旧物已成累赘。英国人不想再做看管人,但愿做产权的主人,英国使馆官员遂向南京市人民政府申请处理这批旧物,南京市人民政府批准同意,最后由南京市废品信托公司估价后收购。这批469箱旧物,作为最后的物证,它与旧中国和前澳大利亚驻华使馆一齐进入了历史!

澳大利亚大使馆内楼房一角。南京解放初期,仍为大使馆使用,后退租,则由南京市房产管理局代管

（下）

南京是笔者难忘的心灵家园——祖先与后代的故乡,澳大利亚则是笔者四代同堂的海外的欢乐的家。2013年10月,笔者回南京,曾刻意到鼓楼区琅琊路14号,看望以前的澳大利亚驻华大使馆旧址。当我举手敲门后,方知屋虽是人已非,原大使馆今已是一位军官的住宅。后查资料,方知房主原是国民党首都警察厅厅长韩文焕(1906—1986,贵州人。国民党陆军中将。抗战胜利后,任首都警察厅长。1947年12月调职。1949年到香港,后于加拿大去世)的私宅。韩氏在1937年购地945.3平方米,兴建成一栋砖木混凝土结构的西式三层花园楼房,主室15间;另有西式平房二层楼三间;厨房一间,两部分合计19间。这就是澳大利亚驻华大使馆的全部馆舍。该大使馆位于当年的南京城内北面僻静的新住宅区内,不远处即为国民政府外交部,近邻多为他国使馆和国民党达官贵人的公馆,故保存较好,尤其是在南京市人民政府投资启动大规模地对民国建筑的恢复维修后,包括澳大利亚驻华大使馆在内的旧址建筑群,已翻旧如新,俨然南京城垣内又一道亮丽的风景线!

2006年,澳大利亚驻华大使馆,已被列为南京市文物保护单位。

2017年10月间,笔者全家前往重庆旅游。当然首选目标是去瞻仰鹅岭公园内的原澳大利亚驻华公使馆旧址。我们乘车沿着高低不一的曲径山路行走，一路想着使馆旧址一定是座开放展出单位。车抵目的地，一眼便望见鹅岭公园内一栋两层楼房，急忙凑近看到一块铜牌，发现果然是旧址。可是入内，却令我等大失所望，原来旧址已被公园管理处使用了。我们虽置身于使馆旧址，可是人去物非，什么遗存皆休矣。经了解，重庆市人民政府十分重视对公使馆的保护，在保持原貌的基础上，仅1988年、1996年就投入巨资进行了两次较大的修缮和翻新，难怪目光环视、焕然一新！景观簇拥、庄严美丽！澳大利亚前总理霍克夫妇、多位澳大利亚驻华大使等，都曾前来参观，皆满意而归。2003年3月，澳大利亚驻成都总领事馆与重庆市政府外事办公室，联合在公使馆旧址内举办了"抗战时期澳大利亚驻渝机构图片展"，它反映了第二次世界大战期间，澳大利亚公使馆的工作情况以及重庆风光等。时任澳大利亚总督彼得·科斯果罗夫亲为图片展揭幕，他在致辞中表示"中澳两国之间的深厚友谊，自第二次世界大战时期从重庆生根，现在70余年已过去了，依然挺立的公使馆旧址，见证了两国愈发蓬勃的友好势态"。澳大利亚时任外交部部长斯蒂芬·史密斯在重庆市副市长周慕冰等陪同下参观了公使馆旧址，斯蒂芬留下了墨宝："我非常荣幸访问澳大利亚在中国的第一个外交机构，这是中澳友谊的象征。"随后又与周市长一道，在鹅岭公园内种下友谊树；最后再为中澳友谊石揭幕。斯蒂芬外长还极为兴奋地表示：如果将来在公使馆旧址设立新总领事馆，将是历史的"对称"安排。

澳大利亚外交部部长斯蒂芬·史密斯（前排左四）与重庆市副市长周慕冰（前排左三）等，在原澳大利亚驻华公使馆前合影（钟志兵摄）

斯蒂芬·史密斯在为友谊树浇水

　　笔者认为：澳大利亚政府高官群，对澳大利亚第一座驻华公使馆的参观、演讲、留言及植树等一系列活动所产生的正能量是空前的。我与我的家人，虽然无法身历其境，但事后多年，今日置身其间，不免仍然激情充溢、感同身受、铭刻于心。

缅怀中澳两国图书馆精英——王省吾

2009 年 7 月间，我在墨尔本家中接待来访的堪培拉澳大利亚国家图书馆亚洲部黄韫瑜（现为高级馆员）伉俪时，当我问及王省吾（1920—2004）先生时，黄小姐告诉我，省吾先生辞世已五年了，享年 84 岁。闻之愕然，心甚悲痛！当我执笔写此回忆短篇时，不觉离他已 13 年矣。可是王省吾先生的形象，依然活跃在我和我家人的心中。

作为图书馆界的精英，王省吾先生积四十年之精力，全部献给了中国和澳大利亚两国的图书馆事业，鞠躬尽瘁、死而后已，真可谓与图书无私无愧地共舞了精彩的一生。

回忆 2003 年 5 月，我应澳大利亚国家图书馆亚洲部之邀，专程赴该馆鉴赏已列入特级藏品的太平天国原刻书和原版布告。在该馆，欣知 1985 年已从亚洲部退休的王省吾先生，他在位时曾对这批太平天国刻书进行过认真的阅读，事后还发表了专文。此番我来到该馆，也许是因为我来自太平天国历史博物馆这样一个专业单位的缘故，因而受到了优待，同行们对我全面开放。我在该部三天，我仔细地从外到里阅读了全部 23 册太平天国原刻书，心情极好。回忆我在职时，曾对中国有关单位收藏的太平天国原刻书阅读过，但那数量很有限，此次却能一次性看到 23 册，真是幸运；还有更出乎意料的是，我竟然发现了外界全然不知的三件原版安民布告，这在中国也是绝无仅有之宝，而其中两件还是世界孤本，这不由使我心花怒放！面对这些从中国流失海外最后却归宿于堪培拉达 150 年漫长岁月的国宝，我惊叹它们被保存得竟是那么完好。关于此行，我是乘兴而来、满载而归。该馆同行们誉我是馆外全面鉴赏这批特级藏品的第一位华人学者。

事毕，我感到王省吾先生对这批太平天国原刻书所做出的贡献，我决心去拜访他，并就他未能表达的问题进行交流。于是在黄韫瑜小姐陪同下，到了他的府上拜访。省吾先生他对我和我的家人的造访，虽感意外，然而陪客是他的前同事，他也就感到乐在其中了。王省吾年长我九岁，故我尊他为兄。只见他操一口浓浓的浙江乡音，个头不高，略嫌清瘦，穿着朴实，丝毫没有龙钟之态，倒像一位刚过古稀之人,实际上彼已寿届耄耋。主客寒暄一番,当他知道我是南京人,他情不自禁地告诉我,他长期在南京中央图书馆任编辑。我说解放后,我师出罗尔纲之门,长期从事太平天国历史及文物的研究。我向他说明此番来图书馆及登门请教之心意,我见他似有相见恨晚之叹息。接着不无感伤地说道,他已退休多年,馆内之事已淡忘了。静听口气,我只得免开尊口了,我心想我的疑问还是留给自己去解决吧。

既是知音,又系同好,于是我便向省吾先生面呈拙著《太平天国博物志》,恭请指教,并希望作品交流,以广见识。省吾先生连说,他退休前主攻图书馆学,退休后才将研究的矛头对准历史,目标仍然是澳洲华人史,"现在正在瞎忙中"。

是年 6 月初,我在墨尔本家中接到省吾先生的来信。他老人家坦诚地描述了对拙著的感想与勉励,接着大面积地叙述了自己的经历,似有愧感地表述1948 年他被动地参加了搬迁中央图书馆的图书到台湾的那段历史。现将他的来信全文抄录如下:

存孝先生 文杰夫人:谢谢王黄韫瑜女士的介绍,有缘于 7 月 16 日下午与你们一家在舍下相见,实在难得之至,令嫒思想活泼,为一难得人才。大著《太平天国博物志》已略翻阅,尚未读毕,但感觉搜寻广泛,整理有方,给人在太平天国另一方面有特别的印象。你的书对太平天国研究的贡献,实在与太平天国文字记录的研究有同等重要。十分钦佩!上月 22 日,又承寄下当日在舍下所摄照片,在照片中看见你们,又似再次相叙。

我的一生工作,没有离开过图书馆。1944 年,浙大毕业后,即为重庆国立中央图书馆所聘。我原学历史,以史籍浩繁,不易搜求,想籍在图书馆工作,就便阅读。1945 年 8 月,日本投降,当年年底,被派东下南京,协助中央图书馆复馆。1948 年,国共战争迫近南京,又被派押运中央图书馆善本书与两国立博物馆文物,及中央研究院历史语言研究所的书籍一起至台湾安置。但当时所有押运员,均终日无事可干,又未能正常领取薪金,纷纷各自找出路。到台湾后我为新成立的革命实践研究院聘为该院图书馆主任。1955 年,台湾省立图书馆馆长出缺,被任为馆长。1957 年,代表台湾出席日本国会图书馆召开的太平洋印度洋国际图书交换研讨会,遇见澳大利亚国家图书馆馆长 Sir Harold White ,承他邀约去澳建立该馆东方部。我于1964 年至该馆至 1985 年退休,在堪培拉已居住 38 年之久。在图书馆工作时,曾发表过有关图书馆学文字,退休以后,才开始写作历史论文,但所有文字均已散失。兹检出《十九世纪下半期华人在澳洲淘金谋生事略》《澳大利亚国家图书馆所藏南怀仁"坤舆全图"》两文，附此寄请指正。在堪培拉得知嫂夫人系中国驻澳大利亚周文重大使大二姊，欣感之至。周大使返国后，消息断绝，我与内子占梅均十分想念，请嫂夫人写信时，顺便为我们二人问候为感。

　　专此即颂

平安

王省吾　楼占梅

2003 年 6 月 1 日

请代候令嫒郭允小姐又及。

　　王省吾先生这封大函，我已保存了 14 年，笔迹虽已褪色，但凝结在信中的情谊，却仍然闪耀着光芒。特别感觉是：文如其人！谦虚、亲和力、彬彬的礼貌、坦荡的心态、真实的叙述，跃然在字里行间。不过函中出现的几件事，我愿为之做出补释。

　　首先，为他自动叙述的"我的一生经历"做些补充：

　　（一）他于 1920 年诞生于浙江温岭县。1944 年毕业于浙江大学史地系。1964 年，移民澳大利亚，随后毕业于澳大利亚国立大学，获历史学硕士学位。同时在澳大利亚国家图书馆筹建东方部，事成后即被任首届主任。1986 年，澳大利亚联邦政府特授予 OAM 勋衔的殊荣。

　　（二）关于 1948 年被派押运图书去台湾一事，经查当年主持从大陆押运文物文献和图书到台湾的播迁事务的主要负责人——时任教育部次长杭立武，他在其编著出版的《中华文物播迁记》中说："1948 年 12 月 21 日，第一批押运人员中，中央图书馆方面只有王省吾一人，当时装善本书 60 箱，与故宫博物院、中央博物院、中央研究院和外交部，同乘'中鼎号'军舰，由南京运往台湾基隆。当时对这五个播迁单位，分发了修理箱件及装箱费，书中还附有 1948 年 12 月 11 日，王省吾领到装箱费金圆券 3010 元的收据。"按杭立武说，善本书中即有价值连城的《四库全书》《四库全书荟要》《佛经》《殿本书》《观海堂藏书》及方志等。由于省吾先生只是一名普通的押运员，对于箱中究竟装了何种书，应是不知情的。

　　（三）关于省吾先生的学术著述，他在信中说"多已散失"。经查省吾先生除全身心地投入行政工作外，他又笔耕不辍，埋头研究，成果丰硕，扎实地完成了凤愿。其主要著述有：《图书分类法导论》《当代图书馆事业论集》《清末华人出国史，1848—1888 》（英文版，1978 年出版）。主要论文有：《论图书分类目录》《澳大利亚图书馆事业的最近发展》《澳大利亚的发现与清代中国人对澳大利亚的认识》《澳大利亚国家图书馆所藏太平天国印书》等。2000 年，他应台湾的华侨协会总会邀请，编印的《华侨大辞典》，但他没有为自己树碑立传，而是写就了澳大利亚华人华侨方方面面的众多词条。然而早在 1993 年，由北京大学华人华侨研究中心主任周南京教授主编的《世界华侨华人词典》中，就为王省吾先生立了简传。

（四）省吾先生在信中表达思念中国前驻澳大利亚大使周文重之情。省吾先生的住宅雅致、紧凑，正应了郑板桥的名言："花香不在多，室雅何须大。"当我们将告别时，王夫人说大家在客厅留个影，此建议真好，于是大家鱼

1948 年 12 月 11 日，王省吾领取到装箱费的收据

贯而入，当我们低头看到沙发前的茶几上陈列着一些书籍，但最吸引眼球的是一本封面上有"中国"二字的大型精美画册，我们还没有开口询问，省吾先生会意立即兴奋地告诉我们，这是中国周文重大使来看望我时送给我的礼物，我觉得意义重大，所以一直放在这里。省吾先生的寥寥数言，道出了中国外交官对资深华人学者的一片敬意、一颗爱心！常言道："久居他乡即故乡。"这也反映了一位久居他乡的老华人夫妇，看待自己祖国的使节，宛如见到了亲人的深厚感情，故使我们很感动难忘！再说一位繁事缠身的大使，却能忙里抽空光临慰问一位"寒舍"的主人，故令主人谢意不泯！当然，这样见面的机遇和谈话的概率，恐怕是少之又少吧。我们本无意亮出与周大使的关系，也许是情不自禁吧，终于道出了真相，未料这使省吾先生夫妇感到十分意外，禁不住大喜不已。因此才出现了省吾先生在信中要我们致候之事。

（五）省吾先生寄给我两件他的签名作品：《十九世纪下半期华工在澳洲淘金谋生事略》（刊于台湾《蒋慰堂先生九秩荣庆论文集》)；《澳大利亚国家图书馆所藏彩绘本——南怀仁"坤舆全图"》（刊于复旦大学《中国历史地理》)，均用

"敬请指正",并自称"弟",实不敢当!两篇大作均拜读过了,受益匪浅,特别是前篇,对我利莫大焉,我已将它列为我的指导性用书档案内,以备常用。他的本该在澳大利亚发表的文章,如他写的《太平天国印书》《华工淘金谋生事略》,均因本土无学术园地,所以他只好另觅出路了。除了为人低调外,他的著述,并不为本土人士所熟知,也是一个客观原因吧。

我之所以知道该馆珍藏这批"天国之宝",一是源于吾师罗尔纲先生著作中提及此事,加之生前又有委托,但是罗尔纲先生对这批藏书并非全然知晓;二是源于该馆黄韫瑜女士在中国大陆出版的通讯上的简单报道。而省吾先生的相关大作,是事后多年方见其真面目。虽有以上信息,但我的内心独白是:坚持自己的目验,相信第一性判断。今日回头看看,我发现罗尔纲先生和省吾先生对这批太平天国原刻书和原版布告,虽多关注,尤其是省吾先生作为馆内的目验者以及写有第一篇详文的学者,功不可没!但很遗憾,尚有疏漏。

笔者牢记罗尔纲先生的遗嘱,专程去了该馆,三日间,尽阅了全部太平天国原刻书和原版布告。之后,应该馆之约,献出序文和内容提要。2014 年,蒙国家图书馆出版社之青睐,遂由该社出版成四大部精装影印本。2015 年 8 月出版的《2014,澳大利亚华人年鉴》,以"中国出版澳大利亚藏太平天国原刻官书"为题进行了报道,称赞"此书出版既填补中国在太平天国史的空白,也是中澳文化古籍交流的成功范例"。

在堪培拉王省吾家中合影(自左至右:王夫人楼占梅、王省吾、郭存孝、周文杰)

笔者感到自己已尽力了，因为最终引领这批"天国之宝"踏上了漫漫的返乡路。我想已故的罗尔纲先生和王省吾先生及一切关注过这批"天国之宝"的人士会为此而感到欣慰的。

夏鼐与澳大利亚、新西兰考古学界的交往

郭存孝·周文杰作品

中国考古学家夏鼐

夏鼐（1910—1985），中国考古学界的先驱。浙江省温州人。1934年，毕业于清华大学。后入英国伦敦大学，获考古学博士。1941年回国，任"中央博物院"筹备处专门委员。1943年，任"中央研究院"历史语言研究所研究员。新中国成立后，任中国科学院考古研究所研究员、哲学社会科学学部委员，第二届至第六届全国人民代表大会代表。曾是英国、瑞典、美国、意大利等国科学研究机构的外籍院士。专业著作宏富，饮誉海内外！

夏鼐生平拥有中外考古界朋友，其中包括澳大利亚和新西兰高等院校和社会科学研究机构的同行学者，尽管他并没有去过澳大利亚和新西兰这两个国家。

兹阅《夏鼐日记》中1956年至1984年时段，尚可上下求索其部分交往的痕迹。

中国考古学及考古发掘的累累成果是饮誉世界的，它受到世界各国学术同

行的密切关注,在旧中国已出现同行交往,但数量很有限。新中国成立后,考古发掘维修保护工作及出土文物的成就如日中天,大至中央及各省的历史文物博物院(馆),小至一些地区的文物陈列所,宛如雨后春笋,随之考古学专家及广大研究人员的队伍,则日益壮大。整个中国俨然成为一个具有宏富华夏文物的国家。

夏鼐与新西兰学者的交往

1956年5月11日,夏鼐在北京中国科学院考古研究所亲切接见新西兰文化代表团,并陪同客人参观新发掘的古文物展览。1959年9月30日,夏鼐"遇及新西兰代表团的比利斯(Bearsley),请代向坎特伯雷博物馆考古部主任达夫(Duff)致意"。1973年10月19日,下午接见新西兰罗·格·埃夫里(Ronald Gresham Every),此人乃是古脊椎动物与古人类学家。1974年1月31日,中国"对外友协来所商谈招待新西兰考古学家Duff(道夫)事,他于1956年曾来我所,现定于2月27日到考古所来"。新西兰这位考古学家是在时隔18年后再度光临中国考古所,可见他对中国古代文物的浓厚兴趣。

夏鼐与澳大利亚学者的交流

1956年5月12日,晚间有两处约会,北京大学副校长、历史学家翦伯赞教授邀请夏鼐所长出席欢迎澳大利亚外宾的宴会。15日,"澳大利亚文化代表Fitzgcraid Daring(费茨杰拉德·达林)等三人来所参观",夏所长亲自陪同并介绍文物标本。

1976年6月22日,夏鼐阅读澳大利亚著名考古学家、澳大利亚国立大学N·Barnard(巴纳)教授寄来的英文本《中国古代铜器铸造技法溯源》,他对一个外国学者能从源头上追溯中国古铜器的铸造技法的信心和成就,表示赞赏!而对巴纳寄来请夏鼐指正的谦逊学风,则表示钦佩!

1979年10月19日,夏鼐"晚至李学勤处,谈澳洲巴纳来访事"。

1980年3月3日,澳大利亚巴纳教授受中国方的邀请来华进行学术访问,当"晚夏所长到和平门烤鸭店,由中国社会科院副院长张友渔做主持人,宴请巴纳教授及张光裕,有李学勤、王平作陪",主客相谈甚欢。6日,由夏鼐主持,请"巴纳教授及张光裕来所做报告,巴氏主要谈研究中国青铜器与利用自然科学

采金摘玉集

CAIJIN ZHAIYU JI

方法研究考古学"，这一话题受到热烈欢迎，这种科学方法也得到中国考古界的重视。晚间，夏鼐偕王世民、李学勤二位同志赴北京饭店，访巴纳教授，他提出"派留学生及陶片标本事"。10 月 12 日，参加在北京万寿路宾馆举办的中国冶金史会议开幕式，这是一个与考古学和古代青铜器冶铸有直接关系的讨论会，会议由中国的柯俊与美国的 R·Maddem（马登）致开幕词，然后是钢铁学院院长张之奇教授致辞。夏鼐参加了会议，夏鼐高兴的是他的澳大利亚老友巴纳教授也在座，主客不免寒暄一番。接着大家静听马登和巴纳教授做报告。6 时许，会议结束，夏鼐与巴纳等同赴和平宾馆，出席招待会。次日，"巴纳教授来辞行，明天离京，取去去年考古学年会论文"，这是指巴纳取回的是他的已在中国专业刊物上发表的论文。

1981 年 8 月 17 日，夏鼐给巴纳写信，大致是邀请巴纳来华出席下月在北京举办的"全国 C14 学术讨论会事宜"，9 月 14 日，中国在北京举办全国 C14 学术讨论会，这是一次与考古学及测定出土文物时代有关的专业讨论会。是日，"巴纳教授由澳洲来，偕其学生黄然伟博士来访，说要参加明天的 C14 学术讨论会"。夏鼐很高兴地邀请他出席明天的会议并讲话。次日，全国 C14 学术讨论会在中国邮电学院召开，会议"由仇士华主持，夏鼐和王乃梁、苏秉琦先后致辞。巴纳以贵宾身份讲话，然后由蔡莲珍同志讲 C14 标准样的制作原理及我国试制成功的事例"，巴纳教授及其华裔博士生感到受益匪浅，回澳后，巴纳将在中国所见，向有关方面进行了宣讲，从而引起了学术界的注意。

1982 年 5 月 28 日，夏鼐在日记中写道："澳洲国立大学 Golsan，Thorve 二教授及夫人，又考古动物学家 J·Hope 来考古所访问，由吴汝康同志作陪，我所由我与安志敏、仇士华、周本雄同志接待，参观标本室及 C14 实验室。"过后双方"谈及明年在新西兰召开太平洋科学会议，及参加 Asian Perspective《亚洲展望》编辑部事"。9 月 7 日，中国商朝文化国际研讨会在北京召开，会议由东西方研究中心主任李浩致辞，报告人除中国学者外，应邀与会的报告人中尚有澳大利亚学者"巴纳做《商代图腾族号研究途径》的报告"，他的报告，受到了与会学者的欢迎。10 月 15 日，巴纳来考古所访问，要看标本室的几件殷商铜器，嘱王世民同志陪之。11 月 28 日，夏鼐在考古所接待曾在澳大利亚驻华大使所办的公司工作的属员汤乃乐，及其友人卜丽姗的来访，这是分外之事，但夏鼐也不厌其烦地给予礼待。12 月 1 日，"澳洲国立大学史前考古学与人类学高级讲师贝尔伍德来考古所做学术讲演，谈东南亚人种起源、农业起源、青铜器的发明及环太平洋文化传播问题。议题广泛，见解独特，值得重视。"

1984 年 3 月 30 日，中国科学院在北京举办世界史前史与民族志及考古学问题国际研讨会。到会的有美国、英国、澳大利亚等国的科研机构和高等院校的专家学者，中国有夏鼐等出席会议。夏鼐说："澳大利亚悉尼大学 Dr. P·White（惠特博士）谈'热带澳洲的史前史——复杂性及复杂的简单性'，分为三区，各有小异，而有其共同特征，其史前史至 19 世纪结束。民族志材料与考古材料相结合，因之就经济生活、物品转运及社会等级各方面加以讨论。"接着是"澳洲新西兰大学教授 Dr. H·Lourandes（鲁然德博士），谈'全新世界的澳洲'，认为澳洲土人在最近的四五千年中，社会及经济方面亦有变化"云云。

以上为夏鼐与澳大利亚和新西兰考古学同行的交往和交流，虽系片言只语，且少分析，看起来似乎是一笔不完整的流水账。夏鼐本想到澳大利亚和新西兰访问并会晤老友，可惜，1985 年夏鼐不幸在北京谢世，从而留下了很多的遗憾！但我们应该正视并接受这笔遗产，因为它的存在感及其史料价值还是不可低估的。因为它是中国、澳大利亚、新西兰三国考古界权威在上古史、人类史，尤其是考古学方面的诚挚的交流与不朽的贡献的物证！

《澳洲排华政策的历史终结
——公祭十九世纪排华骚乱中的死难者》述评

郭存孝·周文杰作品

澳大利亚曾经是推行种族主义统治的最猖獗的国家之一,研究表明,澳大利亚联邦政府总理之一的孟席斯(R. G. Menzies)要算是执行种族主义中最卖力的一个。澳大利亚建国前,英澳统治层面和白种人的主流社会,自诩其本身生理上具有所谓"白种人优生"的观念,因而轻视漠视其他有色人种,将自己凌驾于其他民族之上,认为只有白种人才是天然的必然的统治者,为了一己的利益,从而制定出对其他民族有害的"白澳至上"政策。

1901 年,"白澳至上"政策被确立为基本国策,不过,由于"白澳至上"政策从它诞生之日起,就不得人心,所以这个有害的政策一直遭到首挡其冲的中国政府和在澳华人华侨的长期的批评和持续的反对。如果从 1851 年淘金潮启动之初时计算起,"白澳至上"政策横行霸道 40 年,但因排华运动逆历史潮流而动,违背民意,它终于在 1972 年澳大利亚与新中国建立外交关系之时,即工党政府执政时,被新时代抛进了历史的垃圾堆,澳大利亚联邦政府随即推行新政——多元文化政策,福生于微,绵延至今,近 120 万中国移民作为享受平等待遇的成员之一,成了澳大利亚大家庭中的一支中坚力量。

虽说由"白人优生"衍生出的"白澳至上"政策及拖带出来的排华运动早已消失了,但是中国有句名言:"树欲静而风不止。"这是不能忘记的。纵览新闻报道,立旨排斥亚裔的"一国党"尚有活动。部分偏激的国会议员还在叫嚷"言论自由受到钳制",实际上是"剑指"强化了的反种族歧视法令的。加上不时出现的明目张胆的种族歧视现象和个别污辱杀害华人的事件,例如澳洲网上某零售公司销售印有"救鲨鱼,吃华人"辱华 T 恤衫,就是经过我华人团体的追踪抗议,迫使该公司将

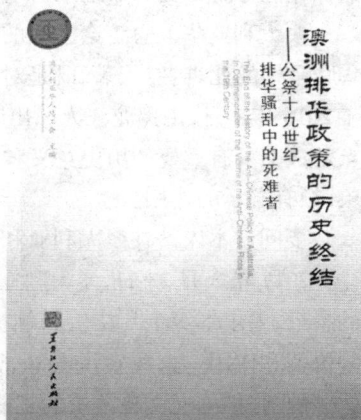

《澳洲排华政策的历史终结——公祭十九世纪排华骚乱中的死难者》的封面

这些 T 恤衫分批下架,等等。尽管这些丑闻形成不了多大的气候,但也不可漠然视之,还是必须引起我华人、华人小区、华人社团的警惕,坚持必要的维权行动甚至诉诸法律亦在所不惜。当然对于已出现的负面言行,我们不要一概而论,应该冷静地从本质上进行分析,加以区别对待,千万不要使来之不易的充满阳光的多元文化政策受损。因为这是我华人华侨利益之所在啊!当然我们华人也必须注意自我提升,努力融入主流社会,支持华人积极参政议政,从而发出自己的声音,这样才能更有力更有效地维护华人的权益。

澳大利亚华人总工会主编的《澳洲排华政策的历史终结——公祭十九世纪排华骚乱中的死难者》宏著,既是对先侨缅怀之礼物,也是对前贤的公祭之品。该书于 2016 年 8 月,由黑龙江人民出版社出版发行。该书发行后,好评如潮,读者普遍点赞该书具有重要的历史意义和传承的实际价值,特别是针对当前社会的不良现象,颇有警示的作用。

要问这本宏著在澳大利亚和中国有些什么反应?

2017 年 3 月 23 日,澳大利亚华人总工会在悉尼召开了对该书的宣讲会,到会的悉尼、墨尔本等十几位侨界领袖、社会名流、专家学者纷纷发言,肯定了这本书的价值和作用。这场宣讲会非常成功,它凸显不忘旧事、珍惜新物;坚持正确方向、倾心张扬多元文化政策的正能量,给当代华人华侨给予鼓舞的力量,为中澳两国友好关系谱写了新华章。

也许人们要问,该书在中国出版后,又是一个什么样的情况呢?毫不夸张地说,该书不仅受到了中国广大读者的欢迎,也被当当网、淘宝网等网店进行抢购。出版社在参加 2016 年图书订购会时,订户便络绎不绝,北京人天书店一次便订购了 200 册。市场脱销时,许多读者便直接打电话到出版社购书,出版社回答:"零库存。"应读者之需求,目前该书已再版。

该书宛如一道霞光,掠过中国大地,引起读者的强烈共鸣。2016 年 10 月 12 日,《黑龙江日报》记者谭湘竹著文,赞扬此书"进一步在澳洲乃至全球树立华人小区自尊、自强的社会形象,为华人争取一个自由、平等的小区发展空间"。姜新宇女士更是从正能量高度向读者推荐这本书,她说得好:"经历了历史风雨的考验,今天的澳大利亚虽然已经摒弃带有种族歧视的'白澳政策'几十年,但为了生活与梦想,在异国土地上生存的华人,还需要这样的正能量的书。这本书,值得我们每一个人细细品读。"

出版社计划将该书制成电子版,这个项目,现已蒙上级批准,目前正在运作之中。哈尔滨师范大学国际教育学院院长戴云教授,赞赏并支持这个计划,他的书

采金摘玉集

CAIJIN ZHAIYU JI

面建言是这样写的:"澳洲华人华侨在澳洲砥砺前行百年,融入主流。目前,汉语已成为澳大利亚第二大语言。华人华侨对澳大利亚社会发展做出了重要贡献!澳政府对华人小区的发展越来越重视,华人正在积极参政,在澳发挥着重要作用。作为长期从事高校外事工作的工作人员,我感到,我们的同胞无论生活在哪里,他们的身上都有鲜明的中华文化的烙印。中华文化是中华儿女共同的精神基因。我们有义务讲述好中国的故事,传播中国的声音,促进中外民众相互了解和理解,为实现中国梦,营造良好的环境。"

郭存孝·周文杰作品

澳大利亚维多利亚州"重走淘金路"活动纪实

（上）

维多利亚州州长安德鲁为 160 年前澳大利亚维多利亚州 10 英镑人头税排华政策公开向华人道歉，这是史无前例之举

在 19 世纪 50 年代，作为英属殖民地的澳大利亚维多利亚州发现了金矿，也称"新金山"。消息传开，来自英国、法国、意大利、德国、波兰、匈牙利等国的淘金

者蜂拥而至,而中国正是清朝统治时期,由于战争、旱灾及鸦片毒害,民不聊生,广东、福建两地大批苦力为了生存,接踵经香港乘船赴澳大利亚开启了他们的淘金之梦。

1855 年 6 月,刚成立不久的维多利亚州殖民政府,通过一个歧视性排华法案——"维州 1855 法案",规定每个到达维多利亚州墨尔本港口的华人必须缴纳 10 英镑人头税,并限定了每条货船搭载的华人乘客配额,为每船上运 10 货物,才能搭乘一名华人。这就是 1857 年,发生的大规模的排华事件。维多利亚州政府制定的这项排华法案,是澳大利亚 1901 年成立联邦政府后制定"移民限制法案"的先兆。澳大利亚政府随后便开始推行白人至上的"白澳政策",这就是说,禁止除欧洲移民外的其他移民进入澳大利亚。这一歧视政策,一直维系到 1973 年中澳建交时始终结。

当年 10 英镑人头税是笔巨款,淘金者一年的人均收入才只有 18 英镑,华人为了避免这一笔人头税,不敢从墨尔本登陆,被迫南下绕道南澳州,因当年各州各自为政,各自制定政策,故华人可以从罗布镇(Rohe)上岸,然后长途跋涉 200 多公里,到达维多利亚州中部的巴拉瑞特金矿区。据史料记载,从 1857 年至 1958 年,约有 16500 名华人淘金者在罗布港口登陆出发至内地。有史料称为约 1900 人,途中经受耻笑、捉弄等,其中上万人因体力不支、患病甚至遭野兽攻击而丧生。据史料记载有 11000 人死于途中,而那些幸运抵达金矿区的淘金者,还得蒙受欺凌及各种艰辛和苦难,最终在这片土地上生存下来,这批华人先贤为这片土地做出了不可磨灭的贡献,但一直受到不公正待遇,距今已整整 160 周年。

为了缅怀先贤,为了继承先贤艰苦创业之路,也为了为先辈讨回公道,讨回尊严,维多利亚州"澳华社区议会"发起了隆重的纪念"罗布徒步之旅"活动,其中最激动人心的当是"重走淘金路"的壮举。

第一次是从 2016 年 9 月开始,是一次预演。从墨尔本议会大厦出发步行至巴拉瑞特,历时三天的徒步之旅,体验当年先贤的艰辛跋涉,由巴拉瑞特"澳中文化社团"举办。那天维多利亚州参议院议长布鲁斯·阿特金森及中国总领事馆、华人社区议会执委等多人均做了感人肺腑的发言,既承认当年立法反华的不公正,又阐明当今多元文化的重要性,也正视了澳大利亚华人对澳大利亚持续的、非凡的贡献。当步行者一行 20 人经三天徒步到达巴拉瑞特时,受到当地几百人的热烈欢迎,巴拉瑞特还烹制了一块特大比萨,上面写着几个大字"1856 欢迎你!"。

第二次则是 2017 年 5 月 6 日从南澳州罗布港启程,队伍由 6 名全程徒步者、4 名部分徒步者、3 名支援志愿者及辅助者近 20 人组成,其中有 5 名澳洲人,他们当中有 3 人带有华裔血统。队伍中高龄人为 76 岁的安吉尔,他的高祖父是华裔。还有两名母女,除外尚有不少参与者,只能象征性走一程,因要赶回去上班。步行勇士们怀着对先贤的崇敬之情,以坚忍不拔之勇气,在"重走淘金路"上再创辉煌。

罗布镇狂欢节上的舞狮

罗布镇为迎接这项活动,已热热闹闹举办了三天的"中国风"狂欢节,由"澳华社区议会赞助",狂欢节有盛大的游行、狂赛龙舟、文艺表演、舞狮、舞龙,等等。并在当年华人登陆的海岸处建立了一座百年不朽的乌木牌坊,命名为"友谊之门"。牌坊高 9.7 米,其中入水为 3 米;木牌坊上有对联,上联刻着"万淘且漉苦尽甘来见澄黄一片",下联刻着"百折不挠世延代袭终开繁盛千季",横额上刻着"壮志凌霄"四字。这座牌坊是由澳大利亚著名建筑师罗杰斯(Tim Rogers)设计的,他曾电邮发给中国专家进行评鉴。由当地建筑商建造,由华人工匠进行雕刻,这是一座凝结中澳两国人士的艺术魅力的友谊之门。罗布地区议会与南澳州艺术中心合作将这"友谊之门"牌坊制成作艺术地图及 3A 大小的海报,供中澳各界人士展出之用。

罗布镇新建的"友谊之门"（采自南方网）

郭存孝·周文杰作品

在海边还有一块大石碑，那是 1986 年，由罗布华人商会所建立；碑上用中英文刻着："从 1856 年到 1858 年之间有 16500 名中国人在这个地方登陆并且步行了 200 公里去维多利亚州的金矿去寻找黄金。"

2017 年 5 月 6 日，罗布镇几百人都集中在白色帐篷的主席台前，见证这次纪念华人先贤的隆重活动。阿德雷得市市长彼得·莱斯利曾说："我们何其幸运，拥有这样一段历史。"当天他和南澳州厅长马哈、维多利亚州澳华社区议会主席陈振良、副主席陈东军及顾问委员会主席、维多利亚州联邦议员林美丰等，皆到场向重走淘金路的勇士们致敬。正如澳华社区议会主席陈振良所说："罗布之行代表的不仅仅是过

罗布镇华人商会建立的华人登陆碑（沈志敏摄）

去，也代表我们的未来。这是一段属于我们华裔，也属于澳大利亚的历史。"林美丰议员也说："我们由衷希望段历史能被充分重视并纪录在澳大利亚的史册里。我们不仅要敬佩华人当时那种不屈不挠的求生意志，更要铭记他们对这个地方做出的不可磨灭的贡献。"林美丰议员是位马来西亚华人，他不谙中文，但却热心华人事业，他的发言赢得阵阵掌声。尤其是一支全部由澳大利亚籍的青少年组成的

舞龙队的表演,更是令人赞叹!可见中华文化的传播已深入人心,重走淘金路的勇士们,便在锣鼓和鞭炮声中出发了。

重走淘金路的先锋者们,在路上,多次露营、入住民宅,以独特视角,深入体验先贤所创造的历史奇迹,一步一个脚印体验先贤的艰辛历程。他们沿途受到当地群众的热烈欢迎和款待。南澳州是盛产葡萄酒的地方,一位纯澳人的酒厂厂长说:"当年华人来到此地,受到各种不公平的对待,比如有的西人割断华人居住的帐篷绳索,有的西人向导欺负华人引导他们走错路线,拿着他们的钱溜走,给华人造成极大的困难。而160年后的今天,对于你们重走祖先的走过的路,我们表示出极大的热情,用葡萄酒迎接你们的到来。"这无疑是对步行者的莫大鼓舞。步行者还见到枯竭的"华人井"和当年的菜园,如今是一片绿色的草坪,以及有木栅栏围住一些破旧房屋,木牌上写着"袋鼠客栈的历史废墟",这是当年华人曾住过的地方;另外,还有华人墓园等华人遗迹。在 Penla 古镇,步行者们还听到这个小镇流传着一个动人的故事:当年有个华人病倒了,一位白人并不富裕,却照顾他,请来医生,给他治疗,还为他提供食品;不久,这华人病好了就走了。一年后,这位白人忽然接到来自香港书信馆(即后来的邮局)寄来一箱子丝绸,这让他很吃惊,当时丝绸衣料是很值钱的,这位白人知道是他曾经照顾过的那位华人寄来的,他卖掉了这批丝绸,之后便开了一家小店,从此生活得到了很大的改善。但是至今他都不知道这华人叫什么名字,但华人知恩图报的美德一直在传颂着。

步行者的脚底都走出了泡,但他们无怨无悔以顽强的毅力忍受着疼痛,继续向前走完了20天的旅程,终于在5月25日到达墨尔本议会大厦,他们受到各界人士最热烈的欢迎。早已迎候多时的维多利亚州州长安德鲁(Daniel Andrews)在议会大厅热情地接见了这批虽然疲惫但却精神抖擞的步行者,和他们亲切握手、问候并表敬意。在招待会上,州长代表维多利亚州政府向华人表示正式道歉。他说道:"澳洲是个具有多元文化的国家,这是我们的优势,这让我们变得与众不同,变得更加强大。今天的澳洲欢迎并尊重移民,这与19世纪40年代维州政府制定了不公的限制华工登陆澳洲的法律形成了鲜明的对比。这种不公平对待我们不会忘记,我们不会只记住历史长河中的好事,对于令人悲伤的事情,我们绝不会忘记。我们对于在座的各位感到非常骄傲,我们衷心感谢华工对维州所做出的贡献。同时,我们还要感谢维州华人社区一直以来对经济、文化、家庭等方面所做出的贡献。华人具有非常令人肯定的'公民精神',华人对于社会的回报令人钦佩。

衷心感谢各位在今天能给我们这样一个难得的机会。今天,我们要诚实面对过去的错误。在这里,我要代表维州政府、代表维州议会,要对所有经历了可怕血泪史的华工,对所有被不公平法律所伤害的华工,表达最深切的歉意,衷心说一声'对不起'。"维多利亚州政府有史以来的第一声道歉,应该载入史册!

当安德鲁的道歉声音刚落，会场上便响起了经久不息的掌声！步行者们激动得热泪盈眶，因为重走淘金路的目的达到了。安德鲁州长的富有诚意的官方道歉，对于那些淘金者后裔，无疑是莫大的宽慰，对所有当下的华人也都是最大的欣慰，尤为重要的是，维多利亚州政府此举可以让广大澳人重新认识这段历史，并教育他们的子女以史为鉴。接着是维多利亚州政府给步行者颁奖，中国驻墨尔本总领事赵建为后勤人员颁奖，于是会场上又掀起了一个欢腾的高潮！

维多利亚州州长安德鲁与淘金华人后裔亲切握手，表示敬意和慰问

安德鲁州长向步行者们表示亲切慰问，会场上立即激起经
久不息的掌声，表达了华人的回敬之心意（采自南方网）

历史上美国、加拿大的华工都曾经遭受过歧视和不公正的待遇，2002年6

月 18 日,美国众议院全票通过,美国正式以立法形式就 1882 年通过的《排华法案》表示道歉,从此,美国华人历史掀开新的篇章。2006 年 6 月 22 日,加拿大总理哈珀就带有种族歧视色彩的"人头税政策向加华人正式道歉,并宣布将受害者进行补偿"。这些迟来的官方的补偿、道歉,都是近十多年才出现的,这充分证明华人有了当今强大祖国为后盾,这也是华人通过不懈努力取得的,这些迟到的道歉,不仅使当年劳工后裔们获得安慰,也给当今华人注入了一股暖流!

（下）

为纪会先贤淘金 160 周年,除"重走淘金路"的活动外,巴拉瑞特市"尤瑞卡澳洲民主博物馆"和班迪戈市的金龙博物馆,联合推出双语"华人——财富"展览,这是在表达主题方面有别于往常的展览。由于我老伴郭存孝是位文史学者,他研究中澳关系史、澳大利亚华人史,积有成果,因而获得尤瑞卡民主博物馆之邀请,参加了"华人——财富"展览会开幕式酒会,笔者作为夫人亦受邀前往。

作者夫妇应邀出席"华人——财富"展开幕式酒会

2017 年 1 月 27 日晚 7 时,尤瑞卡民主博物馆外的广场上,挂着许多红色灯笼,一派喜气洋洋的节日景象,一条醒目的红色横幅上有中英文两行黄字,中文为"华人——财富",英文为"CHINESE FORTUNES"。入场宾客在入口处的台面上取下有胶的受邀者名条,粘在自己左胸前,显示出席酒会的礼遇。参加酒会的各界人士约 500 名,笔者吃惊的是几乎全为澳人代表发言,集中一点即赞扬华人对澳洲的贡献,听起来令人感动。正如"华人——财富"展策划人凯西布朗所说:"在过去几十年里,我们对澳洲华人历史的认识得到了翻新,越来越多的研究员和历史学家让我们能够重新认识澳洲华人在政治、经济和文化层面的经历。作为一家民主博物馆,我们的角色是要照亮这些故事,让人们了解这些故事如何塑造了当代澳洲从而引导澳洲华人身份的演变。"酒会是一边饮酒品尝美食,一边听讲,最后是舞狮队表演,令人惊异的是舞狮队谢幕时,才发现舞狮者竟然半数以上是澳洲青少年,又一次让笔者感受到博大精深的中华文化艺术的魅力,已远在南半球的澳洲人中得到了传承,由衷地感到作为一名华人是多么的骄傲!

酒会结束后,众人步入展厅,馆长在序言中说"华人——财富展览,目的在于让这些故事焕发出新的光彩,展示他们过去是如何塑造出今天的澳洲"。

"华人——财富"展品,图为历史上拥有财富的华人佼佼者群像

在160年的历史长河中,人们对华人矿工一成不变的印象是生活和工作环境肮脏,充斥着暴力、吸食鸦片,等等。而这个财富展览,另辟蹊径,把过去蔑视华人的历史,重新加以定位,运用大量事实证明华人中除矿工外还有菜农、商人、木匠、翻译、慈善家等。华人引用灌溉技术,令小镇得以发展,经营商业饮食业令社区得以繁荣,并赞扬华人在艰苦条件下展现出适应环境能力,还形容华人是当时殖民时期的开拓者,华人是有政治智慧的,他们为了自身的权益,也曾组织游行及联名上书,争取平等地位。

作者郭存孝在"华人——财富"序幕厅前

"华人——财富"展品之一，独轮车

"华人——财富"展品之一,镂空象牙球

郭存孝·周文杰作品

正如巴拉瑞特的安娜·基所说:"华人组织起来反抗政府暴政的运动,是当时所有反抗运动中最持久的。这就打破了当时来澳洲的华人不懂,也不适应当地文化的偏见。还通过精密的组织、难以想象的决心以及融入西方社会的能力,得以生存而且多人最终走向了繁荣。"展览一再肯定华人对澳洲文化、社会、经济和政治格局产生了深远的影响,这是崭新的华人对澳洲的贡献史。

令人高兴的是,这个"华人——财富"展览,已从巴拉瑞特转移到墨尔本移民历史博物馆二楼大厅展出,名称是"从罗布走向繁荣"。当天举行了隆重的开幕式,有来自澳大利亚各地新老华人移民参加。墨尔本移民历史博物馆莱莉女士主持开幕式,接着是尤利卡民主博物馆董事马赫·凯瑞派勒、巴拉瑞特市市长麦克·里瑞斯、维多利亚州华人议员林美丰、维州华人社区议会执行主席尤尼安德尔森、中国驻墨尔本代总领事黄国斌先后上台讲话,他们对此展览的重要性除给予肯定外,还给予支持和点赞。这个展览将持续到 2018 年 3 月 4 日。

难能可贵的是,这个展览,可以无愧地说,它是澳大利亚主流社会举办的华人对澳洲的贡献展,这不由使笔者想起艾瑞克·罗斯所著的《澳大利亚华人史》中提及:"19 世纪的后 30 年,华人提供澳洲人所食蔬菜的四分之三。他们可能将整个国家从灾难性的坏血病中解救出来,而不仅仅是淘金者。"吉光片羽、金玉良言,道出了我华人对澳大利亚的伟大贡献,理应载入史册。

维多利亚州淘金古镇——巴拉瑞特市的华人社团，为追忆先贤160余年前的事迹，制作了图文并茂的金属屏风，以示永怀之意

王者归来
——在维州企鹅岛寻乐

郭存孝·周文杰作品

维多利亚州有一个著名的企鹅岛，图为黄昏时刚登陆的企鹅群，显得十分可爱

一只小企鹅已先期回巢，可他正盼望着亲爱的伴侣归来

春节正是澳洲盛夏，该上哪儿去玩呢？全家不由都想到了菲列普岛这个迷人的小天堂。于是全家八口人的一个团队，分乘两辆车，在欢声笑语的陪伴下，不觉中便到达了目的地。我们当即住进预约好的临海的出租屋。这个居处令我等眼前一亮，设备齐全，整洁如新。但令我等兴奋的是，那不远处传来的有规律的海涛声。一切安定下来后，我们便去观海了。住惯了大城市的我们，不要说大海，哪怕一条小溪，都会使我们高兴一阵子，禁不住要多看它几眼。这下可好，横在眼前的竟是一望无垠、水天相连的大海，那还不让我们沉醉吗?！这不由使我想起那句名诗："落霞与孤鹜齐飞，秋水共长天一色。"面对落日美景，真的看也看不够，实在走也不想走了。

本文作者夫妇与第四代重外孙女克洛依陈在企鹅岛。图为下榻民居时的欢乐情景

这时，我的那位不足三岁的重外孙女克洛依，一心想要去游泳。虽然热风扑面，她竟毫无畏惧！她的父母便"搀扶"着她下海"游泳"了，当然，与其说是下海了，不如说是泡了泡脚，但毕竟是人在海里，她也乐极了，我们虽在岸上，自然也分享着她在海里的乐趣和愉悦。

不过，我们也没有闲着，顶着烈日，我们漫步在沙滩上，一方面逗引着冲上来的层层排排袭来的浪头和浪花，一方面注视着冲上岸来的贝壳，可是令我失望，因为一块奇石也没有淘到，但是我却拣了几块被海水反复雕磨的整齐美观的扁圆形的黑色小石头，但我很奇怪，为什么在这里尽收眼底的全是黑色小石头呢？为什么一片贝壳和一块其他颜色的石头都看不到呢？我左思右想，地球档案我不熟悉，于是我砸碎了一块小黑石头，发现它是砂岩石，并无气泡，我想它不可能来自天际，再一想，它是"生活"在海滨，而且是被海水冲上岸的，该是地质作用的杰作吧?！不过，这块黑色小石头，虽然它并非是令人垂涎三尺的钻石，然而作为纪念品，还不失有其收藏价值，尽管其经济价值等于零，但总算不虚此行吧！

　　黄昏时分，天空即将降下帷幕，太阳在远方下沉，金涛银浪依然不断地在吸引着我们，极目四射，眼眶内那一方魅力无穷的灿烂晚景，真是迷人，但它已不能留住我们的脚步了，因为我们要去看望我们心中的那些可爱的"绅士"们去了。

　　因为我们很幸运提前预订到了门票，晚餐后我们的车子长驱直入，很方便地便到了企鹅馆的停车场。一路走去，脑海中重新映出的是十多年前的那个冷清的观看企鹅登陆的看台，还有那一抹斜阳之下，那被海浪不断冲刷的海滩。我继续往前走，只见远处一座宽敞的人头攒动、灯火通明的巨大建筑。待我走近了，身历其境，我相信了自己的眼睛：今非昔比，这座新大厅里有餐厅、有出售以企鹅为主要标志的商店，生意火红，还有售票处、休息室。可谓一应俱全，一片欢乐的景象！我的孙女和孙女婿当即买了一个小企鹅的摆件送给我，因为他们知道我是一个爱好收藏的老人。我不由感叹起来：十多年前哪有这么精美的主题土特产品！福生于微，我已老矣，但是人在途中，心向前看，竭尽绵力，去捕捉那吉光片羽的美好时光是多么的重要啊！

　　离开大厅欢乐的人群，我们往外走，可是挪一步都十分困难，因为厅外尽是黑压压的人群，我真感到这里的"人口密度"，恐怕已跃居世界的第一的位置了。好不容易往前走了几大步，发现通向看台的架空木桥，比以前多了九曲十八湾，桥的两边都挤满了依栏而望的观众，显然他们是想在这里等待过路的零星企鹅。因为不知前方看台的情况如何，我们全家在几乎是磨肩擦膀中迂回地向目的地——看台进发，谁知愈走愈没了信心，因为发现在木制阶梯式看台的顶端栏杆外，早已里三层外三层地塞满了人群，我好不容易从人群的缝隙窥视了一下看台，原来上面早已坐满了据说黄昏前即已安坐的来自中国的旅游者们，即一大群企鹅"绅士"的"粉丝"。想想哪有我家的份呢？回顾十余年前，看台上的观众稀稀拉拉，我是坐在前排，饱览了"绅士"们是如何从海浪中脱水而登陆的全过程，只觉企鹅们大有"王者归来"的风范！我们是双眸不疲，一看再看，直到过足了瘾才慢慢离去的。想想这次可没有那么好的福气了，不过真情还在老地方，等到看台上的旅游者们逐渐散去，我们终有了"亡羊补牢，为时未晚"的机会，于是快步从上往下，走到前排，总算幸运地重温了十多年前"绅士"们登陆时的风采，心中暗自高兴地喊道："'绅士'们，我终于又看到您们了"。

离开看台，"粉丝"们纷纷往出口走去，我们也不例外。但是我的余兴未尽，因为心里总是忘不了早年所见到的他们的神话一样的陆地生活。我们也像其他观众一样，停下脚步，依在走道两旁的栏杆上，寻找着登陆后已隐身在灰蒙蒙的草丛中企鹅的身影，一会儿只听观众禁止不住惊喜的小声叫起来，这时我也看到了七只有小家鸭大小的企鹅，正在步履蹒跚、摇摇摆摆地在我们目光下走去。看他们黑背白腹的体躯，酷似中世纪的绅士们的装扮形象，而走路的模样却十分可爱，令人禁不住发出了笑声！这时我才发现企鹅的巢穴比前增多了，还看到人工制作的木制新巢穴，我为企鹅们高兴，因为他们有了更多的新家，这对他们的繁衍后代，无疑是锦上添花啊！

当我们正向销售大厅返回时，因疲劳和等走散了的小外重孙女，于是便在一张长条靠背椅上坐下来，这时突然发现有两只企鹅在铁丝网围墙内徘徊，我特别高兴：一是喜得零距离观看的机遇，二是怀疑这两只企鹅是否迷路了?! 正当迷惑之际，忽见几位澳大利亚员工紧急地将拥挤的观众阻隔在东西两边的白线外，中间腾出一条宽宽的道路，他们很快便将铁丝网打开一个缺口，只见两只小企鹅心领神会地从缺口走出来，两个小家伙如入无人之境，大摇大摆地往对面自己的家走去，而两边的观众们目睹这两只小企鹅的惯性行为，像对待两位尊贵的宾客，各个鸦雀无声，人人行注目礼，欢送他俩虽然步履维艰但却信心十足地终于从冰冷的海水中回到了温暖的家中，冷暖两重天，而等待他们的却是早已恭候多时的亲爱的伴侣。这是个多么充满乐趣而又极度感人的生活画面啊！

在这美丽短暂的三分钟内，无数的"粉丝"们，目睹了澳大利亚的"绅士"们终于"回家啦!"我们一家为他们高兴！也感同身受，因为作为始终处于人在途中的我的四代人的大家庭，"回国啦!"在心灵上产生的震撼力，我们的体会是最深的了。不止步才会不平凡，"回家哪!"这是多么令人向往的美好的一句话啊！

我们感谢澳大利亚政府，不仅为保护野生动物尽了这么大的责任，而且还有一颗开发利用大自然资源的良苦用心！

"粉丝"们都走了，不知何日君再来。企鹅岛恢复了平静，"绅士"们也安眠了，我的一家人也归去矣！不过我们的爱心已留下，我的全家包括我的小外重孙女的诚挚的祝福也已永远留在了这里！

我是如何挖掘中澳关系尘封史料的

2011 年澳大利亚制片人库尔基·克尔伊(Craig·Colie)采访作者
郭存孝,郭枫一(郭存孝孙女)任翻译

　　我在中国原本是研究太平天国史的,同时也触及清史和民国史,但也没有忘记文学(写散文和新诗),在史文战线上拼搏了半个世纪,幸有斩获。

　　1994 年,笔者应澳大利亚澳华历史博物馆之邀,第一次走出国门,在澳大利亚的堪培拉、墨尔本和悉尼等城镇中的博物馆、致公堂等,对华人在澳大利亚的遗存,进行了生平第一次的专题考察。由于当时只是一名匆匆过客,全部经历,充其量只是走马观花而已!不过笔者有心,处处摄影,多少留下了初步印象。待到离境后,一颗重返的渴念,驱使着我来日,在零突破的基础上迈向零增长,"显山露水",实现梦想。

　　1996 年,机会来了,我第二次再出国门,终于满心喜悦地落户在澳大利亚第二大城市,维多利亚州首府墨尔本,我发现这是一座典雅、文化素质较高的大城市。文化设施丰厚,华人熙熙攘攘,一片热闹景象!但是,我不想停止脚步,于是我定下心来,拟定了研究方向:中澳关系史和澳大利亚华人奋斗史。从此,不

149

是逛中文书店，就去州立图书馆，再不便是去墨尔本大学东方图书馆，特别是在后者的中文阅览室里，从此便有两个黄皮肤的长者——我和我的夫人，长时间地与青年学子们一起在此寻找书中的"黄金屋"了。但是出乎我的意料，在这里，我只看到刘渭平先生的《澳洲华侨史》和国内中青年学者黄昆章、侯敏跃、张秋生等的内容大同小异的《澳洲华人华侨史》，感谢这些启蒙读物，帮我推开心扉，让我认知了澳大利亚及澳大利亚华人史。但是，我觉得后者的分量显得很单薄，我以为这是作者们，因为没有机会深入实地进行细致查访的缘故。事实说明：这是一块空白，是一片待挖掘开发的处女地。

从 1996 年起，至今不觉已有 21 年了。回溯 21 年前，那时我才 67 岁，论年龄不算太老，说精力也够充沛。因此，便向子女们提出一个对我个人来说是一个惊天动地的采访、搜集计划：立足墨尔本、网盖维多利亚州、足迹踏遍全国五个州（省）连带北领地，旨在实地查访、搜集有关中澳关系史和起自淘金时代迄今的我华人先贤们的遗存；目的是出版一本《澳大利亚华人 150 年遗存图录》，为澳大利亚华人史的研究做出新的贡献，以填补历史的空白。

为了实现这一既定计划，近 20 年来，我们在未得到澳大利亚政府任何单位和华人社团的赞助下，利用那有限的退休金，由女儿出资乘飞机或驾车，走访了五个州和北领地的首府、县、城镇中的博物馆、图书馆、档案馆（室）、美术馆、美术画廊、致公堂、四邑会馆、唐人街以及农村与山区内的华人墓园暨金矿区，还有城镇各地的信息中心、旧货市场、拍卖行和车库零售等单位。对收藏华人遗物较多的位于墨尔本唐人街内的澳华历史博物馆，位于墨尔本以北的四邑会馆，位于维多利亚州淘金古镇班迪戈的私人经营的金龙博物馆，位于新南威尔士州以南的奥布雷地区博物馆等，情有独钟，经常是三番五次走访进行征集。也许是付出了太多的诚意，终赢得了主人的"欢心"，例如在金龙博物馆，笔者与馆长雷扬名（祖籍广东台山县，属第五代华裔名人）已成了知己，每次去该馆，雷馆长总是带领职工搬动沉重的展柜，取出陈列的文物，供我拍照。他还不定期地将该馆出版的画册免费送给我，偶尔还宴请我一家。这真令我感动又感激，我也回敬拙著并献薄款。又如在西澳州首府珀斯，在位于热带的北领地首府达尔文，在昆士兰州华人聚居重镇凯恩斯，我们均受到博物馆、中华会馆负责人的热情接待，华人社团还慷赠华人祖先在该地区活动的历史资料和照片。值得一提的是，凯恩斯华人会负责人何女士，对我们这些专程来访的远方客人，给予优待，她亲自引领我们去库房，观赏一些未展出的华人文物，使我们大开眼界，此时，顶着酷暑，我们因慕名而要看看凯恩斯著名的"侯王庙"，可惜不开放，顿感沮丧！回墨尔本后去函何女士，不久即收到回信，方知此庙建于清光绪二十九年，内有神龛、匾额及楹联等。至于远在内陆、人迹罕见的华人展览中心，则托人代购其出版画册，尊容得睹。此举算是亡羊补牢，未为晚也。

　　不计寒暑，不问山有多远，路有多崎岖，在当地中华会馆等社团的指引下，我和我的家人频繁地出没在维多利亚州、新南威尔士州、西澳州和北领地的华人古墓园里，我发现多数是有坟无碑，有的是有碑但已不知坟在何处，残碑断碑不少，有的碑文已残缺。为了记录被风化的碑文，我必须将脸几乎贴近地面，气喘吁吁，汗如雨下，但我还是要连呼三声："值！值！值！"因为这是前人很少做过的事，还是感到乐在其中的。为了发声，我在报上发表了新诗《碑》一首。此诗荣获2013年北京"华夏情"全国诗歌散文邀请赛一等奖。

碑

碑　　倒下了一个生命
它告诉后裔
这是先人飞向极乐的足迹

碑　　昂首面向天地
它放言世界
留给子孙是不灭的记忆

太阳从碑前升起
碑　　在热浪中不弯曲
月亮从碑后垂落
碑　　在寒潮下仍挺立

风对碑身无情杀戮
即便龟裂断壁
雨将碑体恣意蹂躏
纵使铭文全剥去

碑　　一再向大自然宣布
它曾有一个铿锵的姓名
碑　　多次对后人表心迹
它拥有的辉煌是不朽的

扫墓人　　多礼长拜
先祖叮咛我侨心牢记
谒碑者　　千言万语
后辈誓化遗愿成奇迹

　　我真正体会到:不管春夏秋冬,一次经历便是成绩;勿问酸甜苦辣,两次挫折也是收获!

　　十年磨一剑,我在全澳,陆陆续续在现场拍摄、资料翻拍的历史与现代华人遗存照片和档案资料已达千余张,毫不夸张地说,这是前所未有的事。我选了其中的近 400 张,编成《澳大利亚华人华侨遗存图鉴》,此书承蒙澳大利亚外交部所属澳中理事会青睐并给予赞助,2008 年,由中国黑龙江人民出版社出版。该"图鉴"流传到澳大利亚后,引起了社会各方面的重视。有华人读者,感到欲购无门,又无法与我取得联系,于是转而向首都堪培拉的澳大利亚国家图书馆求助,该馆无书供应,再转告作者,可是本人案前也无多余,本人遂再转求出版社,绕了两国一大圈,结果得到责任编辑的回话:"零库存。"我真感到对不起这位忠实的读者,我愿奉赠他一册,可是图书馆并未留下这位读者的联系方式。真感到爱莫能助,实在遗憾! 至今都后悔不已。

　　2014 年,墨尔本的维多利亚省华族老人福利会,在庆祝创建 30 周年,编辑发行纪念特刊时,并未通知本人,便将该会收藏的"图鉴"中的本人撰写的"前言"全文刊于纪念特刊中,主编还写了按语,对"图鉴"的价值和作用给予肯定和赞扬。文曰:"历史学家郭存孝教授在《澳大利亚华人华侨遗存图鉴》一书的'前言'中,记述了澳洲的历史发展历程以及华人华侨为之奋斗的功绩。我们不能忘记华人先侨对澳洲的发展所做出的贡献,我们更要为澳大利亚发展中澳友谊以及推行多元文化建设,做出更大的努力。现将郭教授的'前言'转载于此,很值得一读。"

　　"图鉴"早已售罄,但读者仍有需求。笔者已将 2008 年之后到 2017 年中不断发现的先侨遗存,择其精华,注入其中,扩充编成一部"图鉴"的增订本。将由安徽黄山书社出版,2018 年初问世。

　　关于中澳两国关系的尘封资料的再挖掘,也非易事。我取双管齐下、三路并进,终也获得双赢、三胜的硕果。这其中最值得一提的大手笔,即是笔者早年便知澳大利亚国家图书馆珍藏有太平天国原刻官书,但详情不知。2003 年,笔者应邀到该馆为这批先秘藏于英国后尘封于澳大利亚 150 年的特级藏品——23 册太平天国官书和 3 件原版布告进行了鉴定,发现确为珍品,于是应该馆之请,为之作序并写提要,2014 年,交由国家图书馆出版社出版影印精装本四册,公开发行。从而使这批中澳两国合作出版的成品，得以造福士林。

作者郭存孝为与会者在《中澳关系的鎏金岁月》书上签名

2006 年 8 月，第九届中澳关系国际研讨会新书发布会上作者郭存孝的《中澳关系的鎏金岁月》一书展出，图为展台

笔者尤为看重中国和澳大利亚有关图书馆和档案馆的尘封文物和史料。如在中国第二历史档案馆，喜得澳大利亚人、名记者、中国人民的抗日之友的"华官"田伯烈（Timperley，Harold John 1898—1954）在中国服务的事迹原始档案，又见曾虚白的亲笔日记。抹去历史尘封，返还时代原貌，论述中澳关系，引起人们的惊奇和注视。我在上海图书馆、南京图书馆特藏部，从《中央日报》《民国日报》《大公报》《申报》《益世报》中，采摘到抗日战争期间中澳两国建立外交关系的细节报道，从台湾国史馆公布出版的据国民政府秘藏的档案，虽缺震撼，然其中中澳关系的机密内容，却有相当的重量，不可忽视。我另辟蹊径，曾向澳大利亚外交部中国科呈函，未料很快便收到 1934 年澳大利亚副总理约翰·蓝山（John Latham，1877—1964）首次访华盛况的尘封资料和图片。与此同时，也向中国驻澳大使馆提出请求，也愉快地收到周文重大使从英国驻澳大使馆转来田伯烈离华后的行踪与讣告，均填补了历史的空白。此外，我又从中国国民党驻墨尔本支部的展览室中，征集到民国初年广东新会县少年来澳留学的登记表和护照，弥足珍贵。这些挖掘的成果，促使我兴奋地在中澳两国的报纸上发表了一首新诗：《痴心》，表白我的心迹。

痴心

满头银丝　　我心坦荡，
纵知那前方路茫茫，
不气馁　　不轻叹，
我有一颗年轻人的心在胸膛。

挥手扫除档案上的百年封尘，
抛开故纸堆中的缠枝羁绊，
誓还走远了的历史本来美貌，
浓墨重彩再塑英雄像。

朝耕夕耘　　一往情深，
磨磨琢琢玉坯成大器。
眼明手快　　一片痴心，
定在沙砾中捧出黄金万两。

乐观时辰已消逝了秋冬终点，
喜看百年莽林绵延翠绿已尽染。
往事钩沉　　它是永恒的诱惑，
劲造新城　　那里的盛宴永不散。

　　近年，广东、福建两省兴起的发掘和研究的一个新项目——"侨批"（又名银信），这是指旅居澳大利亚等海外华人华侨给中国粤、闽故乡的纸质汇款信。笔者在全澳普查华人遗物时，几乎见不到"侨批"的身影。虽然在维州中部的一个小镇上，在一个与其说是旧货店，不如说是废品仓库里，意外地发现了一块华商的破旧残缺的木招牌，但仔细看来，原来是一件与华人自办邮政有关的珍贵文物，这令笔者愉悦，决心要找到"侨批"。2014 年，笔者抱着希望参加了在广东省江门市召开的国际侨批研讨会，果真从广东五邑大学台山集邮家藏品中发现了几件澳大利亚华人"侨批"和有关资料。令我雀跃的是，经过几方周折，我竟然从泰国一位侨领兼收藏家手中，索取到他千余件藏品中一花独放的澳大利亚华人侨批，我真是喜出望外，因为这份收获，意味着澳大利亚侨批这方领域的空白，不复存在了，等等。

　　这些收获，适得其所，均收录在我的《中澳关系的流金岁月》《中澳关系的真情岁月》《中澳关系的难忘岁月》三书之中。三书均由澳大利亚中文报刊发文推介。其中《中澳关系的真情岁月》，在澳大利亚作家节中，由本人向澳华作家群做了介绍并被会议评为优秀作品。

由浏览广东顺德华侨博物馆说起

（上）

2016 年 5 月 16 日，笔者从澳大利亚的《星岛日报》上，喜知广东省佛山市人民政正在著名侨乡——市属顺德区成立一座"顺德华侨博物馆"。闻之不胜喜悦：一、本人从青年时代起与博物馆结缘达半个世纪，却得了"长期不愈"酷爱博物馆的职业病或叫"痴心病"。二、笔者移居澳大利亚二十余寒暑岁月，曾经奔走、观瞻、求助全澳大利亚五个州和北领地的州、市、县、镇级博物馆（包括图书馆、档案室、游览信息中心、致公堂、广东籍会馆、华人先民公墓、旧货商店、周六车库零售、拍卖行和地摊等），积极地开展淘宝之旅。三、回国途中，有意经菲律宾、新加坡、马来西亚华侨下南洋的发祥地，浏览其中的博物馆、名人故居、华人公墓、书店、文物商店及旧货铺等，旨在了解、搜集先侨的资料并购买当地学者的著作。四、消乡愁，年年回故乡。在中国参观各类博物馆、纪念馆、图书馆、档案馆等。

但是，情有独钟地则是，参访全国有关华侨类的博物馆，旨在觅宝。为此，采取"定下心、沉下去、不怕难、常充电、广搜集"的战略，实行"广种薄收、分类研究、先易后难、循序渐进、交出答案"的战术。因此，我曾数度参观福建省厦门华侨博物馆，并与专业馆长变成了朋友。再就是花大力气，对广东省江门市、台山市、广州市新会区等著名侨乡进行访问并重点参观其华侨博物馆。我抓住出席在江门市由五邑大学主办的"侨批"专业会议的机会，搜集到有关澳大利亚的华人"银信"，包括从泰国侨领许玉春先生处函索到一件尘封百多年的澳大利亚华人发给广东故乡的"银信"，弥足珍贵！同时特别用心地对广东唯一的省级广东华侨博物馆展开多次参访，有幸的是也与王明惠馆长结识为友，我既为该馆推荐澳籍华裔友人的私人文物，供其展览；同时也从广东各博物馆和五邑大学以及台山市民间集邮界搜集到有关澳大利亚华人华侨的文物（包括"银信"）数据等。真使笔者开阔了视野、大长了知识，受益匪浅！

（中）

　　2016 年 11 月，笔者抱着探个究竟的心态，专程去了位于广东省佛山市顺德区内的广东顺德博物馆二层的顺德华侨博物馆。此时此地，首先弄明白了该馆是在广东省华侨博物馆王明惠馆长主持下筹办建成的，它是佛山市第一家华侨博物馆，端的不俗。该馆展厅面积有 600 平方米，陈列文物虽少但很精，分类也较细，具有鲜明的典型性和系统性，尤多富于地方特色、乡土味甚浓的珍奇遗存。整个陈列分七个单元：1. 大海扬波，移居海外；2. 千山万水，和衷共济；3. 落地生根，大爱无疆；4. 合群爱国，复兴中华；5. 港澳邑人，独领风骚；6. 顺德侨务，乡谊纽带；7. 心怀乡梓，协力发展。陈列主题跌宕起伏，凸显"顺德宏历，德厚功高"的祖训。展出的每个单元都有亮点，其中"大海扬波，移居海外"，"落地生根，大爱无疆"两部分，最具浓浓的乡情特色。

　　尤值得一提的是"大海扬波，移居海外"一节，该馆着力描述了顺德的"自梳女"的历史，还特意布置了一间名曰"冰玉堂"的"自梳女"情景再现的模型，堂名取"冰玉"二字，意在点赞自梳女的"冰清玉洁"的高尚纯洁的心灵之美！堂内展出了自梳女的一些生活用品。当年自梳女们不仅将著名的顺德菜的味道传往南洋，丰富了南洋侨胞的菜谱，据说后来她们年迈时由马来西亚、新加坡和香港回到故乡时，又将在海外改造过的具有浓郁的南洋风味的"妈姐顺德菜"带回故乡。这一有趣的轮回，凸显了她们的手艺上的智慧。

　　什么叫自梳女？按"自梳女"又称"妈姐"，这是当年广东一带，特别是顺德一些为谋生计被迫漂洋过海下南洋充当雇工之女子，她们因渴望不受束缚，而自行盘起头发，在海外终身不嫁，自称"自梳女"。她们是南洋华侨中的一个特殊的弱势群体，但她们也是在海外寄人篱下，却坚持自律、自信、自立的可敬的伟大女性群体！

　　顺德华侨博物馆从筹备之始，便把征集文物工作的目光对准海外的顺德乡亲，特别是马来西亚的顺德会馆和侨胞。王明惠馆长率队走访了马六甲、怡保、柔佛、巴鲁、太平及槟城（笔者曾去过）等地。一路走过来，一片欢迎声。一年多来，已征集到文物资料百余件，仅槟城顺德会馆一家就捐献给家乡 20 件顺德文物和资料，其中轰动社会的便是一件尘封百年的清朝同治皇帝"钦点状元及第"木质金匾（复制品）。有些厚重的如家具等，尚在海外待运中。目前已投入展出的实物文献资料，就有会馆档案、身份证明、劳动工具、生活用品等，其中最夺人眼球的便是那件"状元及第"木质金匾。

清同治十年，朝廷颁给梁耀枢
"钦点状元及第"金匾

关于这块"钦点状元及第"金匾，兹解读如下：该匾长 120 厘米、宽 60 厘米，呈长方形。中部为红底贴金楷体字，字体端庄大方：上端横书："钦点"二字，中直书："状元及第"四字，右边是体积略小的："同治十年辛未科"七字，左边也是体积略小的："臣 梁耀枢恭承"六字。边框四周有精美的贴银透雕，中刻六条云龙，顶端雕二龙抢球，寓意状元公是出类拔萃的佼佼者。按明朝清朝的科举制度规定，科举考试以名列第一者称"元"，乡试第一称解元，会试第一称会元，殿试第一则称状元。关于"及第"的解说，是指科举考试中选之义。因为考后要张榜公布名次，成绩有甲乙次第之分。明清朝代规定，殿试一甲一、二、三名的进士考中者，皇上便赐"进士及第"，其余的叫进士出身或同进士出身，并无"及第"殊荣。

梁耀枢（1832—1888），字冠琪，号斗南。广东顺德县人。一生经历清代四朝——生于道光年，成长于咸丰朝、同治朝，辉煌于同治朝末和光绪朝末。曾中三试——乡试、会试、殿试进士。同治朝十年（1871 年）辛未（二月十一日）科，以进士身份在皇帝殿试中，以真才实学的优异成绩考中一甲第一名，荣获状元称号。同治帝（实为慈禧太后）遂赐"钦点状元及第"金匾。梁耀枢之后仕途通达，朝廷授予翰林院编修，历任侍读学士，詹事府詹事，顺天乡试同考官，湖南乡试主考官、会试同考官，山东学政等职。为官清廉，工书画，被慈禧太后誉为"金玉君子"。梁耀枢对朝廷感激涕零，因此将金匾复制多件，广为流传，以谢"天恩"，现在便知已出世两块：一块见之报载图片，笔者未见原物；另一块原秘藏于槟城顺德会馆，早被该会馆列为"镇馆之宝"，现在却已易地亮相于其主人翁的故乡——中国广东顺德华侨博物馆了。

这块"状元及第"金匾，为什么会流落海外百余年？是何人将它带到槟城来的？后来长期高悬在槟城会馆的大堂之上，最后竟能慷慨地让它由马来西亚顺利地回到它的中国故乡？关于这块金匾的身世，到现在可以说还是一个谜。据马来西亚槟城顺德会馆署理会长李永波先生对媒体回忆说："这块牌匾，在我很小的时候就已经在会馆了，尽管我不知道它是从那里来的。槟城顺德会馆曾经

采金摘玉集
CAIJIN ZHAIYU JI

三易地址，但牌匾每次都被保存得很好。"他接着说："让梁耀枢的'威水'故事仅收藏在槟城会馆，我觉得太可惜了。"因此他决心让状元牌匾回老家。最后他又说："把'状元牌匾'送回家的初衷，是想让'状元牌匾'向世界各地的顺德乡亲，讲述顺德重教明义的故事，将顺德文脉发扬光大。"他认为："我们把祖物捐赠给家乡，这是它们最好的归宿。"他又大声呼吁："对于一些较为珍贵且不适宜存放在会馆内保存的文物，如画像、书籍、牌匾、古典家具等，华侨华人可将其捐献给家乡。"这实在是感人至深的话语！

促使这块状元金匾回老家，立下大功的还有广东华侨博物馆王明惠馆长，他更是满怀激情而又无限慷慨地说道："100多年来，因为各种原因，很多有价值的牌匾、题额，从顺德分散到国内外。之所以梁耀枢的'状元牌匾'非常珍贵，是因为当时复制的极少，这应该是流传在海外的唯一的一块。状元牌匾具有极高的文物价值及历史文化内涵，也见证了顺德由古至今的深厚文脉。"

除了"钦点状元及第"金匾外，笔者对几件文物和资料，还是有深刻印象的。其中一件为明朝末代皇帝——明思宗朱由检于崇祯庚午三年（1630），钦赐朝中一品高官——文渊阁大学士黄镐"钦赐一品百龄"御匾（复制品），祝贺黄镐百岁生日大喜。崇祯皇帝在位17年，维持到1644年，明朝灭亡，清朝入关取而代之，清朝遂成为中国强大有力的统治者。这块御赐寿匾，是难得的明末遗物，具有珍贵的历史价值。

清代著名书画家李文田所题"归寄庐"楷字横匾（原物），亦是一件不可多得之物。按李文田（1834—1895），广东顺德人。清咸丰九年（1859）中进士，官至礼部侍郎。勤于治学，著作甚丰。工善书画，曾奉慈禧太后之命，为其作画题志。清同治十三年（1874），乘同治皇帝驾崩、光绪皇帝就位之际，乞归故里，"归寄庐"便是此时所题。后在广州凤山等书院讲学，谥文诚。

展品中还有一件清光绪二十七年（1897）正科广东乡试第一场的"四书题"和"诗题"木刻版考卷，则是广东地区在晚清时期推行科举制度，实行开科取士的一件珍稀的历史档案。

李文田墨宝

　　在该馆的一个不起眼的角落,一件已泛黄的纸质文件,引起了我的好奇。原来那是一件马来西亚槟城顺德会馆发给会员领取红烧肉的证券,为什么会有此举?因为广东和福建乡亲移居槟城后,他们曾购地建造公冢,又叫"义山"。

为了告慰先人，乡亲们扛着烧猪上坟祭祀，拜祭结束后，会员们凭证领取一份烧肉，为的是因此可以得到祖先的荫庇和祝福。

此外，还展出了侨民的出入中国香港到新加坡的护照。在新加坡、马来西亚等地充当自梳女即雇佣工的身份证等文件。有一位加拿大侨民胡始康，不远万里，来到广东顺德，将其父的艺术遗作集送给博物馆展出，以慰其父的乡思、乡愁和乡情，等等。

由于我是一个匆匆过客，故未能惬意尽兴，虽有受益匪浅之感，喜其富于地方特色的展品很诱人，但总觉其质量不乏有提升的空间。

当我匆匆离去之后，我的坚定信念是我决不会将广东顺德华侨博物馆之行成为我一生中曾经的百余座博物馆观瞻之旅的最后一站。

笔者夫妇正静听讲解员解读展出之文物

（下）

我的一生，22 岁参加由罗尔纲先生主持的太平天国历史文物展览收尾工作，从此便迈开我的日月星辰的观瞻博物馆之旅。1959 年，是中华人民共和国成立十周年,北京矗立起十大新建筑,其中一个是天安门前的"中国革命博物馆"。国家文物局主办其中的核心展览——"中国近代革命史文物陈列",罗尔纲先生接到国家文物局的邀请函,请其立即赴京投入太平天国历史部分的陈列工作。罗先生因身体不适,乃命笔者前往工作。罗先生视此中央交下的工作乃重要任务,因此,亲自动笔编制陈列大纲,还针对如何落实并授权因地制宜如何进行变动,与在下进行了多次谈话,实际上对我进行了就我个人而言的一次史无前例的太平天国全史的授课。如沐春风,终生难忘! 赴京后,我去国家文物管理局报到,因沾师光,王冶秋局长接见了我,他望我代向罗先生问好。随后,文物局博物馆处将我的办公室安排在故宫中的"慈宁宫"。

一个月来,我是身在宫中,心在太平天国陈列提纲上。我多次去现场勘察、丈量,终编成一个因地制宜简明扼要的新提纲(包括全部展品文字说明)。工作过程中,中共中央宣传部副部长熊复,国家文物局局长王冶秋,多次来看望我们,并提出了修改意见。熊部长望我代向罗先生致谢。事毕回南京后,我向罗先生做了详尽汇报。罗先生异常高兴,他说今后本馆的文物陈列就全交给你了。谨遵师训、倾心投入、风风雨雨、喜悲交结、善始善终,半个世纪,直到1992年底,由太平天国历史博物馆的领导岗位上退休,方才华丽转身歇手。

1994年,第一次走出国门,那是因为接受澳大利亚华人历史博物馆之邀,对澳大利亚华人华侨遗存进行短期考察访问。1955年,接受湖南省新宁县人民政府之邀,前往实地考察太平天国遗存,并对全县文化教育和旅游界做了专业报告。是年被江苏省文化厅调入江苏省近代史文物鉴定组,参与对全省二十余博物馆和名人故居的文物的鉴定,这一切均是本人退休后与博物馆再续前缘之举。

1996年,笔者与夫人周文杰与先前移居澳大利亚的女儿一家团聚,来到美丽典雅的墨尔本,真的满心欢喜! 我们决心在此迈开人生的新征途。本以为往后可与博物馆说声再见了,孰知事与愿违,却要重操旧业,并且是必需的。还当我们抵达澳大利亚前,我便确立了自己的研究方向,决心以全日制方式,学习探讨研究中澳关系史和澳大利亚华人华侨史。未料20多年来,在家人陪伴下,我自费去了全澳五个州一个北领地的州、市、县、镇博物馆、图书馆、档案馆、致公堂、各邑会馆、华人公墓以及信息中心等,努力查访搜集160多年来华人华侨的珍贵遗存,其范围之广,付出之辛劳,获得之成果,远比在国内之上下求索的程度要强要大要多。在国内,我是一个风华正茂的青年、中年人,在澳大利亚,如今,我虽已蜕变成一个高高龄之老朽,但我信心不灭、壮志不泯、砥砺前行。

2017 年 2 月,我与我老伴应邀去维州巴拉瑞特市,出席尤瑞卡澳洲民主博物馆举办的"华人——财富"展览的开幕式,在展厅里,我欣喜地观瞻到一些对我来说是非常新鲜的华人遗物,弥足珍贵。因此,我又有了一个崭新的信念:那就是我坚信尤瑞卡澳洲民主博物馆,绝不会是我一生中的百余座博物馆观瞻之旅的最后一座。

广东佛山市九江镇侨乡博物馆纪事

　　广东省是中国华侨大省。据悉,广东省内已建成各级别的华侨类专题博物馆即有五座。省级的有:广东华侨博物馆(设于广州市);市级的有:江门五邑华侨华人博物馆、梅州市华侨博物馆、汕头市侨批文物馆;属于市以下区一级的有:佛山市顺德华侨博物馆、揭阳市揭东华侨博览馆;属于市、区以下镇管辖的有:佛山市南海区九江镇侨乡博物馆等。

　　我要说明一下,省属、市属、区属与镇属,只是国家根据主客观需要的分类,实际上,各类或同类博物馆的功能与作用,各有千秋、各占优势、各有贡献。就以广东省而言,我们去过广东华侨博物馆、江门五邑华人华侨博物馆和顺德华侨博物馆,也去过台山市、开平市、恩平市、鹤山市,广州市番禺区、新会区博物馆,发现它们的华侨遗存物陈列,既有共性也有个性,甚至是个性大于共性;每馆在充分运用本地华侨遗物的取向上,都是"八仙过海,各显神通"。九江镇侨乡博物馆,自不例外,也是"一路神仙",照样春风得意!可贵的是它是广东省截至目前唯一的镇级侨乡博物馆,当然在全国范围内,也属凤毛麟角。

　　九江镇侨乡博物馆,坐落在九江镇上最大的侨产——"吴慎德堂宅第"(今称之为吴家大院)。说起馆址即"吴家大院",它是当地旅越华侨吴庚南、吴畅如兄弟,在清光绪十年(1887年)兴建的。1927—1932年间,其子侄吴伯玑、吴仲毓、吴美间将宅第进行扩建,最终形成一座占地约600平方米,包括镬耳大屋群、碉楼式洋房、祠堂和花园等的园林建筑;可谓是一座近代岭南建筑文明与西洋文化元素完美结合的古建筑群。吴家后人如今身在海外,他们委托九江镇政府代管吴家大院50年,镇政府不仅没有辜负侨眷的期望,而是投资1000万元,根据"修旧如旧"的标准,对大院的建筑与园林进行了重大修缮。此举既获得吴氏后人的认可感激,也广博社会的点赞。"吴家大院"如今已成为佛山地区面积较大、保存较好的具有百年历史的新旅游景点。新闻媒体采访后,更是称许有佳:大宅风韵依然,值得细细品味!"吴家大院"现已列为佛山市文物保护单位。

　　2013年,九江镇政府决定依托吴家大院为承载,拨出大院内的六间镬耳屋和一座雕楼，委托九江镇文化站，筹办"九江镇侨乡博物馆"。镇政府首先面向海内外公开征集相关的文物展品。新闻媒体辟出版面，罗列具体项目——"远离故土的普通人、参加公益慈善活动的名人、具有时代特征的名人故居、旧街商铺、族杆夹等旧日影像、木船等特定时代的交通工具、留声机、金山箱等洋货，以及族谱家谱、信札手稿、民歌民谣等。至于捐赠方式，分三种：无偿捐献、有偿转让、租借代管。"广为号召参加捐赠活动。据文化站副站长徐雅说，旗开得胜，一开始便征集到几百件华侨文物——老旧照片、侨批、家书、留声机和金山箱等。关于"金山箱"，那是泛指出国侨胞所使用的比较牢固的手提箱，这是他们收装重要文件如护照、银钱以及衣裤等工具。至于"金山"二字或称之为专用名称，那是出国侨胞们，对前往美国旧金山（后亦包括澳大利亚新金山）的华工俗称之为"金山客"，对前往美国旧金山（后亦包括澳大利亚的新金山）的华工所乘船只俗称之为"金山船"一样，称自己所带的箱子为"金山箱"，这既是一种套话，也是一个俗称罢了，没有其他含义。

九江镇侨乡博物馆，以吴家大院为载体、侨乡侨史为主线，开办了八个展室，运用实物和图文并茂与声光技术相结合的方式，通过陈列的展品生动地再现本土的历史足迹，不过由于展室面积有限，每间展室只能容纳几十件，故一些珍贵的展品无法与观众见面，这是很遗憾的。尽管如此，这座博物馆还是将吴家大院的岭南文化、九江的华侨文化，纳入展示范围。

百余年来，九江20万侨胞，走出国门，漂洋过海，近抵南洋，远至北美，艰辛脚履，扎根世界达40个国家和地区。他们告别亲人，远离故土，在异国他乡，出汗流血甚至献出了宝贵的生命，为侨居国的经济繁荣做出了卓越的贡献。与此同时，侨胞们虽然身在异邦，但心系故乡，群起捐资献物，出钱出力，造福桑梓，为今日九江的经济和社会发展起到了重要作用，功不可没。九江籍侨胞在海内外创造了许多传奇的故事，该馆的"金山箱"等展品，闪耀着20万侨胞的时代记忆之光，也使所有观众都明白一个道理：留住祖根、记住乡愁，把家乡建设得更美好，是多么的重要啊！

该馆的诞生，不仅为九江镇的子孙后人了解祖先这个优秀群体的奋斗史提供了基地，它也为当代九江子孙接过先贤交下的延续发展之棒，提供了动力。

该馆已在2015年3月对外开放。2016年12月起，更是张开双臂免费迎接四方来客了。

从清朝颁给郑嗣文的"旨赏"牌匾说起

　　近阅报章,欣悉在广东顺德华侨博物馆诞生后不久,又一座广州华侨博物馆已进入筹办阶段,2017 年 11 月将投入开工建设,2018 年底便可建成并对外开放。未料该馆旗开得胜,目前就已征集到有关文物与资料达 9000 件。令笔者高兴的是,在文物中有一块由马来西亚增龙总会的郑黄月芳女士捐赠的清朝光绪皇帝于光绪十二年(1886 年)颁给马来亚华人领袖郑嗣文(景贵)的"旨赏戴花翎"牌匾(复制品)及官服、资料等。这是笔者目击的同代同类文物的第三块。这不能不说是中国最大侨乡——广东省及其移民史上的一件大喜事。

　　按郑嗣文(1821—1899),原名景贵,广东省增城县(今广州市增城区)人。其父郑兴发,壮年南渡英属马来亚,在锡矿打工。1841 年,年届二十,郑嗣文乃离乡赴马来半岛,随其父在霹雳州的锡矿打工。当年马来半岛西侧锡矿地延伸到泰国境内,但其中蕴藏量最丰富的宝地乃霹雳州(按霹雳"perak"是土语,意思是指银,原住民误将锡说成是银)。由于在霹雳州的内地太平发现了锡矿,所以华工急速地增加,到 1856 年,竟达两万之众。因为华工向原住民苏丹纳税,故两者过着共存共荣的生活。当时华工经营锡矿的组织机构,却分裂成了两派——"海山会"和"义兴会",锡矿区也就自然地各立门户了。这两个会,因为随后企业化了,旋改称"公司"。公司的关键人物便成了略有资本兼有经验的个体采矿者,夸张一点地说,他们既是地质家,也是探矿行家里手,换个说法,他们是矿场主或企业家。

　　郑嗣文年富力强,善于经营,他在承包太平锡矿区时,最先采用水力唧筒开采法,使产量大幅提升,自己也大获厚利。除外,他还承包烟、酒、典当及赌博的专利权,因而财富益增,累达千万元以上。他的产业分布在霹雳州、槟城及香港。由于他的成功,赢得了同胞的拥戴,终被推举担任海山公司首领。未料因为大多数采矿工素质较差,多为社会流浪者,并且沾染不良恶习,又久居异国他乡,从 1862 年到 1873 年间,频频出现两派互打群架,持械斗殴,打砸赌场等等扰乱社会秩序的恶劣事件。一来一往,这不仅危害一地,而且波及邻近的槟榔屿。此乱终惹得英国殖民总督进行武力干涉,郑嗣文明智地接受调停,1874 年

1 月,双方解除武装,撤废炮台,赔偿损失,缔结"邦各条约",握手言欢。郑嗣文在此乱中的能力与气度让英国总督叹服,1877 年,英国总督委任 47 岁的郑嗣文为霹雳州华人甲必丹(Capitae,即区长),旋又受任霹雳州议会议员。

郑嗣文为富有仁,对于祖国危难、社会公益福利及侨胞教育事业,莫不乐于解囊捐助。彼曾多次向清廷捐款赈济水灾同胞及对优秀学生发放奖学金等,深得祖国人民的点赞!清廷后封其为"候选守巡道加四级",这虽是虚衔并非实职,然而亦是殊荣啊!按清廷设正四品官——"道员",道员又划"分守道""分巡道",两者职能难以明确分工,大多为巡视刑名案件,为一级地方行政长官。不过道员有两种来源:一是朝廷论资排辈授任的;二是民间人士用钱捐来的,但"捐纳"在官场交易中以道员为上限。由于僧多粥少,两者均难实授,故均需候补或叫候选。郑嗣文的"候选守巡道"虽是官至四品,但也属排队等候之人。不过,郑嗣文并非是靠钱捐官的,他是因对国家和社会乐捐有功,而被朝廷亲赏予插有花翎的官帽和官服及圣旨等实物凭证之后,才自制这块"旨赏戴花翎"的木质牌匾的。

1884 年(清光绪十年),郑嗣文身在异国,惊悉祖国为了支持越南摆脱法国的殖民统治而发生了中法战争,他立即慨捐十万银圆给清政府,充作军费。此义举赢得慈禧太后与光绪皇帝的奖励,光绪十二年十二月初六日,光绪皇帝降"旨赏戴花翎"。按"花翎"为美丽的孔雀毛,清朝的奖功制度有赏戴花翎和赏穿黄马褂的规定。戴花翎就是将孔雀毛饰于官帽后,以示荣耀!不过以翎眼多者为贵,而三眼的孔雀花翎为最。清朝汉臣中最先获得赏戴三眼花翎殊荣的只有李鸿章。

清光绪二十五年(1899 年)郑嗣文在英属马来亚槟城逝世,享年 78 岁。他的那块"旨赏戴花翎"牌匾,已作为镇馆之宝,现仍悬挂在马来西亚增龙总会内。人们缅怀他的功绩,今日槟城有一条街道被冠名于"景贵街",就寄托了世人的追思。今日中国两岸有关单位出版的华侨辞典,均有郑嗣文的简传,撰稿人对传主均给予公正、到位的评价。

关于海外杰出华人领袖郑嗣文之辈因感"圣上"的赏赐,而制作的谢恩牌匾,笔者目睹耳闻,除郑嗣文这块牌匾外,澳大利亚维州班迪戈"致公堂"内,即悬挂了一块同样主题"旨赏戴花翎"的牌匾,它是班迪戈侨领广东台山人雷理卿,为感谢清朝末代皇帝溥仪于宣统元年(1909 年)九月二十六日赏赐他"花翎"之恩而制作的。此外,荷属东印度(今印度尼西亚)即有清朝皇帝"钦赐"御匾几块:"同治庚午科 钦赐举人 臣钟宴林立"。这是同治十年(1870 年)慈禧太后垂帘听政时期,代她十五岁的同治儿皇帝,给华侨中的文人钟宴林赏予免试的"钦赐举人"之殊荣。同治、光绪年间,客居荷属东印度的广东梅州人张煜南,因在苏门答腊经商有方,终成巨富。因为热心母邦的公益事业,如集资兴建中国潮汕铁路,建立印度尼西亚华侨公墓等,为人称道。清德宗皇帝于光绪二十九年(1903年),颁圣"旨赏加头品顶戴花翎";光绪三十三年(1907年),又颁圣"旨特赏三品京堂";光绪皇帝驾崩后,宣统皇帝即位,再颁圣"旨赏给侍郎衔"。张煜南连获清季两帝三道御旨的殊荣,这在海外华人领域内皆是空前的。荷属东印度华侨文人张步青,亦在宣统三年荣获圣"旨赏四品京堂"。张煜南、张鸿南兄弟俩名扬东印度群岛,他俩先后被荷兰殖民政府委为棉兰"甲必丹",后又升为高级官员"玛腰"。清廷据使臣奏呈,任命张煜南为中国驻马来亚槟榔屿副领事,彼曾著书九种。1915年去世,享年64岁。其弟鸿南出类拔萃,曾获荷兰勋章,再获英国法学博士衔。中国北洋政府聘为高等实业顾问并授予二等嘉禾勋章。1921年,病逝于印度尼西亚棉兰,享年60岁。

我是怎样为民国才女潘柳黛立传的

郭存孝·周文杰作品

为什么要为民国才女潘柳黛立传？

20世纪90年代中期，笔者是墨尔本Box Hill老人会（今为耆英会）的会员，因而有缘认识了老会员——20世纪40年代上海四大才女（关露、潘柳黛、苏青、张爱玲）之一的潘柳黛。发现她是一位年逾古稀的老人，矮胖的身材，卷曲的白发，有一双会说话的眸子，穿着得体，素雅大方，谈吐幽默，一口正宗的京腔，悦耳动听，实在是一位令人心仪的从容、不凡、依旧光彩照人的老作家！

潘柳黛给人的第一印象，她像北方的秋天，透着一丝清爽、明亮，说话的语气和笑声都没有一般女人的矫情。给我的深刻印象：她是位随和、豪爽、坦诚、健谈、知识渊博的老人。这和有些作家在写张爱玲文章中提及的潘柳黛判若两人。他们说潘柳黛人高马大，奇丑无比，说她妒忌张爱玲等。正如戈贝尔所说："谣言重复千遍亦成真理。"笔者也受其影响，未见面对其印象不佳，而见到潘柳黛后深感内疚和惭愧。

潘柳黛长我10岁，我视她为前辈、大姐，敬重的女作家。她知道我是从南京来而家曾住在上海，而她是从北京到南京工作后转上海的，地域的牵线使我们很自然地走到一起来了。谈起南京的秦淮河，她滔滔不绝，谈起上海的城隍庙，她也说个没完。说到祖国改革开放的成果，她亦赞不绝口，是乡情和对祖国的眷恋把我们愈拉愈近了

随后，我逐渐知道她曾在南京、上海做过报社记者、作家。去香港后，又成了专栏作家、剧作家、杂志主编，我遂产生对她采访的愿望。笔者赞成英国作家乔治·奥威尔所说，写作时会有"历史的冲动"，笔者喜借东风，愿为潘柳黛做一次"扶正"。

还因为笔者受《汉声》杂志之托为之供稿，故想请潘柳黛谈谈过去的辉煌，而她总是谦和地说"没啥成就"。经多次要求，她方同意，不过她说必须等她从香港探亲回来，不叫采访，只是随便聊聊，我高兴之极。记得那是2001年9月下

169

旬,与她在 Box Hill 老人之家中约好的。

　　10 月,正是南半球春天旅游的黄金季节,她和老人会会长夫妇一道出发了,我企盼着能倾听她细说创作生涯和她的生活故事。谁知 11 月 6 日,笔者忽然见到澳洲的《星岛日报》刊载潘柳黛逝世的讣告,顿感震惊,我久久定格在报纸前,悲恸之极!不仅为失去了一位好友,也为错失了采访良机。后得知,她到达香港后病倒,由她幼子接回澳洲,入悉尼利物浦医院医治无效,于 2001 年 10 月 30 日谢世。享年 81 岁。

　　笔者满怀思念之情,将我和她交往及她馈赠的作品,写了几篇缅怀她的文章,发表在澳洲中文报刊上,其中谈及她与张爱玲的过节。那是 1952 年张爱玲到达香港,友人告诉她潘柳黛也在香港,张爱玲冷冷地回说:"潘柳黛是谁?我不认识。"显然余气未消。之后,这位朋友把张爱玲的话又传给了潘柳黛。潘柳黛一笑置之。正巧此时香港《上海日报》约潘柳黛写一篇《上海几位女作家》,于是她在《记张爱玲》一文中,把往事又道了出来。原来她们都是朋友,曾一道参加上海《杂志》社举办的"女作家聚谈会"。

1944 年 4 月上海《杂志》封面

影訊合訂本出版
精裝一冊，置之案頭，美麗奪目
贈送親友，珍同拱璧，每冊廉售
三十元正，郵票代現，十足通用
三期試閱
滿意再定
歡迎批評

主催者：本社
日期：三十三年三月十六日下午二時
地點：新中國報社社宅
出席者：（以姓氏筆劃多寡爲序）汪麗玲，吳嬰之，張愛玲，潘柳黛，譚正璧（中國女性文學史作者），藍業珍，關露，蘇青。本社：魯風，吳江楓。

魯風：近來文藝作品在出版界最爲蓬勃，可注意的是女作家非常多，作品的水準也很
，這在中國女性文學的創造來說，實在是可喜
現象。半年來本社連續舉行過好幾次座談，
如出版界的，漫畫界的，戲劇界的，參加的
都是當前上海的文化工作者，最近鑒於現在
作家的作品在各刊物發表的很多，我們覺得
來邀請幾位女作家來作一次聚談，對於文藝
作問題，聽取一點女作家們的意見，這是非
常意義的事，因此有這一次聚談會的舉行。
吳江楓：這一次聚談會因爲邀約的時間太
，所以參加的人並不多，不過以今天參加
寫散文的，有寫小說的，有寫詩的，也有
愛玲女士最近還編了一個劇本，因此寫各
參加了，這實在是一個難得的機會。
先生不是女作家，可是譚先生是中國女性
天談的是女性文學，所以特別請他來參
加，給我們一點意見。
吳江楓：聚談會是不拘什麼形
一個話題來開始。
魯風：我們將以新聞記者的立
（座談會開始了，在一座洋式
著十來張椅子，不拘形式，隨便地
嫩芽，四周是靜悄悄的，參加的人
清茶，剝瓜子，花生……）

第一個作品的來

吳江楓：說到女作家，便記起
文藝感到興趣的，是在初中的國文
如「超人」，「去國」之類，後來
超人」，「寄小讀者」，「繁星」
蘇青：說起冰心，我從前讀她的
後來看到她的照相，原來非常難看，
賣弄她的女性美，所以後來就沒有
是般也可笑！
大衆：（齊聲地）哈，哈！
魯風：當代女作家寫詩的很少吧
關露：有白薇，她現在桂林，很
魯風：請問關女士開始文學生涯
關露：（想了一下）開始是寫詩
在沈起予編的「光明半月刊」上的。

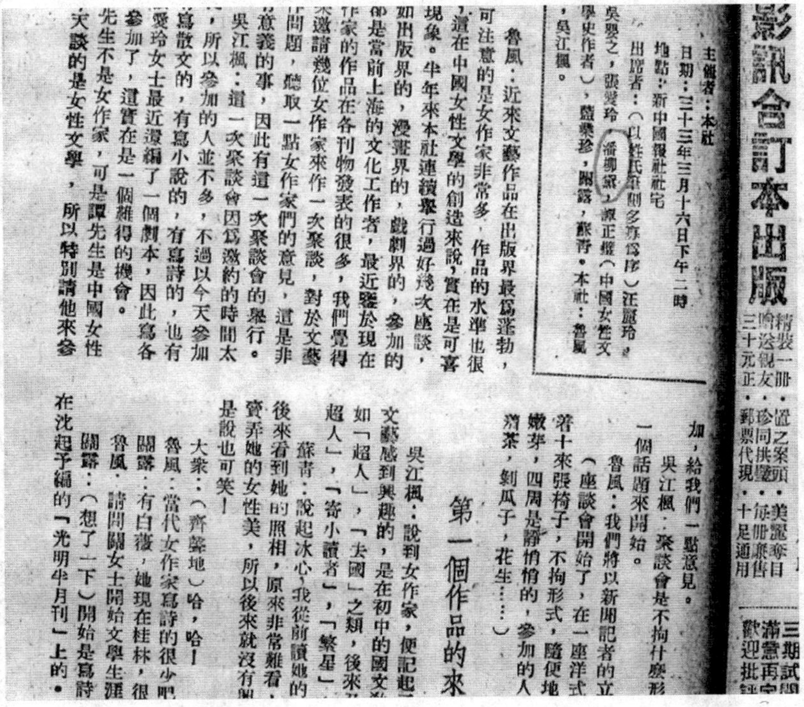

女作家聚谈会一页

由于胡兰成(原汪伪宣传次长)在狂热追求张爱玲时写了篇《论张爱玲》的文章,赞美“张爱玲是鲁迅后第一”,形容张爱玲的文章是“横看成岭侧成峰”,又夸奖张爱玲是贵族世家,身染“贵族血液”等。那时张爱玲刚出名,大都认为她才华出众,大有前途,但对她过分渲染贵族家庭,均不以为然,但未做评论。文中写道:“见胡兰成如此吹捧,心血来潮以戏谑的口吻写了一篇《论胡兰成论张爱玲》,以幽他一默的姿态,把他们大大调侃了一番,矛头是对胡兰成的。首先把胡兰成独占‘政治家第一把交椅’,挖苦了几句,‘断章取义’问胡兰成对张爱玲的赞美‘横看成岭侧成峰’是什么时候‘横看’?什么时候‘侧看’?这还不算,最后把张爱玲的‘贵族血液’调侃得更厉害了。当时举了一个例子说,胡兰成说张爱玲具有贵族血液——因为她的祖父娶了李鸿章的外孙女,她是李鸿章的重外孙女,其实这点关系就好像太平洋里淹死一只鸡,上海人吃黄浦江的自来水,便自说自话是‘喝鸡汤’的距离一样。八竿子打不着的一点亲戚关系。如果以之证明身世,根本没有什么道理,但如果以之当生意眼,便不妨标榜一番。

而且以上海人脑筋之灵，行见不久的将来'贵族'二字，必可不胫而走，连餐馆里都不免会有'贵族豆腐''贵族排骨面'之类出现。谁知我文引起轰动。正巧陈蝶衣主持的大中华咖啡馆改卖上海点心，果然以潘柳黛女士笔下的'贵族排骨面'上市为海报，还以'正是论人者亦论其人'为我文之结尾。"

陈蝶衣原名陈元栋，资深报人，曾是上海《万象》《春秋》杂志主编。一生填写 3000 多首歌词，50 多个剧本，多次获奖，是潘柳黛好友之一，2007 年 10 月在香港化蝶而去，享年 99 岁。

当年，潘柳黛、陈蝶衣不谋而合对胡兰成进行了挑战，从此胡兰成、张爱玲不再搭理他们了。据后来潘柳黛告诉笔者，她"得罪了一些人，常接到干扰电话，一次电话问我，你是潘柳黛吗？我说是，他说，你是潘金莲的潘吗？我说我是潘金莲的潘，我也知道你姓王，是王八蛋的王。说完我把电话用力一挂，从此安稳了。"事隔半个多世纪，她仍然对自己的机智感到骄傲。

笔者于 2004 年给台北《传记文学》写了篇《文坛才女潘柳黛的冷暖人生》（第 85 卷第 3 期），社长成露茜在"编辑室手记"中写道："偏好'文学'性传记的读者也有福了，享誉文坛女作家潘柳黛在周文杰笔下又活了过来。如果你没有看过《退职夫人自传》，你看过《不了情》电影，你听过《忘不了》这首歌吧！它们都是潘柳黛女士的杰作。《文坛才女潘柳黛的冷暖人生》，叙述了不少潘柳黛的故事，从 40 年代与张爱玲的过节，一直讲到 21 世纪上了澳洲老人服务宣传的刊物封面。我们仿佛看到不同时期的她浮现在眼前。"

2005 年 1 月，黑龙江人民出版社出版了我的《旷世凄美的文坛四才女——关露、潘柳黛、苏青、张爱玲》，此书获得中国第四届优秀妇女读物奖，并获上海《文汇读书周报》推荐。其实文章及书，仅介绍了潘柳黛的轮廓，是《传记文学》及这几次获奖的鼓励，促使我决心为潘柳黛立传，把一个真实的潘柳黛奉献给读者，亦可填补历史的空白。

深入走访调查 收集尘封资料

至于我是怎样为潘柳黛立传的？我的体会是撰写人物传记，首先必须获得传主或家属授权，否则即为侵权。为此，几经周折，笔者找到她在悉尼的幼子蒋友文、香港的长女李茉莉及在广州的次子蒋友威。承蒙他们的信任和支持，不仅给了我授权书，还提供了一些珍贵照片。但他们对母亲创作详情一无所知，这也符合一般家庭规律。

如何写人物传记？第一，尽力详细查阅资料，特别是第一手资料和原始照片。第二，坚持真实的原则，即实事求是，一是一，二是二，既不拔高溢美，也不贬责降低；要做到人真、事真、言真、形象真、感情真。总之以真取信，以真感人。第三，写作中，必须让原始材料发声，要摒弃随意性，不可妄加好恶。第四，除开宣扬其知名度及众所周知的文学戏剧电影等事迹外，要深刻挖掘为读者提供鲜知的新事等。因此，笔者决心沿着潘柳黛的足迹，置身于南京、上海、香港、墨尔本走访调查，广泛搜罗潘柳黛尘封的作品及有关信息。

笔者在墨尔本造访了 Box Hill 老人会会长陈宁夫妇，老人会中的好朋友李正然等。得知潘柳黛喜爱打麻将，但牌艺不高，输多赢少。知道她性格开朗、幽默风趣，为老人们看看手相，把老人逗得乐呵呵的等生活故事。

由于潘柳黛属独居老人，笔者走访 Box Hill 华人社区服务中心，获悉每周均派清洁工为她打扫卫生，只收她半价工资，还定期派遣护理人员为她检查身体等。服务中心的工作人员告诉笔者，凡为潘柳黛服务过的员工都反映"潘柳黛是位和善老人，常叫员工注意休息，早点回家，有些事留给她自己来做"。服务中心还告知，潘柳黛热心公益，被选为 1999 年澳大利亚《维多利亚州老人福利指南》的封面人物，这是有史以来的第一次刊登华人的肖像，他们还热情地取出刊物供我拍照。

笔者又走访了华人教堂，因为潘柳黛来澳洲后，成了虔诚的基督教友。牧师除向我介绍她热心教会活动外，还将她写的《父亲颂》长诗赠我。

《澳大利亚维多利亚州福利指南》有史以来第一次刊载华人，后左为潘柳黛

笔者还走访了潘柳黛多年订报的购物商店等，旨在寻觅她的履痕。凡是有幸接触过潘柳黛的人，都能从她身上感受到一种亲和力。

笔者在与潘柳黛的交往中，只知她 40 年代初从家乡北京到南京任报社见习记者、记者，但是哪一年？哪一家报社？全然不知。于是笔者在南京图书馆特藏部，翻阅各种旧报刊，终于查得了 1940 年 11 月《京报》连续刊载潘柳黛的新闻报道及在副刊上发表的杂文、小品，以及答复读者来信等近 40 篇作品（其中 4 篇刊于南京《人间味》杂志），作品全都是为弱势群体呐喊，鞭挞黑暗社会的强音，如题为《桃花江在南京，长毛大衣柴草披肩形成了不协调画面》《徘徊在庙前的报童们，偶而的顽皮掩不住真挚的天真——"看两份报吧"好似在求乞，我们应当怎样来教育他们》等，刊于头版头条，大作激起了读者对弱势群体的同情，其时潘柳黛芳龄才 20 岁。

在上海图书馆，笔者翻阅了所有旧报、杂志，发现潘柳黛曾先后在上海《平报》《海报》《力报》任记者、编辑，在《新夜报》任副刊主编，是上海《女声》杂志特约记者，《上海月报》杂志编辑。这期间她的短篇、中篇小说、散文、诗歌及小品、专访等作品除刊载以上报刊外，还刊载于上海《大众》《春秋》《语林》《南京作家》等杂志。其中小说《魅恋》在上海《力报》连载 46 天，展示了女性热恋中平实、自然的心态，一派好评。作家朱凤蔚著文说："潘柳黛小妹子之《魅恋》为新派女作家中之标准小说，至少可并苏（青）张（爱玲）鼎足而三。"《语林》杂志一卷二期编者在她《我结婚了》作品前言中写道："柳黛女士的小品文，旖旎可诵，在苏、张之外，另辟蹊径。"

我所收集到她的 70 多篇作品，都是直言抒怀，声援弱者。在当年日寇统治上海时期，物价飞涨，民不聊生。潘柳黛在她的《海风》语丝中写道："上海私米，卖到 1300 元一石，阿弥陀佛！""拥有一条旧棉絮的卧在街头的饿殍，同行称之曰：'有产阶级'。"在《风言风语》专栏中写道："有事弟子代其劳，有铜钿先生赚。校长用学费囤货，做股票，盖古有明训也。"还有新闻报道，如题为《生活压迫下的哀号·江栋良卖画》其文结尾写道："我们都是百无一用卖脑汁糊口的人，一不能黑着心做杀人不见血的囤积商，二不能狠着心做无法无天的强盗，只能夜以继日，日以继夜，笔不停的结果，不过喝一碗薄粥而已。"深刻地揭示了社会的阴暗面。

这期间她的散文集《搜肠集》和长篇小说《退职夫人自传》代表作问世，该书被"中国女性主义小说经典"的苏青名作《结婚十年》堪称"双璧"。记得潘柳黛曾与笔者谈过《退职夫人自传》，是她和第一任丈夫相识、相恋、结婚到分手

退職夫人自傳

潘柳黛著

1952 年香港第二版

采金摘玉集

CAIJIN ZHAIYU JI

为蓝本的再创作,并非真自传。1952 年,香港再版。2002 年,上海重印第三版。该书描写一位依靠自己才华,在纷乱世界中拼搏的女人遭遇,剖析了当年新潮流话题,重点道出了女人的喜悦、烦恼、渴望与困扰,展示女性的全新价值观与生活方式。

在获得潘柳黛若干尘封作品的同时,我还获得她尘封几十年的婚礼庆典的资料。上海《力报》载:"名记者兼女作家潘柳黛小姐,与热带蛇李延龄先生,定今日下午三时于新都饭店举行婚礼,介绍人上海资深报人平襟亚,有不少知名人士赠送的银盾、诗词、油画、印章,参加婚礼的有包天笑、周越然、平襟亚、汤修梅、柳雨生、江栋良、黄警顽、张善琨、林薇音、关露、苏青、周练霞、吴青霞、金雄白、陈蝶衣。"为何调侃新郎延铃先生为"热带蛇"。顿使笔者想起曾问过潘柳黛一张漫画的故事,我说:"曾见过上海一幅漫画'钢笔与口红',画的

2002 年上海第三版

是三位女作家,'事务繁忙的苏青''奇装炫人的张爱玲''弄蛇者潘柳黛'为何把你形容是弄蛇者?"她哈哈大笑说:"那是我一篇《弄蛇记》文章引起的,取材于初恋心态,文章轰动了,绰号也出炉了。"由于那个年代妇女受压制,能参与社会工作为新潮,她不算美,但独特的文人气质,显露了不凡的魅力。在众多追求者中,她选择了时任圣约翰大学教授的李延龄,所以小报调侃他为热带蛇。遗憾的是他们婚姻仅维持了半年,没等女儿出生便分手了。尽管女儿很崇拜父亲,但她曾对笔者说:"是我父亲不对,是他背叛了家庭。"

潘柳黛 1950 年赴香港,出版有《明星小传》《妇人之言》,再版了《退职夫人自传》。1952 年,她与蒋孝忠结婚,后生二子。她曾任香港邵氏电影公司编剧,笔者从香港电影资料馆获得了较多资料,知她的上映电影剧本有:《歌女红菱

艳》《无冕皇后》《怨女情痴》《冷暖人间》《真假情人》《别了亲人》等；尤其是《不了情》，使林黛蝉联四届亚洲影后称号，主题歌《忘不了》亦获奖，该片轰动了港台及东南亚地区。主题歌词《忘不了》，亦为潘柳黛填词，记录了人生道路上的苦涩芬芳。

纵观潘柳黛作品反映了她对女性命运的关注与思考，渗透着女性情感心态、价值观念的特殊色彩。

2001年11月，香港《东周刊》在纪念潘柳黛一文中，提及"张爱玲和潘柳黛都曾南下香港，前者为香港留下了荡气回肠的《倾城之恋》，后者编撰出令人黯然销魂的《不了情》，尽管电影对她来说是一个陌生的领域，她很快就能表现出超卓的创作天分。更是她的代表作，不但剧本出自她手笔，就连主题歌《忘不了》的歌词也是她的杰作，只不过坊间一直误传为导演陶秦填词。"又有潘柳黛邵氏公司同事、作家黄南翔在他的《记三位已故的文艺前辈朱旭华、易文、潘柳黛》一文中说："《不了情》不知扣动多少人的心，且至今一直被人视为香港爱情电影的经典之作。而这部电影的主题曲《忘不了》也是潘柳黛填的词。"潘柳黛还曾为《恋歌》《碧血黄花》《百花齐放》等电影写主题歌词。

我从旧报刊中，欣喜地知道潘柳黛还是《满庭芳》《春色无边》等影片中客串要角。据香港《电影资料》杂志记载："女作家潘柳黛虽然初次客串上镜，但因为她对银幕的技巧有深切的了解，所以也很出色而成功。"

我在香港电影资料馆、公共图书馆，搜集到潘柳黛百篇之作，其中有长篇、中篇、短篇小说、散文、人物速写、小品、诗歌等，也得知她曾任香港环球图书出版公司编辑，《南国杂志》编辑，新加坡《南洋商报》"妇女版"编辑，香港《嘉禾电影》杂志策划兼副总编辑，香港《环球电影》督印人、总编辑，还是位专栏作家，她的专栏之名在香港《新报》叫"花花世界"，在《快报》为"妇人之言"，在《东方日报》曰"你、我、他"及"南宫夫人信箱"，在香港《翡翠周刊》叫"有情世界"，她开辟了香港报刊专栏之先河。

潘柳黛用辛辣、幽默的笔触，窥测人们的心灵，以日常生活的点点滴滴，一事一议，三言两语，道出真谛，叙述哲理，启迪人生，指点迷津。如《英雄与狗熊》为题写道："有人问我，英雄与狗熊怎样分？潘柳黛曰：凡自命为英雄的人，十九是狗熊，只有那些不肯买狗熊账的人，才是真正的英雄。"不少香港人视她为生活、爱情、家庭顾问。笔者荣幸获得她赠送的一些专栏剪报及作品。

1988年初，她来墨尔本定居，应读者要求，将已发表的散文、语丝，重新修改，推出《五分钟两情相悦要诀》和《五分钟女性择友指引》两书，36万字。向青年叙述如何择偶,以及和谐的家庭必须以妥协和宽容作为基石等内容。作品贯穿着她的善良愿望:女人要自尊、自信、自立、自强。1992 年,在香港出版,颇受读者青睐。

认真梳理资料 用典型描细节

走访调查收获颇丰,笔者对资料进行了认真梳理,去粗取精,从当时历史的客观条件出发,选择最能表现人物内心世界和性格特点的典型事例,充分运用其原始资料,在真字上下功夫,因为真实性是人物的生命。实事求是地把潘柳

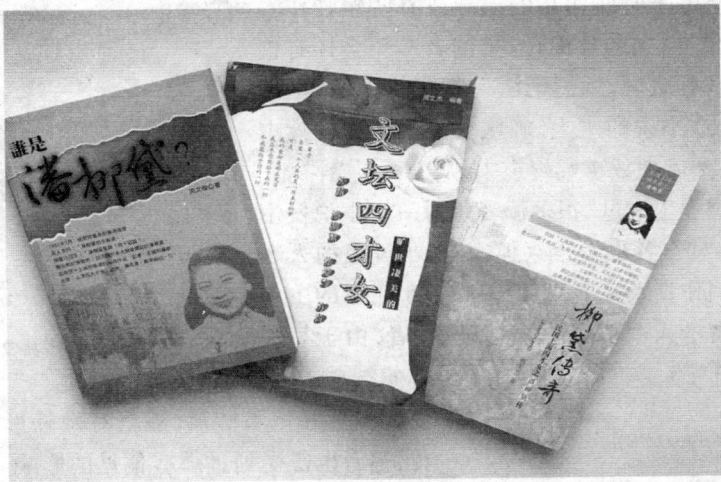

黛这位女性主义者,对新文艺、对新闻事业、对影坛的贡献介绍给读者,也恰当地记叙了潘柳黛的一些生活故事。茅盾先生曾说:"善于描写典型的作家,不但用大事表现人物的性格,而且不放松任何细节的描写。"笔者希望用真情、真诚来敲开读者的心扉,力求完整,同时做到层次分明,布局合理,注意文采,生动形象地完成了 30 万字的《谁是潘柳黛》一书,2009 年由台北大都会文化公司出版。2011 年,安徽文艺出版社获版权后,再出简体字版,改名《民国才女潘柳黛》。

民国才女潘柳黛与民国影星白光

民国才女潘柳黛和民国影星白光,他俩是民国时期人物,也只能是老一辈人熟悉她们,而年轻一代人只能是从遗留的著作中找到她们的身影。但是由于有些作品的误导或有些年轻作者对潘柳黛、白光的片面评论,读者难免会怀有偏见甚而多有微词,她们把潘柳黛写的小说《退职夫人自传》小说的主人,确认小说就是潘柳黛本人自传,然后把故事娓娓道来,从而再奚落一番。记得杨降先生说过"很多读者每对一本小说发生兴趣,就对作者也发生兴趣,并把小说里的人物和情节当作真人实事,有的干脆把小说里的主角视为作者本人",真是一语道破;再者,由于某些作家为颂扬张

青年时代的潘柳黛

爱玲不惜丑化潘柳黛,甚至对她外形也有讹传,笔者也曾受到过那些偏见的影响。记得,当我第一次在澳大利亚墨尔本见到晚年的潘柳黛时,顿感她并非那些人笔下的"人高马大,奇丑无比",而是位矮矮胖胖的古稀老人,有一双会说话的眸子,和蔼可亲,全然是一位气度非凡的长者。我为我曾对她产生过的误解感到愧疚,决心还给读者一个真实的潘柳黛。

不久前,我见到一本书《民国才女》,其中首篇叫《潘柳黛与白光》,作者介绍潘柳黛的身世,仍然源自《退职夫人自传》。这位作者

文享先生作《女作家三画像》

见当年《钢笔与口红》漫画,画的当时走红的三位女作家,一是事务繁忙的苏青;

一是弄蛇者潘柳黛；一是奇装异服的张爱玲，这位作家写道："潘柳黛身上盘曲着一条蛇，这自然是指她'妖'或是作品的'惑众'，可见潘柳黛与白光是有共同性格的人，算是怪异不趋的人，文字与表演上的妖冶如出一辙。"她说错了，潘柳黛手上拿着一条蛇，是因为她写过一篇《弄蛇记》杂文。

这篇杂文，描绘了潘柳黛的初恋心态，文章轰动了，潘柳黛的绰号也出炉了——弄蛇者。未料一年后，潘柳黛结婚时，上海某些小报，仍刊载"弄蛇者潘柳黛新婚典礼"。

《潘柳黛与白光》一文中，作者谈及影星白光时，又把潘柳黛另一部小说《一个女人的故事》全套在白光身上，甚至说："看起来应该是白光与潘柳黛的故事杂集。"显然有失对这两位名人的公道。白光是潘柳黛的知己，用现代语即为闺密。

1945 年 1 月上海《力报》载

白光（1921—1999），原名史永芬，出生北平。中学时代即参加北平沙龙剧团，该剧团上演曹禺名剧《日出》，演主角陈白露的是张瑞芳，饰演潘经理的是石挥，而演备受欺凌的小东西则是史永芬。史永芬初次登台，却已显山露水，开始展现了她的演艺才华。为了深造、提升演艺水平，1937年，史永芬赴日本留学，入东京女子学院艺术系。毕业后，归国再跻身电影界，取艺名"白光"。

白光事业虽有成就，但个人感情生活却不顺。最初的婚姻，因为是家庭包办，最后离异。日军侵华时，她与来华拍片的日本人山家亨相恋，后山家亨被日本应召回国，白光同行。在日本，白光又向著名声乐家三浦环学习声乐，三浦环是西方世界荣获最高声誉的日本声乐家。不久，山家亨被日本当局定为叛国、泄密罪而判重刑，白光不得不回国。

白 光

　　白光在上海,东山再起,首拍《桃李争春》,一炮走红,尤其是她那颇具诱惑力的磁性女低音,倾倒了上海的无数观众。之后,她又拍了《为谁辛苦为谁忙》《红豆生南国》等。她最喜欢的是出演《十三号凶室》,在该片中白光担任四个角色,各个角色都获好评,白光终于成为上海家喻户晓的歌星、影星。

　　1949年赴香港,先后又主演了《荡妇心》《一代妖姬》等。由于她演另类角色成功,故而也得"一代妖姬"之绰号,遂成香港走红的歌星、影星。1951年,她与美籍葡萄牙人飞行员结婚,遂又定居日本,但不久又以离婚而收场。此时,她又因与人合伙做生意失败,如此失意,只好再离开日本这块伤心地。

　　1956年,白光回到香港,筹建影片公司,自己集制片、编剧、导演、演员于一身,但在拍摄几部影片后,因受到发行商盘剥赔款告终。白光心灰意冷,从此告别影坛。所幸这时她又获得了幸福的婚姻,后移居马来西亚吉隆坡,不幸患血癌,经治疗康复。1993年,白光受邀参加了台北举行的世界电影资料馆珍藏影片展映,其中包括白光主演的四部影片。1995年,白光作为嘉宾又应邀参加香港举办的港台十大金曲颁奖典礼。1998年,在香港举办的"本世纪最性感女星评选活动",白光荣登榜首。

　　1999年8月27日,白光因患肠癌在吉隆坡与世长辞,享年78岁。她的丈夫颜良龙在吉隆坡富贵山庄建成白光陵墓(又称琴墓),这是一座美观庄严,具有艺术魅力的陵墓。瞻仰者沿着墓边石级而上,便见到一排黑白相间的琴键,琴键上端刻着《如果没有你》一行五线谱,那是白光生前最爱唱的一首歌曲。只要按上石级琴键，立刻就播出白光悦耳动听的歌声："如果没有你，日子怎么过，我的心也碎，我的事也不能做。"说起这座"琴墓"，是深爱白光、共同生活30年的丈夫精心策划并请外国工程师设计制成的，这在吉隆坡还属首创。白光琴墓，现在已经成为名人遗迹和文化景点。

白光"琴墓"

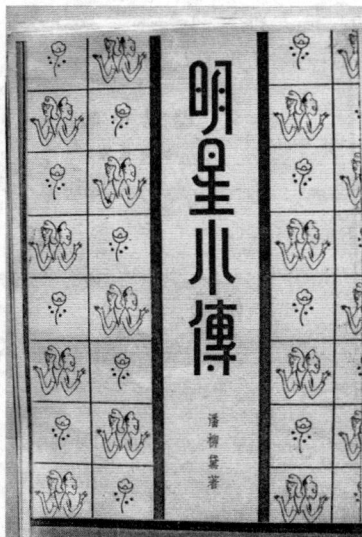

潘柳黛（1919—2001）曾为记者、作家、剧作家、杂志主编、客串演员。有过两次婚姻，一是与大学教授，因丈夫出轨而离异，她女儿李茉莉曾亲口告诉笔者"我父亲不对，是他背叛了家庭"。第二次婚姻美满。她曾写小说《一个女人的故事》，曾对笔者说过原型有白光的影子，但毕竟是文学作品并非白光本人。

在潘柳黛的《明星小传》书中，收集了她采访后撰写的23位明星的小传，其中两篇公正、客观地写了白光。将现全文介绍如下：

《明星小传》上第一篇写白光，一定有人会以为我要把她大捧一顿的。因为论我们的交情，我们有十年历史——女人与女人相交十年，不出恶声，这不仅难能可贵，几乎是稀世的。但论我们相知之深，虽是孩提一起长大的朋友，又何尝能有我对她今日的了解？

我根本不是影迷，或者不止此也，我的出世人生观，使我对于英雄，也从来不大加以崇拜，那么我怎么会跟白光变成好朋友的呢？所以与其说我喜欢她，不如说欣赏她，她的美貌，使别人动心，她的性格，使我愿意跟她结为知己。她是那样深刻、复杂、理智与感情糅合在一起的变幻不定的个性，谁在和她相处时，能够真正控制住她的感情，使她不再如野马一样，驰骋于她辽阔的思想领域之间呢？十年前我认识白光，白光还是豆蔻年华的纯洁少女，十年以后我们在港相遇，白光也一身风霜，不似当年了。

白光曾由北平红到日本，红到上海，红到香港，又红到南洋，她红遍了远东，登峰造极，然而她究竟得到了什么？我认为这在白光清夜自思，她一定也黯然神伤的吧！

中国有多少人为她而着迷，也有多少人在批评她诅咒她？女孩子把头发留得长长的，披在肩上，瞄人的时候，把眼珠躲在眼角，这是白光，男孩子喜欢他的女朋友唱歌时用低低的嗓子，说起话来，慢慢地，发着魅惑的磁音，这是谁？这也是白光。白光的一颦一笑，疯魔了他。白光是年轻人心目中追求的典型，是年老人眼里的妖妇——哪儿来的这样一个女人，放荡不羁，这样妖里妖气的？

白光是好人吗？不是。白光是坏人吗？也不是。她的敦厚善良的天性，使她原来是好人。但她的遭遇太奇特了，社会对她的欺骗太可怕了。如今，她像一尾墨鱼和一只小蜂一样，为保护自己，于是不得不常常放点烟幕，用点手法，以防御别人给她的伤害和玩弄。

其实在现在社会里，所谓"艺术"的色相圈子中求生存，哪个女人又不是这样呢？只是也许别人掩饰得好，没有白光做得那样拖泥带水罢了。但是遭受到的批评，却是许多人众口一词说：白光不好，白光不好。白光最大的不好是什么呢？人家说：一是行为浪漫，玩弄男人。二是视钱如命，生性犹太。

我们现在且先不谈玩弄男人不玩弄男人，现在我们先谈一谈白光视钱如命：摄影场里的人说，白光吃香烟，而自己皮包里并不预备香烟，她只拿着一盒火柴，东问西问："谁有好彩，我要吃香烟了。"于是不愁没有人不来巴结这位大明星，立刻"好彩"烟像参加竞赛一样，都以能够一亲白小姐芳唇为荣的姿态，脱颖而出、争先恐后地陈列在白光面前了。他们都说白光一毛不拔，虽把这样的小钱，也很看在眼里。但白光究竟是不是这样一个人呢？我与她是老朋友了，我想我应该从她的家庭说起：

白光的家庭，只是小康而已，她的父亲是个地道的北平人，喜欢游手好闲。她的母亲虽是旧式妇人，但长得十分美貌。夫妻之间，感情极好，她是她们家长女，因此她的多产的父母，在她之后，又生了七个弟妹。这七个弟妹，仿佛不是他们自己的儿女，而是替白光生的，因为白光小的时候，他们还没出世。白光能赚钱了，她就以长姐的身份，除了养育着父母不算，还替父母养育七个弟妹。她把他们分别送进幼稚园、小学、中学、大学或专门学校。现在有个妹妹在上海医学院学牙医，两个弟弟已从大学毕业，现在北京工作。他们全然已经有了职业，但仍不能养家糊口，因此白光虽到今月，也就还是要挑起这副担子，每月给家里寄钱，替父亲和弟弟养这一家人。

白光本来并不把钱看得很重，是她吃过没有钱的苦头了，她才变得这样吝啬。然则白光是真算盘其精，一钱如命吗？也要看情形来说。比方五年前她在上海用六根金条(大同公司全部拍戏的报酬)顶下一幢公寓房子，现在每月还要付着高价的房租水电给她的女秘书毛立和妹妹住。有一次我问她为什么不顶出去？她说："顶也顶不出多少钱了，干脆等妹妹结婚，送给妹妹算了。"其实妹妹既然结婚，已经有男人对她负责，做姐姐的又何必送这样的厚礼？

又有一次一个北方朋友到香港来看她，这个朋友在得意时都过她很多忙，现在则并不十分得意，他来了，白光为他设宴接风，这一点，白光又何尝犹太？

至于再谈到白光的生活浪漫，玩弄男人，那实在前者应归罪于她的过分坦白。后者是应该说，她因为被男人欺骗得太厉害了，有意无意间的报复心使她如此而已。

比方从前她在上海住在上海国际饭店时，房间里正在高朋满座，她忽然跑到浴室洗澡去了。客人们大声谈笑，而她的浴室门虚掩着，清脆的水声从门缝中传出来，有时还夹杂着醉人的歌喉。唱者无心，听者有意。当时大家都算绅士，没有什么。但第二天消息传出来了，从不同的角落。有的说："白光真嗲，洗澡时还唱歌呢。"有的说："白光真大胆，洗澡时门开着的。""怎么？白光洗澡也不避讳你？想必你们交情不同小可了。"一传十，十传百，这样多人都知道白光洗澡的故事，白光太"那个"了。可是谁知道当时在座的情形，是许多绅士正在互相监视，谁也并没有超越雷池，饱此眼福呢?

不论怎么说，白光到底是性情中人，她坦白、直率，她不隐瞒她的不幸往事，她也不造作她自己的感情，她的独特的风格，使她自己成为一种典型。这典型迷惑了成千累万的人，这典型也使我们做了密友，《我与白光》绝非是偶然的。

又一篇《从"白光自传"想起白光》，其中写道：

晚报连续发表的《白光自传》，朋友带来一本给我，有很多读者怀疑是我写的，在这里我愿郑重声明一句这是另外一个朋友的杰作，不是我的手笔。

我曾说过，以电影明星身份值得写传的，在中国只有两个人，一个是胡蝶，一个就是白光。胡蝶的价值，是她代表整个的中国电影史。白光的价值，是她在电影片上别创一格的成功，以及她个人惊涛骇浪的经历。

胡蝶自做"吾家有声"的贤内助以后，过的是太太生活，享的是天伦之乐。白光在去年嫁了"白毛"，然后飞赴东京，却还在独树一帜，拍《恋之蓝灯》，开喜盈门夜总会，弄得惹火烧身，焦头烂额。虽然现在已风平浪静，而且喜盈门夜总会又门庭若市，嘉宾满座了，但白光到底又做了一次新闻人物，刊登在全世界各大报纸的通讯栏里，做成了他们的花边新闻。

胡蝶虽做了"潘夫人"，但由于机缘关系，我们只是相识并且熟而已，来往并不亲切。白光是我总角之交的朋友，我们由黄花少女，到少妇，到忝为人母，都休戚相关，患难与共。以我们相知之深，但她的传记竟没有出于我的手笔，这不仅是她的遗憾，也是我的遗憾，尽管写《白光自传》这个朋友的文学修养，是远在我以上。

白光是个可爱的人，我有千百个要好的女朋友，但我最欣赏白光，她坦白、直率，她聪明伶俐，她有时心细如发，有时又憨厚、天真。她口口声声爱钱、要钱，但那些钱很少是从男人那里得来的，却十之八九都是她辛辛苦苦赚来的。好人的钱她不忍心拿；坏人的钱，她也拿不到。她要钱，爱钱，但是她说："我要的是我应该要的钱，我为什么不要！我爱的是我自己的钱，又没爱别人的钱，爱不爱跟别人有什么关系？"

有一个时期，我和白光同住在香港半岛酒店，有一天清晨起床，白光和我商量要个茶吃，我立即答应了，白光说："要个红茶两人吃吧？"我笑着点

采金摘玉集

CAIJIN ZHAIYU JI

点头，知道白光又是为了省钱，白光看我一笑，有点不好意思，立刻搭讪羞说，桌上还有两瓶鲜奶，你吃一瓶，我吃一瓶。说着就摸奶瓶，把冻的一瓶给了我，自己却拿起不冻的，正要吃时，我顺手抢了过来，原来这瓶是头一天剩下的，那个年代半岛酒店客房尚无冰箱设备，即使天气不算顶热，隔夜的牛奶是不宜吃了。我说："昨天的奶怎么能吃呢？都要变质了。"白光却说："酸牛奶很好吃。"我说："瞎说变质和酸牛奶不同，你要吃坏了的。"说着我把当天送来的冻牛奶分成两份。

白光洗澡是不避我的，我们常常把门锁上，把浴室门打开。锁上房门，是怕外人进来；开浴室门，是为了便于两人谈话。有一天白光在浴缸里洗澡，我在伏案写稿，白光忽然问："柳黛！你的名字起得真好，谁给你起的？"我说："是我自己。"白光问："你怎么想到这两个字呢？"我又说："我翻阅字典，找出两个最美的字眼儿。"白光说："我的名字从放映间射在银幕上的那一道白光，我想起了武侠小说里的魔术，真使我像着了魔一样，也是我自己起的。那时我是标准的影迷，一天到晚就想看电影，我羡慕银幕生涯，所以后来电影公司招考演员，我报名时就用了'白光'两个字。"我说："那么我是唯美派，你是幻想派了！"我本来正在写稿，经白光这么一说，稿也写不下去了，结果两人又指东画西，谈起山海经。

白光晚年是幸福之人，因为她获得了真正的爱情。

如今两位民国人物早已谢幕，潘柳黛一生个性随和，为人率真，曾和关露、苏青、张爱玲齐名，但显得更加多姿多彩，不仅写杂文、小说，她是 20 世纪 60 年代香港经典电影《不了情》作者，经典老歌《忘不了》的填词人，是上海四才女最长寿的一位，也是最幸福的一位。她在澳大利亚墨尔本热心公益事业，遂成华人和澳人中的公众人物，故被选做《澳大利亚维多利亚州福利指南》杂志的封面人物。盖棺论定，笔者借机，希冀后辈们能客观公正地对待她，因为她的确是一位值得敬重的人。

缅怀永远的巨星——李丽华

2017年3月20日，澳大利亚最大的中文报——《星岛日报》报道：《创华语影史多个"第一""女神"李丽华人生谢幕》。始知素有"影坛常青树"封号、两次荣获金马影后的李丽华，已于2017年3月19日在香港驾鹤离世，享年93岁。

李丽华，对上了年纪的人来说是很熟悉的，20世纪三四十年代，她在上海滩可算得上是家喻户的了；至70年代又红遍了香港、台

风华正茂的李丽华

湾，她拥有了千千万万的粉丝。我并非影迷，但我也曾看过她主演的电影，故对这位跨越世纪老艺术家、著名影星，怀有敬意。同时也使我不由想起了20世纪40年代上海文坛四大才女（关露、潘柳黛、苏青、张爱玲）之一的潘柳黛来了。因为在20世纪90年代，我在墨尔本认识了这位民国才女潘柳黛，她曾赠送我一册她的著作——《明星小传》，这是她20世纪50年代初在香港出版的颇受欢迎的影星小传。其中就有一篇生动地描写了李丽华当年在上海走红的一些鲜为人知的轶事，还有一篇在香港专访李丽华的文章。现在转录给大家，便于共享。这不仅可从李丽华同时代作家的大手笔下了解李丽华的艺术人生，同时也是我们对李丽华的一种缅怀。

《明星小传》中潘柳黛以《上帝的杰作——李丽华》为标题，写道：

在我认识的这么多以演电影为职业女明星当中，我常为李丽华惋惜。有一天我们几个朋友在一起闲谈，谈到李丽华。我说：凭她天姿国色，有财有貌，论事业，她名利双收，当然是成功了。但论婚姻，无可否论，她却要遭遇到终生的失败。朋友不懂我的意思，我说：你想，李丽华的私蓄有将及百万，以一个女孩子，凭自己职业收入，能有百万家私，那么请问有多少个男人比得上她？有哪一个男人敢追求她呢？比她钱多的人不想娶她，比她钱

少的人不敢娶她,既要年貌相当,又要学识丰富,还要一夫一妻,那么是请问具有这样条件的男人,在香港能有几个呢?

我和李丽华长谈的机会不是太多,但从种种传闻听来,我知道她可能早已有了这种苦闷,"太上忘情,太下不多情",李丽华虽然每天在喜怒哀乐的生活里翻跟头,但她到底是个有饮食之思的凡人。夜里她在片场拍戏,白天在家里睡觉,她很少有机会在家里休息两天,过一点正常女人的平静生活,那么她这种苦闷岂非是不言而喻的?

昨晚我到南洋去拍戏,李丽华正在拍民初装束的《小凤仙》,她穿着紫色的裤子,紫色的短袄,满头珠翠,将脸埋在高高的滚着花边的紫色的衣领里,真是又别致,又动人。正如古人所说:是那么标标致致,水葱儿的小娘子。不仅使男人看见了她赞叹不止,就是女人,也免不了对她又美又妒,心里想:李丽华怎么会这么漂亮呢?

李丽华的确是美人胚子,她不高不矮,不肥不瘦,她的肩头是浑圆的,她的手臂是浑圆的,她的腿子是浑圆的,她的小小的腰肢也是浑圆的。所谓"乳浪臀波",她得天独厚的具有了一切美人所应具备的美的条件。她像一件完整的艺术品一样,她的美好,几乎是无缺的。

李丽华是优伶世家,父亲李桂芳,是唱评剧小生,母亲张少泉,在天蟾舞台唱老生,常和京朝大角儿马连良等一块儿配戏!在她小时,母亲曾一度将她写给王克敏妹妹王女士那里,和章遏云、章逸

《香港影画》封面李丽华

云等入儿童班学戏。因为据说王女士是章氏姊妹的养母,她们两个的成名,是她一手培植出来的。但是不知什么缘故,这事情并没有成功。有人说:是李丽华受不了王女士那套严厉的管教方法,但也有人说:是王居士认为李丽华不可造就,并没有什么艺术天才,所以把李丽华又还给了她父母。其实一切都是因缘遇合,如果那时她们没有这一点误会的话,李丽华也许根本不会拍电影,老早跳上舞台做花旦去了。那时在章遏云与章逸云之间,不过是又加了一个叫什云的评剧坤伶,她也许会和童芷苓、言慧珠争一日之长短。但在银幕上,无论如何,即使能够由剧而影,怕也不可能获得像

187

今日辉煌的成就。

　　算起来她的从影历史该有十三四年了。十三四年前，她还只有十五六岁的时候，她凭着她的聪明、美丽和一口流利的普通话跳进了电影圈。制片家想使她一举成名，为她设计了一记好莱坞式的噱头，要她以假装遗失大钻戒，用登报悬赏招寻的广告，把李丽华三个大字捧了出来。先使十里洋场的上海，对这位年轻貌美的闺阁名媛李丽华小姐有了印象，然后算是影片公司看中了她，聘请她上银幕演戏。先是拍了部《大明英烈传》，还没有上演，便又拍了一部《三笑点秋香》，这部片子由于宣传上的成功，虽是李丽华的处女作，但论票房价值，却不输于当时的任何一个大明星。

　　从此李丽华正式从影了，她由"艺华"而"华影"，由"华影"而"女华"，一部《假凤虚凰》，由于内容牵涉到理发师，使理发师对这部戏不满，几乎引起轩然大波，闹出打戏院的好戏。不料李丽华受此影响，反而因祸得福，照片登在报上，更变得大红大紫。她为暂避风头南来香港，先加入"大中华""永华"，后加入"长城""龙马"，陆陆续续拍了许多片子，后来"长城"与"龙马"靠拢了，她眼看白光在外自由拍片的报酬，竟拿到港币3万元，于是也不尽怦然心动。考虑结果，于是决定脱离"长城"，恢复自由身体，在外"向钱看齐"，拿高酬拍戏。于是"永华公司"，一口气和她订了8部片子合同，"南洋公司"也和她订了8部片子合同，她为"永华"拍摄了《巫山盟》，为"南洋"拍摄《勾魂艳曲》，每片四万二千元，成为中国有电影史以来，待遇最高的明星。

　　李丽华的外形生得好，所以她的戏路很宽，虽然一般来说，她演喜剧、风情戏也许更擅长一点，但她也能演悲剧和正旦。以前她演戏没有现在用心，常常像唱评剧一样，喜欢在银幕上大飞媚眼，所以有人仿美丽牌香烟的广告句子，说她是："有眼皆媚，无照不笑。"但现在这毛病没有了，她已懂得了怎么用演技争取观众是比媚眼和笑为更重要的。她的语言天赋很高，普通话说得好，上海话也说得好，来港四五年又学会了广东话，据一个与电影圈接近的广东人说："在国语片明星当中 论广东话李丽华是说得最好的。"

　　我在去年时到她家里去过一次，她家布置得简单、舒适、安逸、大方，她有一个母亲（就是张少泉女士），帮她料理家务。她有一个女儿名叫"小宝"，现在玛璃诺书院读书。她是个天主教徒，天主教教规很严格，但是不幸她也犯过了一次教规，因为三年前她和张绪谱离婚，这在一个虔诚的天主教徒说来，应该是不被允许的。

李丽华是个有野心的人,有野心的人在事业上容易成功,但在婚姻上却往往失败。这不仅女人如此,男人也不例外的。过去英外长艾登夫人要求离婚,就是因她不愿意做"政治寡妇"。李丽华的事业心太重了,使她对于花花公子的张绪谱失去了信心和好感。她是曾经站在事业与爱情之间彷徨许久,在考虑她应该放弃什么和争取什么的,但终于在野心的鼓励下,选择了事业,离弃了张绪谱。

李丽华不仅是个聪明人,而且她是具有政治眼光和政治手腕的,她口才便给,鉴貌辨色,她的进退应对的功夫,使她随便做什么都能够成功。

有人说:"白光是女人喜欢的女人,李丽华是男人喜欢的女人。白光的美,是泼辣,大胆和放荡。但有点自说自话,所以女人喜欢她,男人不一定喜欢她。李丽华的美是妖媚,温柔,百媚千娇,而且无论说话,走路,她都是圆活,灵巧,充分地表现了女人的魅惑和风情。"对于白光我觉得这批评是相当中肯的,至于李丽华,因为我不是男人,那还要问诸男人们了。

潘柳黛的《明星小传》写了22位当红影星,在20世纪50年代初期的香港引起轰动。之后李丽华曾以《故都春梦》《扬子江风云》获得第三届、第四届金马奖影后之称。由李翰祥大导演为她订身量造的《杨贵妃》是首次在法国康城影展获奖的华语片,而《武则天》让她成为首位踏上康城红地毯的华人女星。她曾与奥斯卡最佳导演法兰克鲍才齐(Frank Bozarge)合作《飞虎娇娃》,成为第一位担纲好莱坞女主角的华人演员。

就在李丽华上演《杨贵妃》《武则天》之后,潘柳黛对李丽华做了一次专访,随后写成题为《女人谈女人的事——和李丽华一席谈》的文章,饶有兴味,现介绍如下:

我们天南地北地谈着,由杨贵妃谈到武则天;当然,她不是武则天,也不是杨贵妃;她没有武则天的权衡和杨贵妃的刁蛮;但毫无疑问,她一定比她们更懂得幽默和风趣。

夏天里的春天

我们坐在格兰餐厅,美丽的影星和我。

189

格兰餐厅的冷气开得很合适，不太大，也不太小，使人坐在那里，有夏天里的春天之感。但李丽华小姐的魅力迷人，看着她那玉也似的光致额角，和那泛着红晕的双颊，却显得炙手可热，令人不敢逼视。

事实上这约会我比她先到了 15 分钟，昨天我们在电话里说好是今天下午 5 点，但当时钟走到 4 点 45 分时，我已经坐在那里了。这不是我要"优先出场"，这是对一位小姐的衷心敬意。李丽华的娇艳、美丽，使我在下意识中，觉得我必须要履行一种像男士们一样伪义务，应该我先到格兰餐厅去等她。

我叫过了饮料，正在翻阅两份当日的报纸。

"大姐！"一阵比银铃更悦耳的声音，随着一阵淡雅的香风吹过来！那声音永远那样亲切，那样好听。那香风，永远那样蕴藉有致，那样使人迷惑，我用不着抬头，凭那声音和香味，已经可以知道来人是谁了。因为除了小咪(李丽华的宠名，老朋友们每喜欢这样叫她)谁会有这样圆熟的声音？和这份高明的使用香水的学问手法？

最会修饰的人

是的，无法否认小咪是个最会修饰的人，尽管电影女明星，各个都善于修饰，但是论修饰的雅俗共赏，恰到好处，李丽华是电影圈中出类拔萃的一个。

在标的方面，她既懂得应该怎样化妆，基本的方面，她又懂得应该怎样保养。同时，她的衣着、配件，也都能够运用得宜，处处显示出她的独特的美。甚至她根本不必以贵重的珠宝钻石来装扮她，如果她喜欢的话，只凭那一份过人的聪慧和气度，已经足够让她自己装扮得美艳绝伦，光彩夺目了。

有人说：漂亮的男人，必须是风度翩翩。漂亮的女人，必须是风致嫣然。

而漂亮的李丽华，不但风致嫣然，而且因为她眉目如画，在先天条件上，已经得天独厚地占尽优势了。

侍者站在座位后边，为小咪挪一挪椅子，请她坐下来了。我立刻殷勤地问她，想喝一点什么？

由"皇后"说起

小咪面前摆着的是一杯鲜橙汁。我面前摆着的是一杯冻咖啡，——加糖而没有加奶。我们天南地北地谈着。这使我有机会对小咪细看：一件淡茶色小格子的短袖恤衫，一条米色的旗袍裙，脸上的化妆很淡，淡得就好像根本没化过一样，小咪今天给我的印象不像个电影明星，而像个年轻活泼的写字楼女职员。不过虽这么说，也不是普通女职员，而是属于"皇后"这么一类的人物。一想到"皇后"忽然又便我想起了她正在拍摄中的"杨贵妃"与"武则天"。那是邵氏的出品，李翰祥导演的两部伟大的古装历史片，从去年7月份开拍，已经拍摄一年了，精工细作，到今天还没有全部摄制完竣。

于是顺理成章，我就抓住了这话题，作为我们今日谈话的中心。首先，我问她，对于饰演这两个角色——"杨贵妃"与"武则天"，她有什么感想？

她喜欢杨贵妃

"那是两部伟大的戏，和两个伟大的角色。"小咪听我和她讨论到这问题时，立刻神采飞扬，眉飞色舞地说："我喜欢杨贵妃，因为她是一个非常出色的女性，懂得怎样撒娇，怎样夺宠，怎样驾驭男人，怎样卖弄风情，但是那只是我对于杨贵妃个人的观感而已。如果与武则天起来时，我当然觉得她又不能和武则天相提并论了。"这倒是一段精辟的见解，使我不由得不追问下去。

"那么你能告诉我，你对武则天的批评吗？""我非常崇拜她。"小咪毫不犹疑地说："像杨贵妃这种人，在唐朝以前有过，在唐朝后也有过。但像武则天这个人，不但在她以前没有过，尤其是4000多年以后的今日，也没有过。她是一个有魄力、有手腕、有见识、有政治天才和事业野心的人。是个非常出色的女性。谁想，她十四五岁凭美艳入宫时，不过是个才人而已，但历经三朝，活到83岁高龄，由垂帘听政到推翻唐朝立国号周，自称则天大圣皇帝，她已经表现了任何女人所没有表现过的才能与智慧。"

熟读前唐历史

"哎呀！想不到你对前唐朝历史这么熟的？"我听她侃侃而谈，历历如数家珍，不禁插口说道。"那里。"小咪妩媚地一笑："这是我们的女皇帝武则天给我上一课。小时候我在学校念书，并不是个用功的好学生。幸而长大以后，我的运气好，由于演戏，使我凭空获得了多少进修的好机会，至少透过那些编剧家和导演的编导手法，使我知道了多少可歌可泣的古代故事，和认识了多少伟大历史人物。""听你的口气，你对于武则天，到是倾倒备至呢。""当然，这样一个才貌双绝的女人，实在太替我们女人争光了。别说是我了，就是你，难道不佩服她吗?"小咪反问我,"我非常佩服她，我连你都佩服得不得了。"我听小咪这样一说，也不禁笑着说道:"因为环顾今日国语片影坛，无论声望、演技、美艳、机智，除了你之外，真没有第二人能够饰演这个角色的。所以不但我佩服你，我想就是武则天天上有灵，或地下有知，她对于邵氏公司能够遴选你来饰演她，一定也会芳心大慰，感激不已的。""大姐真会说笑话。"李丽华用那一对美丽的大眼睛，似嗔似喜地瞪了我一眼。

提高女权鼻祖

　　小咪啜着面前的鲜橙汁，我啜着面前的黑咖啡。侍者又给我们送来了点心，那是两块栗子蛋糕和一客三明治。我们边吃边谈，仍然兴致勃勃，继续讨论着武则天和杨贵妃这两位历史上的名女人。

　　我问小咪:"在这个人中，谁使你演来有真实感?""杨贵妃。"小咪不加思索地说。"咦，刚才你不是告诉我你喜欢武则天的吗?"我奇怪地说:"怎么现在又说杨贵妃使你有真实感了，这不是有一点奇怪吗?""一点都不奇怪，"小咪坦率地说:"因为对于杨贵妃的生活和思想，我还可以揣摩、体会。对于武则天，她太伟大了，除了鼓舞了我向上的事业心之外，我对她只是尊崇，没有异议。每当我战战兢兢饰演这个角色时，我不但早已忘了我是小咪，而且甚至我还早已忘了我是女人，尽管在私生活上武则天多的是罗曼史，但是在整个的生活上，她所表现的却是超人的果断和智慧。像古律说:父死母在，守孝三年，而武则天却添了一条，说母死父在，也守孝三年，四千年前能有这样的革命思想，那么今天搞妇女运动的人，是否应该像木匠供鲁班，唱戏供唐明皇一样，那些提倡妇女运动，争取男女平等的专家们，是否也应该认为她为提尚女权的鼻祖?""好了，好了，刚才我还说武则天天上有灵或地下有知，应该感激邵氏公司选你来饰演她这角色的，现在愈说愈悬，我看她若果有三分人性，应该请作'饮茶'。""说不定她就托你代表呢，不然无端端你怎么会昨天忽然想起约我到格兰来吨。'李丽华就是这么风趣的一个人，她不是武则天也不是杨贵妃，她没武则天的权术和杨贵妃的刁蛮，但毫无疑问，她一定比她们更懂得幽默和风趣。(原载《香港南国电影》第45期)

采金摘玉集 CAIJIN ZHAIYU JI

192　　李丽华一生主演过140部电影，这是长达半个多世纪的时光，那是充满山头林立,各放异彩的年代,把她参演的 140 多部电影片目摊开,毫不夸地说,就是一部中国电影发展史。她素有影坛"常青树"之称,说她是"常青树"还因为她自 1940 年初次登台主演《三笑》,一炮走红,直至 1970 年依然保持头牌明星位置。她能在不同意识形态领域、不同国家、不同公司以及不同导演之间,左右逢源,故一致公认她是棵"常青树"。她居然在 70 岁时发行了首张唱片,真可谓人才、奇才。1970 年息影后,移居美国。2015 年,国家电影中心举办了《挚爱·李丽华》专题影展,回顾她在影坛的成就。同时她获金马奖终身成就奖。2016年,她又荣获香港金像奖终身成就奖。成龙曾称赞李丽华是"永远的巨星,也是永远的女神"。

李丽华演艺事业辉煌,她的感情世界也颇精彩,第一段婚姻是 1947 年与张绪谱结婚,并生一女,三年后分手。第二段婚姻是 1957 年与香港导演严俊,俩人合作拍片,成绩卓越,同在香港邵氏公司,并生一子,后移居美国,又住台湾,1980 年,严俊病逝,这让李丽华痛不欲生。后来是当年旧友江苏纺织大亨吴中一帮助她走出低谷,再次步入婚姻殿堂,2006 年吴中一病逝。从此李丽华足不出户。

李丽华和严俊都是潘柳黛上海滩时期的朋友,他俩在香港遇见潘柳黛,因此《明星小传》中,便有了他俩的位置。一篇是写严俊的,题为《小生里的大亨——严俊》。未料,20 世纪 60 年代,说来有趣,他们三人在香港不期而遇,竟又成了香港邵氏影片公司的同事,李丽华是名演员,严俊是导演,而潘柳黛则为编剧。

潘柳黛在香港,先后曾任记者、编辑、杂志主编、专栏作家、剧作家,还是一位极具好评的客串演员。她的小说《魅力》曾在上海《力报》连载。她的代表作《退职夫人自传》于 20 世纪 80 年代获得再版。她的编剧《不了情》电影,获金马奖,使主演林黛连获影后称号等。2000 年,潘柳黛因病在悉尼谢世,享年 80 岁。她是四才女中最长寿的一位,也是最幸福的一位。

南京大报恩寺塔的前世今生

大报恩寺塔夜景

2016 年 9 月,乘凉爽秋风,我和老伴回国探亲,应好友董克信之邀,前往南京中华门外参观了仅用 3 年时间便于 2015 年恢复建设完工并对外开放的大报恩寺塔。面对这已成为美好现实的伟大的梦想,笔者可真是感慨万千!

浩繁的工程　辉煌的文物

笔者兴奋地进入大报恩寺塔遗址公园,首先映入眼帘的是关于建塔及展览的介绍。介绍提到大报恩寺塔是由中共南京市委、南京市人民政府支持并出资,南京市博物馆主持并经国家文物管理局批准,从 2007 年 2 月至 2010 年末,对南京大报恩寺遗址进行了系统、全面的考古发掘,结果出土的各类遗物达 15000 余件。其中包括在北宋长干寺真身塔地宫中出土的以佛顶骨舍利为核心,以七宝阿育王塔为代表的一大批宋代佛教遗珍。整个建设工程无比浩繁,幸得万达集团董事长王健林先生捐助 10 亿人民币,政府与民间双管齐下,历时三载,一座令人叹为观止的伟大的大报恩寺塔,终于矗立于华夏大地之上。

著名企业家王健林先生

郭存孝·周文杰作品

遗址公园占地 140000 平方米,其中包括大报恩寺塔博物馆、中国佛教文化博物馆及大报恩寺新塔和碑亭等,大报恩寺塔遗址是被国家文物局鉴定为"规格最高、规模最大、保存最完整的古代寺庙遗址"。

进入主门厅抬头可见到大报恩寺塔,低头可见古大报恩寺天王殿遗址。展区内主要展示了大报寺的发展历程,寺庙遗址及从地宫中挖掘的文物——石函、铁函、七宝阿育王塔、金棺、银廓等。其中尤以中国出土的体积最大、工艺最复杂、制作最精美的鎏金阿育王塔堪称塔之王及安奉感应舍利的地宫最为吸引眼球,而大报恩寺院落亦复原了明代庭院风格,其中画廊也显示了这一大特色,讲述的是佛教的故事。

进入大报恩寺塔广场,一座宏伟的大报恩寺塔即展示在眼前,这是采用先进钢材结构和超白玻璃等优质材料建成的。塔高 93.157 米,平面轮廓与古塔八边形平面吻合,内核由两个正方形旋转交错构成莲花瓣状。由于新技术的注入,从而创造了新塔的古韵。

七宝阿育王塔

夜幕下，大报恩寺塔呈现出的身影，是多么的美丽而又壮观啊

琉璃塔拱门复原图

进塔后乘上电梯直送顶层,宛如进入云中佛殿,江南景色,一望无垠;金陵风光,尽收眼底。尤其是夜晚,采用智能 LED 及远射投影,即可再现梦幻般的琉璃佛光,这就造就了当今金陵一绝。据友人介绍说,大报恩寺照明效果比肩水立方。能够变换 200 多种灯光造型,国庆期间以塔为中心向周围发散。灯光从建筑物一直延伸至水面,再扩散至花园绿草地,具有独特的层次感。灯光是以白色和彩光为主,而彩光又以佛教的黄、红、篮、绿为主。这一项设计,荣获 2016 年中国第十一届室外照明项目一等奖。现在从周一至周日,分别闪耀赤橙黄绿青蓝紫之色,在国家节日和佛教纪念日,则展现不同的灯光模式,可谓之南京光明之塔、智慧之塔。

老南京人的记忆

在老南京人的记忆里,大报恩寺已是遥远的过去,位于南京城南古长千里,明清鼎盛时期,曾与灵谷寺、天界寺并称为金陵三大寺,也是全国佛教圣地。该寺原址建于三国东吴(240 年)时期,史称"江南佛寺之始"的长干寺。经历代兴废,至宋朝天禧元年(1017 年)"诏改长干寺曰天禧寺"。至元朝元兴二十五年(1288 年)又"诏改天禧寺为元兴慈恩忠教寺",后毁于兵燹。明朝洪武末年重建,永乐六年(1408 年),寺塔又全毁于火。

古画家笔下的古大报恩寺塔

郭存孝·周文杰作品

永乐十年(1412年),明成祖朱棣为纪念明太祖朱元璋和马皇后,但更多的记载是为纪念其生母硕妃,诏命工部于原址重建一座更大的报恩寺,"依大内图式,造九级五色琉璃塔,曰第一塔,寺曰大报恩寺"。谁知建塔工程竟用了20年(有记载说是17年),约有匠人和军工达10万人,耗资约250万两银子,由著名的七下西洋的郑和督造,并在香水河及香水桥的桥东北立有巨碑一块。

朱棣很有远见,据云当时造塔时担心工艺失传,要求工匠烧制两套备件,以作将来损坏之补用,并将部件编号埋于地下,1958年,曾挖掘出琉璃部件,现藏南京博物院。

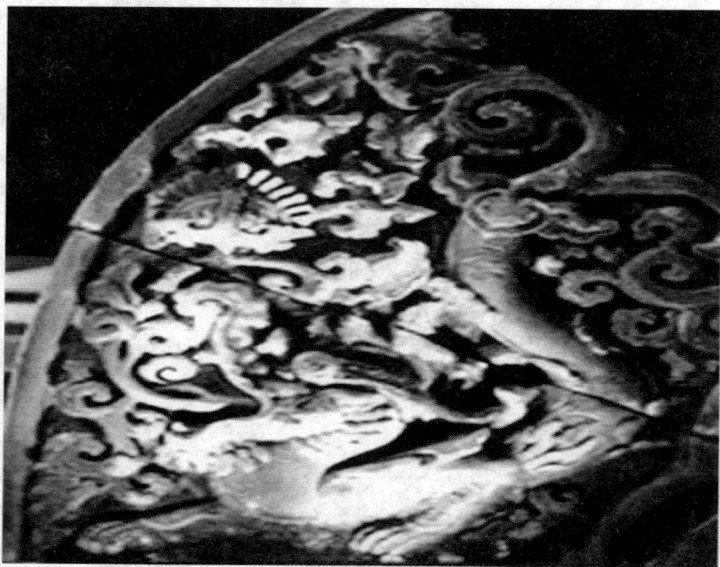

彩色绚丽的琉璃塔部件之一

当年造塔没有脚手架,据记载"造一层,四周壅土一层,随建堕壅,至九层,则亦壅九层,始终在平地建造。及工竣,将壅土除去,而塔身始现",显示了古代劳动人民的非凡智慧。

琉璃塔高80米,九层八面,周长百米,以五色琉璃精工彻成,塔身内装有146盏油灯,灯芯有一寸之粗,昼夜通明,几十里外都能看见。每层塔外檐悬挂风铃,15里外亦能听得清脆风铃声,登上塔顶,金陵景色尽收眼底,能吸引众多游客。大报恩寺塔可谓当年最高建筑,曾列入"金陵四十八景",也是南京最具特色的地标。明代文豪张岱曾说:"中国之大古董,永乐之大窑器。"被中外公认为中世纪世界七大奇迹之一。

郭存孝·周文杰作品

琉璃塔部件之二

　　大报恩寺和琉璃塔后来又有多次劫难,明朝嘉靖四十五年(1566年)因遭雷击,寺庙受损;万历二十八年(1600年)因塔心木朽,塔顶倾斜,僧人募捐白银数千两,加以修缮始好。到了清朝,顺治十八年(1661年),曾拨款修缮:康熙、乾隆两位皇帝下江南时,均攀登过此塔,他俩先后逐层留下了匾额墨宝。吟诗曰:"涌地千寻起,摩霄九级悬,琉璃垂法相,翡翠结香烟。"待到嘉庆七年(1802年),朝廷再进行修缮并绘制瓷塔图及附志。可是屹立在南京近400余年的大报恩寺琉璃塔,未料于咸丰六年(1856年),却毁于太平天国之战火。殊为可惜!

中国瓷塔在欧洲

　　大报恩寺塔在中国已经消失,可在欧洲却悄然盛行起来,那是在十六七世纪,随着海外强国涉足中国,他们借着清政府有放宽外贸管制和接受朝贡之机,西方传教士和外交使团陆续来到中国,1655年9月,荷兰东印度公司派使团想觐见中国顺治皇帝,谋求通商优惠。使团中有位年仅37岁的素描画家——纽霍夫(Johan Nieuhoff),他在使团的任务就是把出使中所看到的新鲜事全都画下来。荷兰使团乘两艘船经数月海上漂流到达广州,在赴北京途中经过南京,纽霍夫见到了全身彩色的琉璃塔后,给荷兰官方报告中写道:在南京城南边城壕外的山坡上,有一著名的寺庙——报恩寺——该寺正中央建有一座瓷塔,是在鞑靼人到的700多年前建造的,经过多次战乱,迄今安然无恙。它的光辉业绩证明了那句关于"不朽"的古谚。纽霍夫并写了《中国出使记》,1658年在荷兰出版。作者在书中以图文并茂的形式介绍了"中国瓷塔",从此使中国的瓷塔,在欧洲名声远扬。不过遗憾的是纽霍夫把九层塔画成十层塔。原来他把重檐底层误作为两层。这一错误直接影响到后来欧洲以此为蓝本设计的许多塔的层数。

纽霍夫所绘的大报恩寺塔图

从此,大报恩寺塔也吸引着众多西方人士,他们被雄伟壮丽的大报恩寺塔所陶醉,惊叹"中国瓷塔"为"东方建筑艺术中最豪华、最完美无缺的杰作",并将大报恩寺塔与古亚历山大地下陵墓、古罗马斗兽场、意大利比萨斜塔等,列为中世纪七大奇观。

在香港三联书店出版的《中国在西方 西方在中国》为主题"梓夷丛书",有《中国外销瓷》《影像中国——早期西方摄影与明信片》及《中国的魅力——趋之若鹜的西方作家与收藏家》三本中均叙述了纽霍夫的"中国瓷塔"故事。

从丹麦作家安徒生笔下的童话中,"中国瓷塔"也成为欧洲老少皆知的故事。他在1839年出版的童话《天国花园》中写道:"我(东风)刚从中国来——

我在瓷塔周围跳了一阵舞,把所有的塔铃都弄得叮啶叮啶响起来"。

当大报恩寺塔在中国消失后,在欧洲却悄然盛行,17世纪晚期至18世纪欧洲刮起的"中国风",出现崇尚中国文化思潮,皇室贵族热衷身着中国丝绸,喝中国茶叶,使用中国瓷器。同样在欧洲宫廷内模仿中国建筑,尤其许多园林陆续仿建中国宝塔,有的至今仍存于世,见证了中国古建筑艺术在欧洲产生的巨大影响。英国伦敦西南部丘园(今为皇家植物园)于1762年建成,这座八角形的砖砌宝塔高约50米,共十层。建筑设计师威廉 钱伯斯(William Chambers) 曾在广州待了两年研究领南园林建筑风格和庙宇,回国出版专著进行介绍,并参考纽霍夫绘制的中国塔图,

英国丘园的仿中国塔

设计出了宝塔。由他设计的丘园内的宝塔是当时欧洲建得最标准的中国建筑,塔身装饰彩色华丽,五彩缤纷,每个檐角都有木制的彩色飞龙,多达80多条,具有一派浓浓的中国风味。该塔唯一与中国宝塔不同的是中国为九层,他们是十层。这些模仿的中国塔,曾在欧洲引起轰动,成为其他地方仿制对象,而据史学界和建筑界普遍认为模仿大报恩寺琉璃塔最为传神逼真的还数英国丘园宝塔。

1990年是英国皇家植物园创立150周年,英国皇家邮政曾发行一套四枚邮票,邮票图案由园中不同植物和著名建筑物组成,其中一枚面值37便士的"柏树与塔"就是仿中国塔的局部。2003年,包括中国塔在内的丘园被联合国教科文组织列为"世界文化遗产"。2009年,英国庆祝丘园建园250周年时,皇家邮政于当年5月推出"丘园250周年"纪念邮票时,仿中国塔全景成了邮票主角。

英国邮票——仿中国瓷塔

更令人兴奋的是从丘园建立至时隔254年的2016年9月23日,南京三胞集团及旗下英国老牌百货 House Of Fraser 和英国历史皇家宫殿组织牵头的中英"双塔会"在伦敦举行,续写了两塔的新篇章。中、英嘉宾见证了三胞集团对丘园宝塔维

护和修复赞助协议的签订。英国皇家丘园后改为皇家植物园,其中的中国塔历经百年风霜,已不复往日神采。往年修缮的过程中,将80条彩龙全部移除了,该塔早已需要修复。南京三胞集团致力于保护海外中国历史文化建筑,在英国弘扬中华文化,促进中、英两国在文化、商业间的紧密合作,现又有 House Of Fraser 的支持,故对邱园宝塔进行维护和修复工程,其中最重要的部分就是恢复塔身的80条木制彩龙,还原18世纪邱园宝塔的辉煌。

作者夫妇在大报恩寺塔展览厅内

中国塔在法国西南部安布互斯附近的鲁普府官邸中有一座全部用石材砌成的仿中国塔,设计师是路易 丹妮(Louis Le Camus),他于1775年兴建3年始完成。塔高37米,为八角形,共七层,外形下粗上细,每层有优雅的上翘屋檐,窗棂图案亦类似大报恩寺塔,尤其底层16根柱子外廊与大报恩寺塔相似,不过细节仍具西方古典特色。

在德国亦遗存有三座塔,波斯坦的无忧宫花园内有一座"龙塔",是卡尔 康达德(Karl Philipp Gontard)设计师设计的,于1769年兴建1770年完成。平面成八边形,共四层,底层封闭,上三层开敞,每层腰檐成曲面形,因为塔身每个戗脊上共装饰有16条龙,故有"龙塔"之称。另一座是矗立在奥哈尼恩包姆花园小山的八角形钟塔,是建筑师弗瑞德利奇(Freidrich Wilhelm Von Erdmannsdorff)设计的,于1795年至1797年建成,共五层,塔身由红砖砌成,每层的檐角悬挂风铃,各面均没有小窗,颇具特色。

在德国慕尼黑的英国园中,也有一座著名的中国塔,是建筑师约瑟夫(Jo-

采金摘玉集

CAIJIN ZHAIYU JI

作者郭存孝与董克信先生在大报恩寺塔展厅

seph Frey VonJohann BaptistLechner）仿照丘园塔设计，1789 年兴建，第二年完成，塔高 25 米，计五层，12 边形的木结构，每层均为开敞的阁楼，外檐装修镂花木格，具有一种空灵通透之感，1944 年，该塔在第二次世界大战的大轰炸中被炸毁。1952年，按原样重建。现在塔的周围是慕尼黑第二大啤酒园，游客常围塔坐下品尝慕尼黑啤酒，叙述着这座塔与中国塔的历史渊源。

瑞典的"中国宫"、俄罗斯亚历山大公园中的中国宝塔和凯瑟林公园的中国宝塔、丹麦斯拉德花园中的中国宝塔等都显示了中国塔的巨大影响。

现在中国南京的大报恩寺塔，已经以雄伟壮观之姿展示在世人面前；我们坚信：她将继续发挥它独特的魅力，吸引着如潮似浪的中外各方游客前来观瞻。人们惊呼：真令人叫绝，叹为观止！

作者夫妇在大报恩寺塔前

我的老国学同事——陈延杰先生

从青年到老年　喜与文物古籍结缘

1951年底,我由南京市人民美术工厂,被调往成立不久的南京市文物管理委员会(地址在总统府)工作。将要与这样一个"老古董"单位打交道,可谓几人欢乐几人愁！不过这个单位可与我的家庭和我的祖先的经历有关,所以,对这个岗位我还是很欢喜的。

南京市文物管理委员会,在新中国成立初期是一个由南京市人民政府直属的业务单位,可能还带有几分统战性质。因为建会之初,其成员多半是南京市政府接收的来自旧社会各个机关与社会团体的资深人员和专家学者。如有前"国立音乐学院"院长杨仲子,"中央大学"中文系教授陈延杰,中国留美学者、中国驻德国使馆随员毛北屏,中国早期法国留学生、作家程万孚,中国驻法国总领事法学家龚钺,文物鉴定专家叶亩梅,还有旧蒙藏委员会秘书长和某县县长等。这些人员,主要分布在文物组、史料组和图书组。除外,还有秘书室、总务组、勤务组。

当时年仅23岁的我在史料组做组员,日常工作是在办各种展览时担任美术设计布置工作。得闲时,我会故意找借口,到文物组和图书馆组协助那些年长的前辈同事找点"零活"做做,不求什么表扬,只想跟他们学点真本事。说实在话,一个年轻人在这样一个文物、图书、史料堆积如"山"的专业单位,而文物组、图书组,不仅人才济济,而且文物品种、古籍珍本繁多,面对诱人的书香,为何不利用,何乐而不为？当然,有些人据说是"不能"接近的,但我还是越境"犯规",但我不避艰险,抓住了哪怕是很短暂的时光,我溜进了文物库房或图书库房去识宝,因为我的好学,获得了前辈同事的许可和指点,结果每每是满载而归。我觉得这是我的梦想,它对我的未来是有好处的。

事实证明,这没有错。可惜！机遇有变,我要与中国文物和古籍结缘的梦想不能实现了。因为1952年底,南京堂子街发现太平天国某王府和大量壁画,太平天国史学家罗尔纲先生忙于调查研究和鉴定,我的领导——市文物保管委员会副主任委员丁云青(中国留日学者,"文化大革命"后期被遣回原籍,不久即去世,著有《中国青铜器图录》等),考虑我是学美术出身,积累了多次参加展览的美术设计工作经验,又爱好文学和历史,遂派我去堂子街协助罗尔纲先生做点"小事",实际上有意培养我,让我从名师教诲中取得进步从而有一个美好前程,此层厚意,我很快便心领神会,1953 年,丁主任派秘书郭玉彬(后任太平天国历史博物馆副馆长)正式向罗尔纲先生说明意图,喜蒙罗尔纲先生接纳,笔者感到荣幸并得到鼓舞,深刻悟出从此便可获得人生"最佳座席"的道理。就这样,我在南京太平天国历史博物馆经历了漫长的风风雨雨的四十个春秋,个人经受过磨难,也获得到过荣誉,最后安静地走下历史舞台。

时光不再逆转,师恩宛如春风。在我心中始终很有分量的前辈们,都已相继离世。今朝,我已从一个不太懂事、涉世不深,向往颇多的小青年,蜕变成一位高高龄之老朽。特别是移居澳大利亚墨尔本之后,我开始对罗尔纲与胡适的楷模式的师生关系的研究之中,为先师前辈同事们写了几本书和几篇文章,如2015 年,我倾心尽力编著出版了《胡适与罗尔纲经纬录》,而第二本主题相同内容有别之著,已在出版社待产中。与胡适相关的人和事我也有论述,如在《安徽统战》等杂志上,为程万孚写出他的小传,并交代了他与胡适以及与我的部分关系。我也在拙著《情凝往事》中,为龚钺考证了他写与胡适的书信,当然也记录了包括我所知的同事的有趣故事。还有在江苏省政协主办的刊物和台湾的《中外杂志》上,为本组同事杨仲子立传,但也未忽略我与他的部分同事关系以及与他的哲嗣交往的情况。

现在我的笔锋将落在图书组组长陈延杰先生的身上了。

求师有门　做学问千里奋蹄

陈延杰(1888—1970),字仲子、钟英,笔名晞阳。我与他老人家一样,都是世代绵延的南京人。他是清光绪三十年(1903 年)的秀才,旋入南京两江师范学堂文科,光绪三十四年(1907 年)毕业。之后执教于南京师范学堂,湖南高等师范学堂,武昌大学,国立大学,金陵大学等高等院校,专授经学、古典文学,享誉文坛。

陈延杰一生专心治学,硕果累累。他在经学、古典文学,特别是在古典诗论方面造诣较高。所著《经学概论》,广征博引,不乏独到之处;《周易程传参正》

被学术界誉为"治经学有矩获者";还有《诗品注》《孟东野诗注》《张籍诗注》《贾岛诗注》《陆放翁诗抄注》《文文山诗注》《诗序解》等著作,在中国古典诗注领域内具有首创之功。此外还撰有《谶纬考》《读文心雕龙》《宋诗的派别》《魏晋诗研究》等论文。他的《唏阳集》诗集,1944 年,曾荣获全国学术评比奖。

新中国成立后,陈延杰投入文物管理及古籍文献整理研究工作。1951 年,他比我早半年许,调入南京市文物保管委员会,他是南京市文物保管委员会委员,但实职乃图书组组长。虽然时间已飞过了 66 年,但我依旧记得他那时的模样:他时已花甲过三年,体躯偏瘦,满头乌黑的长发,身着大襟长袍,热天着对襟布扣香云纱短衫,冷天则颈缠一条毛线长围巾,步履稳健,完全没有一丝一毫的龙钟老态,如让人猜一下,顶多只有五十来岁罢了。平时寡言少语,极少有笑容,名为组长,但对组员一团和气,从不多布置任务。在全会是出名的"和谐组"。凡遇政治学习,能积极发言,其发言稿,如同做文章一样,认真而

陈延杰先生早年著作之一

又严谨,就像一篇成功的短论(据互联网报道,陈先生的两篇发言稿——《学习总路线的体会》《我对于普选制度的一点体会》已在网上叫价拍卖了)。其实,像这样著名的学者,或者尊之为儒家老夫子,他们在新旧社会都是不问政治的,解放初期,陈先生能有如此作为,殊非易事。

往事钩沉,回忆我每次到图书组去,总是面对几乎全是年长者的一幅索然无味的景象,突然一个年仅 23 岁的小伙子来到大家的眼前,自然便成了一个香饽饽了。当然,我是公派而来的,也是自愿的,任务是搬书上架,劳动量是可以的。陈老看在眼里,记在心间,故待我很客气。时间长了,我俩也就搭上话了。以致非公务时间,图书组也总出现我的身影。平时来吧,我总看见他在办公室的桌上放着许多线装书,而手上捧着的也是线装书,有些书中几乎夹满了纸条子,显然这是重点可取的部分。我好奇地瞄了一下,发现他老人家正在为编辑《南京文献书目》做准备工作,他那孜孜不倦的态度,那不苟且的挥毫,我深深感到:文如其人,打心里佩服他老人家。(据网载,陈先生的《南京文献书目》第十三种、第十七种手写提要,也被孔夫子网店标价出售了)

采金摘玉集

CAIJIN ZHAIYU JI

当我看罢他桌上的线装书后,我禁止不住开口了,欲请他做我的老师,教我学一点国学常识,传授一点写古诗的经验。为此,我曾将我写的新诗和少许发表的新对联给他看,他看后,颇不以为然,我很纳闷。后来,他拿了他在 1926 年在《东方杂志》上发表的《读文心雕龙》的力作给我看,希望我回去读一遍,然后当面讲出大意,他再进行针对性的授课,旨在速成。说实在话,我捧着老师的这篇大作,真是傻了!他见我面有为难之色,便对我说可以分时分段与他谈,后来我用了两个月的时间,基本上是囫囵吞枣地交了差,老师终以我没交白卷而给我"毕业"了。也许是感到"孺子不可教也",以后,便由老师主动讲授古诗,由于讲得比较生动、有趣,故我能吸收一些,如说这就叫作受益匪浅也不算过。可惜!陈老的这些讲课,随着时日的流淌,已从我的记忆中逐渐淡忘了,但是他老人家语重心长地教导我:做学问,一定要有千里奋蹄的精神,一定要重视看原版书、攫取第一手材料、勤于记笔记、反复琢磨、敢于提出自己的观点,云云。这些金玉良言,我从来没有丢弃,一直遵嘱从事的,只是恨铁难成钢,成就寸进而已。

搜集遗作 踏石留印人难忘

1953 年初,我正式被调往堂子街太平天国某王府工作,主要协助罗尔纲先生筹办太平天国纪念馆。临行前向陈延杰先生告别,并告诉他我将长期离开文管会大家庭。陈老为我高兴,他说我能师从罗门,是我的幸运!并加重语气地说:"从事太平天国文物文献的研究很适合你。"言下之意,国学太深奥,它与我无缘。是的,此言不差,我只有终身抱憾的份儿了。

1955 年,领导在堂子街壁画大厅召开耆老座谈会,我在繁忙中找到前来与会的陈延杰老先生,我俩异地相见,难免寒暄甚多。他告诉我他已是南京市政协委员,不久将调往江苏省文史研究馆任馆员,这是一个没有实际任务,也无固定上班时间,纯粹照顾性的单位。我为他高兴,祝他老人家可在家颐养天年。从此我与他虽然生活在一个南京屋檐下,可是却没能再相见。1970 年,也就是82 岁这一年,陈延杰老教授因病驾鹤西去,我便去向他的遗像告了一个永别之礼。

陈延杰先生离开我们不觉已 47 年了,但是他老人家一直活在我的心中。

往事并非不可追忆。南京解放初期,我曾经有一段时间住在总统府的东花园。那时的原总统府一些办公室还处于封闭状态,因为房里有文物和图书以及零散的报销单据等尚未被接收。等到解禁令下,我等即投入从文官处往外搬运青花瓷器和线装图书的工作中。陈先生去世后,方知他在图书组,主持整理从总统府文官处接收来的民国时期图书达百余万册。晚年又编辑南京文献书目二百六十余部,并撰有《南京文献书目提要》(初稿)等。真可谓鞠躬尽瘁,死而后已!他为南京地方志建设,为图书馆事业做出了重要贡献。

移民澳大利亚后,近年来,我曾在墨尔本大学图书馆、上海图书馆、金陵图书馆查阅旧《东方杂志》时,欣喜地收集到陈延杰先生在 1924 至 1926 年间发表的有关经学和古典诗论方面的七篇长篇论文,计有:《朗诵法研究》《谶纬考》《读文心雕龙》《论唐人七绝》《论唐人七言歌行》《读诗品》《汉代妇人诗辨伪》,又在《新中华》杂志上找到陈延杰先生于 1933 年至 1945 年间发表的《诗邶风载驰补正》一篇。此外,我在网上还看到"著名学者陈延杰的金陵大学学生成绩签章单原件开价出售"的广告,见此,不谓不是趣事吧!

据知 1971 年,人民文学出版社已将陈延杰的《诗品志》再版发行,墨尔本大学图书馆书架上仍有它的位置,可见此著,依旧春风得意! 2017 年 7 月,笔者偶读著名文学评论家、散文作家梁实秋(1903—1987)的《雅舍小品——后记》,发现抗战时期,梁实秋在重庆北碚乡下,与文友合资买了一栋房子,取名"雅舍"。别看这是一座不起眼的乡间小茅舍,但它不俗。它可是文人雅士饮茗、喝酒、逸兴遄飞的地方,更重要的它还是诗人、作家、画家吟诗作画的殿堂。梁实秋还清楚地记得,当年来客之一的中央大学陈延杰教授,曾为"雅舍"现场献诗一首:"彭侯落落丹青手,写却青山荦确姿。茅舍数楹梯山路,只今兵火好栖迟。"我想这一首遗诗,恐怕陈老先生早已忘记了吧!

笔者见物思人,脑海中不由浮想起我年轻时的国学老师的身影,今日当我在异国他乡,再次看到陈先生那篇《读文心雕龙》时,虽然时光已过去 64 年,但我仍然感到汗颜!陈先生再也想不到当年那个不可教的孺子,今日已是一个高高龄的可教之老朽,如先师在天有灵,定会感到宽慰的。

瞻仰重庆史迪威将军博物馆

郭存孝·周文杰作品

蒋介石和夫人宋美龄与史迪威将军合影

史迪威将军是中国之友

美国约瑟夫·沃伦·史迪威（1883—1946），陆军四星上将，是第二次世界大战期间，同盟国中国战区统帅部的参谋长。1942 年 3 月，史迪威将军奉美国总统罗斯福之命来华，担任中国缅甸印度战区美军总司令及中国战区参谋长，协助中国抗击日本侵略者。之后他在艰苦的中美两国共同抗日斗争中，与中国抗日大军同命运、共生死，做出了不朽的贡献！他是中国人民的伟大的真诚的朋友。特别是史迪威将军为人正直，因而超越意识形态的差异，主张美国平行地援助国共两党的军队，共同抗日，这本是一个公平公正有益于中华民族大业的无可厚非的策略和主张，未料却因此与蒋介石发生重大冲突和不可调和的矛

209

盾,蒋介石在史迪威不知情的情况下,向美国政府提出撤换的要求,1944 年 10 月,史迪威将军却因美国政府的电召而怏怏回国。

史迪威将军的军事会议室,右侧是史迪威的半身铜像

1945 年 5 月,罗斯福总统在白宫的草坪上召见了史迪威将军,这是这位一个月之后便去世的国家元首对史迪威在中国任职期间的功绩的全面肯定。可是史迪威仍然怀念中国,他托马歇尔向蒋介石提出再返中国的请求,结果遭到拒绝。是年 8 月 15 日,日本终于无条件地向美国、中国等协约国投降,真是大快人心!此时身在美国的史迪威将军与中国人民是心同彼此、感受一致的。9 月 2 日,作为抗日功臣,史迪威上将也光荣地在美国"密苏里"战舰的甲板上,出席接受日本外相重光葵的签字投降仪式,史迪威在麦克阿瑟上将

史迪威将军在缅甸丛林中

米兹尼海军上将之后接受日本的投降。次日,史迪威还独自在琉球群岛上,主持那里的日军投降签字仪式。

一年后即 1946 年 10 月,史迪威因患胃癌,在他妻子陪伴下住进了陆军医

院。可惜由于癌细胞扩散,已无法医治了。在手术进行之后,因为接到马歇尔从中国发来的电报,得知马歇尔在中国调停失败。史迪威心情很激动,他不由说道:"我们美国政府为什么要对蒋介石这样腐败透顶的政府承担责任呢?难道我们看不出在中国民主力量崛起的浪潮中,它必定要垮台吗?"这说明史迪威在人生尽头的最后时刻,他的心仍然属于中国。尽管史迪威对美国的政策持有异议,美国陆军部还是来到病床前,为生命垂危的史迪威上将颁发了一枚"战斗步兵"勋章,进行了在病故前的最后表彰。第二天即 1946 年 10 月 12 日,史迪威将军离开了人世,享年 63 岁。

史迪威将军授予中美军官奖旗后合影

史迪威逝世第二天,南京国民政府外交部即向史迪威夫人发来唁电。不久,朱德总司令从延安八路军总部发来唁电。周恩来也从上海发去唁电。延安的《解放日报》和重庆的《新华日报》均发表专论,对史迪威将军表达深切的怀念。国民政府发布褒奖令,表彰史迪威与中国军人共同投入抗日战争的功绩。10 月 19 日,南京举行盛大追悼会,蒋介石不仅特意送上亲笔题写的挽联:"危难仗匡扶,荡扫倭氛,帷幄谋谟资擘划;交期存久远,忽传噩耗,海天风雨吊英灵。"挂在史迪威的巨幅遗像两侧;而且率领宋美龄、何应钦、陈诚、宋子文、杜聿明、孙立人等一大群文武官员向史迪威遗像鞠躬。从挽联到鞠躬,似乎可以窥测出蒋介石内心中对迪威将军的几分敬意中多少带着几分歉意！这也是合情合理的嘛！

重庆史迪威将军博物馆一瞥

为了铭记史迪威将军的功绩，继承并发展中美友谊，1991 年 10 月，中国国际友人研究会和重庆市人民政府，在重庆先成立了"史迪威研究中心"，接着将原来建立在重庆市面临嘉陵江的高坡上的民国建筑——早期宋子文的行馆于1942 至 1944 年间，改建为史迪威将军的旧居；1991 年，"史迪威旧居陈列馆"更名为"重庆史迪威博物馆"。十余年来，该馆每年接待来自美国参观者达 3 万人，还有其他国家参观者也达上万人次。从美国来的有佩里、基辛格、万斯等美国政界显要，更多的则是缅怀中美友谊的世界各国的普通人士。

为了更好地保护这份留给中美两国人民的宝贵历史遗产，在中国与美国共同努力下，重庆市政府从 2002 年至 2003 年，对博物馆的主体工程进行了维修，从而面貌一新。2013 年 3 月 5 日，"重庆史迪威博物馆"因其具有独特意义和历史价值，被列为全国重点文物保护单位。

史迪威博物馆陈列室一角

2017 年 11 月 15 日，笔者怀着无限的敬意，慕名专程前来瞻仰这座博物馆。吾等不仅欣赏了这座具有中西合璧风格的房舍，还凝视着在庭院内史迪威将军的那尊庄严的铜像，接着饱览了布置在上下两层办公厅室内的 200 多张珍贵的历史照片,特别是目睹了史迪威将军的女儿南希·史迪威从大洋彼岸亲自送来展出的史迪威将军的生活用品,特别是呈献出史迪威将军珍藏的俘获的日军战利品——日本军刀、日军钢盔、日军服饰等。观之,不由地从心灵深处对史迪威将军的赫赫战功表示钦佩！当人们看到史迪威在战争中的家中的私人用品时,感到非常亲切！总之,全部展品无论是实物还是文献照片,都承载着中美两国军人的心连着心并把命运联结在一起的状态;在整体效果上,使我深深地感悟到史迪威将军爱恨分明,他痛恨日本军国主义在全中国在中缅边境犯下的滔天罪行;领略了史迪威将军胸膛里珍藏着满满的与中国、中国军人以及中国苦难人民的不解之缘,中国人民、美国人民、世界人民,都怀念着这位"钢铁将军"。史迪威将军无愧于美国、无愧于中国、无愧于世界的信念和功勋,将永远地铭刻在国际丰碑上。

日本东京邮政博物馆一瞥

2017 年 9 月下旬,中国的南京与日本的东京一样,温度适中、秋高气爽、和风日丽,正是旅游的黄金季节。笔者一家人乘中国东方航空公司的飞机,在蓝天飞驰 3 个多小时,终于平安抵达日本千叶县成田市郊的成田机场(日本人称之为"新东京国际空港",1966 年新建,由于当地百姓的非议和阻挠,直到 1978 年才投入使用)。笔者虽是身处异国、足踏两座不同的城市,然而顿感两点一线是和平与友谊将之相连。笔者愉快地在日本展开三日游。

在箱根泡了温泉,混身的疲劳一扫而空。次日,换乘新干线——日本引进自动控制等一系列新技术的第一条高速铁路,1959 年动工新建,1964 年 10 月才开通——抵达著名的大城市——大阪,在这里我们吃了从北海道捕捞到的长臂蟹,特别口感、回味无穷。再次日,再搭乘新干线到达我们旅游终点城市——首都东京市。我们全家五口人,转车到了东京最繁华的新宿区,下榻于由外孙女早在网上租好的一座整齐清洁、设备完善的家庭旅馆:三室一厅,暖气、饮食、卫生设备齐全;置身其间,真有异乡即故乡之感。住处稳定了,心也就定了下来。于是翻阅资料,知悉日本人酷爱博物馆,其范围很广,举凡常见的历史、美术、科技等皆有专业博物馆,且有火车、拉面、咖喱、机器人、漫画、寄生生物和性方面的陈列馆,甚至连厕所都有一个所谓陈列馆。

我是长期从事与博物馆工作相关的"老兵"。当然想在日本找到对口的博物馆,虽然没能找到,但是感到对日本同行不同类的博物馆,如能观摩一下,也不失为重要选项。我从稚气少年时期到如今耄耋高龄一直是邮票的狂热收藏者,单就日本邮票而言,我的南京家中就有 600 余张、小型张 14 张。在澳大利

亚墨尔本家中,也有从澳大利亚邮票商那儿购来的各类日本邮票 30 余张,小型张 20 余张,实寄明信片 4 张,后者尤为弥足珍贵。不过由于对日本历史知识了解匮乏,因而对日本邮票的深度认识知之也甚少,特别是对一些老旧邮票,可谓茫然。一心想能碰到一个邮票博物馆该多好!

未料好运终于降临,当我们登上东京著名的"Tokyo Sky Tree"——东京"天空树",即天空塔的第九层时,偶然间发现隐藏在一个角落里的"邮政博物馆",真使我大喜过望!连忙买了门票,可惜门票被收回,不过幸运的是说明书收入我的手中。当时我很诧异,为什么找不到这个邮政博物馆的信息? 看了说明书,目睹场景,方知它诞生于 2014 年 3 月,原来与东京其他庞大而古老的博物馆比起来,它只是一个后起之秀啊!

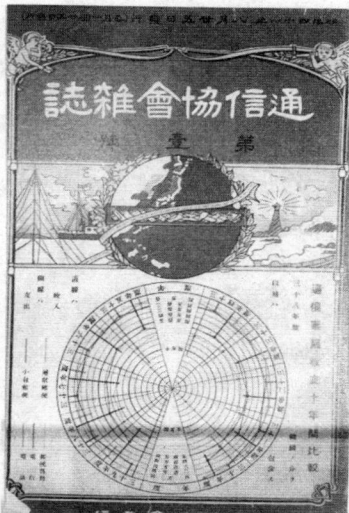

郭存孝·周文杰作品

本书作者郭存孝在观看日本早期邮政历史资料

仔细看来,这个馆的构思清晰、系列性强,从古到今、一览无遗。整体陈设精致、布局十分到位,尤其是展品以原物原件构成主体,其少而精,凸显其可观性。展览分成:1. 世界的开始。2. 世界邮政。3. 常设展览。4. 世界的信件。5. 世界的邮票。6. 通信的现场。7. 世界邮政储蓄。8. 世界的简易保险。9. 世界文化。10. 特殊展览区域。除外还有一个免费的滚动式宽敞的电影厅。

这一系列的文物文献和历史图片的展览,加上先贤的塑像和陈列的古老的邮政运输工具——马车、邮箱、自动售买机等原物;还有一件特殊处理的日本明德年(日本后小松天皇 1390—1394,相当于中国明太祖洪武末年)发行的《通信协会杂志》(创刊号),其内容反映日本早期的国内外通常邮政、小包邮政业务以及艰难的邮递过程等情况,这是一件距今已有 620 余年历史的文献,显得异常珍贵,等等。整个文物文献给我传来一个准确的信息:那就是日本邮政的发展史和介入世界邮政活动,不是孤立的驱动,而是伴随着世界由落后渐进到先进的步伐的;日本的邮政实际上与中国的邮政一样,都是世界发展史的一个组成部分。

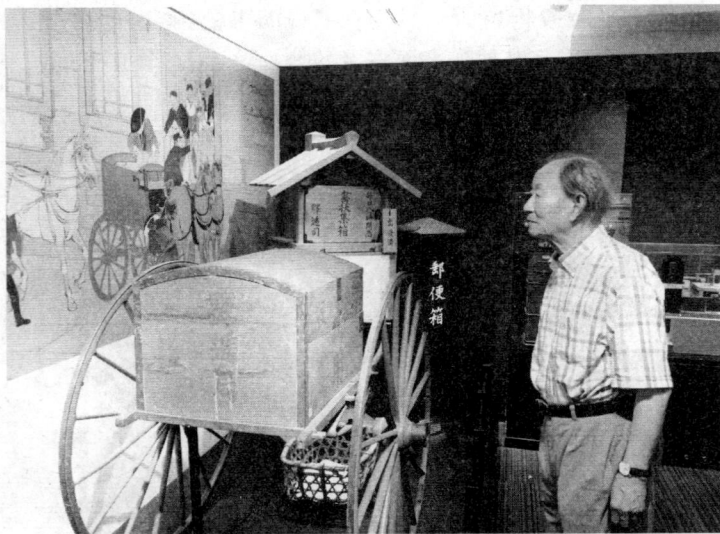

本书作者郭存孝在观看日本早期的邮箱和邮递车

该馆最吸引集邮者眼球的,要数那个长长的折叠式夹板中展示着的数千张世界各国印行的原始邮票,弥足珍贵!我重点看了中国部分,只见到一张清朝小蟠龙邮票和十几张中华民国早期的帆船邮票,我感到惊愕而纳闷,咨询了工作人员也未能得到满意的回答。我感到这个博物馆的题目大、展品少,繁简不一，平衡余地很多，似有增补的巨大空间。我带着不够满意而又十分惋惜的心情离去。但是为了保留住一个美好的记忆，我在销售部买了一版十枚日本旧邮票，其中有我所缺失的旧邮票，甚感欣慰！这就算是亡羊补牢之举吧。

本书作者郭存孝在该馆的文物史料展览的巨大序幕彩画前留影

最后，我要说说我珍藏的日本旧邮票中与日本邮政发展史中有关联的几张邮票。第一张是 1971 年发行的"邮便创业 100 年纪念"，面值为 15 分的邮票，其图案是描绘一个小女孩正往一个比她高出一倍的红色邮筒投信的刹那间。第二张也是"邮便创业 100 年纪念"，面值 15 分的邮票，图案表现邮递员们埋头专心地在分拣信件，这是对劳动在基层的邮递员的认真工作态度的点赞。另外，我还收藏有三张 1974 年印行的一组三枚"万国邮便连合加盟 100 年纪念"，面值 50 分、50 分、100 分 邮票，图案精美。这是日本对 1874 年加入国际邮政联盟百年纪念的一份献礼等。

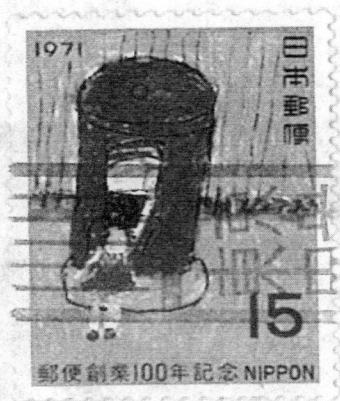

话说香港《大成》杂志

郭存孝·周文杰作品

《大成》杂志封面(采自孔夫子网)

　　我要说的、我享用的《大成》,非它也,此乃指我喜爱的由沈苇窗(1918—1995)在香港创办主编出版的一本享誉海内外的文史掌故杂志。《大成》杂志是继《大人》杂志停刊之后,于1973年12月,由原《大人》杂志主编沈苇窗接任主编到1995年离世为止共出版了262期。其寿命,不可谓不长;其影响,也不可谓不大。

《大成》杂志的前世

　　《大成》杂志,凡80页,每期收文22篇左右。封面用道林纸,封面内页、封底、封底内页,尤其是封面,每期均用名家的彩色水墨画,如张大千、吴昌硕、吴湖帆、黄君璧、徐悲鸿等人的艺术杰作,加上适时或应景的彩色照片,故显得十分养眼。其封面,每期皆用很醒目的"聚文史菁华 集艺术大成"概括性语言,既点透了这份月刊名称的由来,也道出了刊物编辑的宗旨。该杂志发行遍及全世界:美国、英国、加拿大、澳大利亚、菲律宾、韩国、泰国、马来西亚和印度尼西亚等。至于作者,有孙科、何应钦、张群、陈立夫、蒋经国、蒋纬国、顾维钧、俞大维、吴稚辉、溥心畬、郎静山、齐如山、陈香梅、张大千、钱穆、梁实秋、赵世洵、三毛(陈平)、傅雷、任伯年、陈存仁、许姬传、郑逸梅、林熙、黄苗子、周汝昌、叶浅予、王映霞、俞平伯、千家驹、王少堂等。真可谓大家云集、人才济济、群星灿烂!

《大成》杂志之所以如此诱人,那么闪亮,当是与它的主编沈苇窗的人脉、才华、高尚的敬业精神以及不懈的努力分不开的。按沈苇窗,浙江省桐乡县乌镇人。原本是上海中国医学院毕业的高才生,平时为友人开方,也能药到病除。因为他的舅父徐凌云是昆曲艺术家,因此,他对戏剧特别是评剧(即京戏)也有研究,由于长时间的耳濡目染,兴趣日隆,不遗余力地搜集到十二种珍贵或绝版的评剧史料(清代燕都梨园史料、大戏考等),遂编成《平剧史料丛刊》,精装十四册,由台湾传记文学出版社出版。沈苇窗还为该丛刊作序,发表在第 24 卷第 5 期的《传记文学》月刊上,影响颇大。除外,沈苇窗还在 1932 年 5 月至 1949 年 4 月间,在上海《东方日报》上开辟"苇窗小品"。1973 年 3 月,沈苇窗应名中医陈存仁(1908—1990)之请,为在香港出版之《银元时代生活史》回忆录作序,等等。

虽有额外之请,不过,沈苇窗还是将全部精力倾注于《大成》杂志的身上,他特别注意敦请五湖四海的文史精英和杰出女史撰稿。如著名散文家梁实秋(1903—1987),即为该刊提供过不少大作:《不要被人牵着鼻子走——怀念胡适之先生》《忆青岛》《糖尿病与我》《喝茶 饮酒 吸烟》《狗肉》《盆景》《我看电视》《白猫王子八岁》等。梁实秋还应沈苇窗之请,为之亲笔题写了条幅:"兔毫浮雪煮茶香,鹤背携风采药忙,兽壶敲玉悲歌壮,蓬莱云水乡,群仙容我疏狂。即景诗千韵,飞天剑一双,月满秋江。——己未重九录张小山水仙子苇窗先生雅正梁实秋(私章)"。

同时有张勇保的《故人张善琨》;台湾女作家三毛(原名陈平)的《大胡子与我》,此篇讲述她对西班牙丈夫因潜水遇难的悼念之情;著名中医兼文史学家陈存仁(1908—1990)的《林黛玉泪尽夭亡——红楼梦的病症与医理》《专载:胜利时代生活史》《专载:抗战时代生活史补篇 张一鹏与陆仲安》;黄苗子的《读傅雷的家书》等;赵世洵写的《旅澳杂记》,此君原为上海《新闻报》名记者,退休后,每年必赴澳大利亚游览并弄孙为乐;沈惠苍的《食德新谱》,尽数全国名点佳看——鲜美蟹黄油、烫手热白果、可怕的生鱼粥、三蛇肥美、岁寒三友、兰州瓜、夏枯草煲瘦猪肉汤、田鸡大会、徐悲鸿与带鱼风潮，等等。旨在将这些美食小品的滋补和辅疗的功能，献给美食家和广大顾客。此文连续刊出后，各地读者纷纷来信赞许，该社遂于1988年发行精美的单行本，艺术大师张大千还亲笔题写了封面，为之推崇。

美术界达人、戏剧界名流与后裔、票友也多为《大成》撰文助阵。著名画家王个移写《吴昌硕先生晚年》；书法家黄苗子撰《张大千的生平和艺术》，均为扛鼎之作。艺术大师梅兰芳的秘书许姬传的《凌霄汉阁自白及我的补注》，回忆这位名记者的生平及与程艳秋的戏剧缘，他又发表了一篇《张学良大"梅"字"宇宙锋"》，公正地报道了"张学良对民族传统文化艺术的爱好，有着多方面的兴趣。他也听戏。梅兰芳先生说：'九一八'事变那天晚上，他演出'宇宙锋'，就看到张学良坐在包厢里观看演出。事后，盛传张学良那天晚上在六国饭店和某女电影明星通宵达旦地跳舞，说什么'更抱佳人舞几回'，实在是冤枉了他。"

翁偶虹纪念金少山逝世三十五周年的《花脸大王金少山》大作，支持了一个成功人士在艰苦努力的同时要进行艺术创新是必要的这一观点；谭元寿写的《我们谭家》，作为名伶后裔，作者回顾了他的从曾祖父谭鑫培、祖父谭小培、父亲谭富英加上作者和他的儿子谭孝曾的六代"梨园世家"的沧桑史，实在是不可多得的档案史料；程玉菁为戏剧家王瑶卿百年诞辰纪念所献之《我的师父王瑶卿》一文，歌颂了尊师爱生、教学相长楷模关系，等等。均具有普遍性和传统性的教育意义。

著名的国学大师钱穆于1987年4月，在该刊所撰之《中国社会主义与学生运动》，指出"中国之学生运动，亦于中国历史深有渊源，而于当前之全世界，学生运动则唯中国所首创而独有。梁任公言，中国历史有造反无精神，此言良然。"香港著名文史学者林熙更是《大成》杂志的多产作者，他提供的《从"张元济日记"谈商务印书馆》一文，指出他自己虽非创办人，但却是一位把商务印书馆办得有声有色使之成为文化大营盘中要角的最早的功臣。此公在《李宗仁、徐亮之"人言报"》一文中，回顾大陆全境解放后，一些"第三势力"在港纷纷出笼，他们竭力鼓吹民主自由，其中一位诗人徐亮之（江西进贤人，1966年病故）便办了一份小报，名叫《人言报》。一星期出两期，总共出了四十期，便一命呜呼了。传说李宗仁对这份短命的小报曾有过经费的支援，本文作者经过调查，予以否认，还原了真相。

《大成》杂志有两个栏目，叫"天南地北""笑语大成"，顾名思义，它为读者

郭存孝·周文杰作品

及时地提供了一些短小精悍的信息,如人物动态、时事变迁等。趣味性浓,可读性强,颇受点赞。

我与《大风》杂志

《大成》杂志停刊后,因为后继无人,就再没有子孙后代了。因此所有流行于世或密藏于室中的《大成》杂志,遂升格为珍贵的藏品了。笔者寡闻,既不知其藏家,也不晓其藏量。近阅黄岳年著《水西流集》方知其一二。

《大成》杂志连同它的前身《大人》杂志,到目前为止,都没有为后人留下一本像台湾《传记文学》出版的很像样的《传记文学杂志总目录暨执笔人及篇名索引》,故今人对这本杂志知者甚少。现知收藏全套 262 册《大成》杂志的只有燃灯书生一人,此君还是在 2011 年 11 月配齐所缺两册后,才凑齐成全套的,可见用心良苦!因为已成收藏尤物,据说零本单册,价已逾百余人民币,稍具规模之数,更无异于天价,个别奇缺补本,几逾万元。令人唏嘘!

笔者有幸,收藏有零散的《大成》杂志 9 册。它们是:第 72 期(1979 年 11 月 1 日),第 97 期(1981 年 12 月),第 105 期(1982 年 8 月),第 116 期(1983 年 7 月),第 150 期(1986 年 5 月),第 158 期(1987 年 1 月),第 159 期(1987 年 2 月),第 160 期(1987 年 3 月),第 161 期(1987 年 4 月)。

要问我的这批藏品,是从何而来的?我的回答是:这 9 册《大风》杂志的购买者和收藏人是金承艺(1926—1996)。此君原是胡适任校长时北京大学的毕业生。大陆全境解放前夕,此君去了台湾,后来在台北一度为胡适整理资料。1961 年全家移居墨尔本,旋在墨尔本大学任高级讲师。1979 年 11 月,课余我去唐人街溜达时,在华人创办的宝康中文书店发现了《大成》杂志,翻阅之后,很感兴趣,于是便以一元七角的价钱买了下来。宝康书店随手在封面上盖了一个蓝色印章(36 年来印痕犹存)。之后,他得闲就去宝康书店,但是只有几次机会才买到。也许这就是他从 1979 年 11 月到 1987 年 4 月,在这漫长的七年多时间内,却只拥有薄薄的九册藏品的缘故。

1996 年,金承艺先生不幸在墨尔本去世,他的遗孀林慧卿女士将他的遗存书刊(包括《大成》杂志),拜托时任澳大利亚联邦参议员陈之彬先生保存。陈参议员认为这些遗物,十分珍贵,必须转交合适即能利用之人了才好。承蒙陈参议员想到了我,他命秘书胡培康先生通知我去他的 Box Hill 办公室看看。我如约而去,我大致翻阅了一下,发现不少胡适的著作和金先生个人的文史类藏书，此外，便是几乎成套的《传记文学》杂志，还有我生平第一次见到的《大成》杂志。我真是惊喜不已！连忙索求，陈参议员当即允诺。不久，陈参议员将这些书刊装成十纸箱，亲自送往寒舍，我非常感动并感激！当时，我与我老伴要动手搬，陈参议员看了连忙说："您年纪大了，不要动，我来。"待他搬完后，他见我欣喜若狂的模样，他也感到欣慰！他说："我总算找对了人啦！"

我没有辜负陈参议员的好心和用心，十年来，胡适（1891—1962）的早年出版的《胡适文存》等书和《传记文学》，给了我一把打开研究胡适学术领域门扉的金钥匙，从而拓宽了我的视野，丰富了我的资源宝库，提高了我的创作水平，增加了我的作品的产量。今天我要说的是我是如何享用《大成》杂志的？因为我拥有的《大成》杂志，仅占已刊杂志的三十分之一，所以难窥其全豹，现在只能择其中为我享用过的实例一二，以为佐证。

我细读了116期陈存仁所作《张一鹏与陆仲安》一文，这篇大作，不仅解决了我的疑团，重要的是让我寻觅到一份胡适的尘封资料。情况是这样的：作为患者，胡适有一位北方名中医朋友，他就是陆仲安。胡适为酬治病厚谊，曾亲题"宋人白话词"扇面送陆仲安医生，表其寸心。扇面是这样写的："痴仙人，穷活计，不养丹砂，不肯参同契。两顿家餐三觉睡，闭著门儿不管人间事。又经年，知几岁？老屋穿空，幸有天遮蔽。不饮香醪常似醉，白鹤飞来，笑我颠颠地。

宋人白话词一首　　仲安先生教正　　胡适（私章）"。查胡适诗词选并无此宝，也算是它初见天日吧。我也借机感谢《大成》杂志。

陆仲安一生中最得意的有两件大事：一是为孙中山先生治过病。二是为胡适治过病，陈存仁说陆医生"是以大量重剂，治愈胡适之的糖尿病，中医名为消渴症"。可是"胡适之先生后来矢口否认他的糖尿病是中医中药把他治愈的，不但口头否定，而且笔之于书，使陆仲安先生非常气愤"。后来"陆先生也毫不保留，将药方告诉了我。我得了陆仲安的药方，又经盛家璘先生告诉我冬瓜有治疗糖尿病之效，我乃将陆仲安先生的药方略加修正，委托星光中药厂制成药丸，果然能使糖尿病完全断根。间接也是拜陆仲安先生之赐"。

陈存仁还披露了一个恐怕连胡适自己也忘掉的事，那就是陆仲安曾收藏了一件林琴南赠送他的"秋室读经图"长卷。在此长卷上，"先有林琴南写出自己患病，经陆仲安先生治愈的经过；后面则有胡适之亲笔的题跋，也说明自己患糖尿病请陆仲安医治痊愈，表示感谢。"不幸的是，这幅画后被陆仲安的儿子带在身边，但因飞机失事，机毁人亡，长卷也被烧毁了。陆仲安晚年丧子，十分悲伤，其次也因这件治愈胡适糖尿病的可信物证永远消失而难过。

人证物证，两全其美，可信度高。胡适曾得过糖尿病，并且是由陆仲安名中医治愈的，应该是不争的事实。

笔者读了《大风》杂志第 150 期（1986 年 5 月），薛慧山所写《追忆章太炎先生——章太炎先生逝世 50 周年》大作。此文是薛先生在 70 高龄，回忆 1934 年秋，他不满 20 岁，负笈苏州美术专科学校，同时担任《吴县日报》主笔，兼编两版副刊之际写的，此时适逢国学大师章太炎（1936—1986，字炳麟）从北平返回苏州之际，薛氏对章太炎进行了专访。此文便是他的专访之作、一篇难求的回忆录。其实胡适对章太炎的印象颇深，早在 1922 年 8 月 28 日的日记中，他便说："现今中国旧式学者，只剩王国维、罗振玉、张辉德、章炳麟四人，内中章炳麟在学术上已半僵了。"对我来说，在这篇回忆录中，薛慧山记传下来的章太炎对胡适的隔空对话，以及薛慧山本人后来对胡适的亲访记，更是难能可贵的了，因为它填补了历史的空白。

当薛慧山提及胡适时，章太炎难改旧习惯，他说："适之人极聪明，可惜国学基础不够，《尝试集》内容太浅了些，只迎合中学生程度，谈不到学问？"但是薛慧山公正地告诉他："胡适提倡白话文有功，同时对你相当尊重的。胡适在《五十年来中国之文学》中有云：'章炳麟是清代学术史的压阵大将，他的《国故论衡》，却是古文学的上等作品。这五十年来中，著书的人没有一个像他那样精心结构的，不但，这五十年来，其实我们可以说，这两千年中只有七八部精心结构，可以称作著作的书。如《文心雕龙》《史通》《文史通义》等，其余只是结案、只是语录、只是稿本，但不是著作。章炳麟的《国故论衡》要算是这七八部之中的一部了。他的古文功夫很深，他又是富于思想与组织力的，故他的著作在内容与形式两方面能成一家言。'"薛慧山接着又说："可是，胡适之又说：'总而言之，章炳麟的古文学是五十年来的第一作家，这是无疑的。但他的成绩只够替古文学做一个很光荣的下场，仍旧不能救古文学必死之症，仍旧不能做到那取数千年朽蠹之余，反之正则的威业。'"薛慧山赞同"胡适之对章公却能真知灼见，洞若观火似的"。不过，薛慧山又曰："但在胡适之笔下，这样不客气地批评道：'他的文章没有传人，黄季刚学得他的一点形式，但没有他那'先豫之于学'的内容，故终究只成了一种假古董。'"薛慧山先生最后回忆道："我个人同意这点，后来，有机会跟胡适之先生直接畅谈过，他老实表示：章公之学可说是及身而绝了，不错，唯此鲁殿灵光而已。"

薛慧山何许人也？薛慧山与胡适究有怎样的关系？经查胡适日记和函札及有关资料，令人失望！但是，时年古稀的薛慧山先生发表在《大成》杂志上的

《追忆章太炎先生》之陈述，诚可信也。

读了《大成》杂志第 159 期(1987 年 2 月)，赵世洵的《旅澳杂记》，虽然这是一篇写于 30 年前的作品，然而它的生命力还是显得那么鲜活。特别是他描写在墨尔本因病住院期间，对澳大利亚的先进医疗设备和医生的高尚医德所持的赞扬态度，我是感同身受的。另外，作者拜访过我的已故维多利亚州侨领、中国古文物收藏家和集邮之友——雷震宇先生，随即挥毫对其藏品展开细致的描绘，这一切，不由拨动起了我对故友思念之心弦。

《大成》杂志第 150 期（1986 年 5 月），所刊台湾名作家、老报人陈纪滢的《我的记者生活历程》长文，叙述了我的青年时代的文学创作引路人——东北名士、诗词大家关吉罡老师，年轻时，在东北故乡，曾剃发明志，奔赴前线，投身抗日队伍的英雄事迹；还不由让我回忆起 1951 年底，关老师引领我去拜见时任南京文学艺术界联合会常务副主席孔罗荪，我面呈上已刊新诗和散文各一篇后，获得了出席第一届南京市文学工作者代表大会资格的殊荣。时至今日，关吉罡、孔罗荪、路翎、陈纪滢等前辈均已作古，原本的一个年方 22 岁的文艺青年的我，冉冉老至，犹得偷活在人间……

《大成》杂志中刊出了许多京剧表演艺术家的后裔和贴身秘书的回忆录，如许姬传的关于梅兰芳的《"舞台生活四十年"出版前后》，李万春的《我的童年戏剧生活》，谭元寿的《我们谭家》，程玉青的《我的师父王瑶卿》，等等。娓娓道来，有血有肉，有情有义，亲切有味，给世人留下不朽的诗篇。

此外，《大成》杂志中，刊出的章太炎、张大千、徐悲鸿、陆仲安、张丹斧等耆宿的题字、题词，皆是尘封之宝也。

澳大利亚特藏太平天国原版刻书
归国影印出版始末

紫金山/金陵晚报记者　王希凌

澳大利亚国家图书馆特级藏品——一批珍贵的太平天国原刻官书,其中包括世界唯一的原刻书和原版布告,历经波折,终于由中国国家图书馆出版社出版。

这套精装的《澳大利亚藏太平天国原刻官书丛刊》,分上、中、下及附图三张(原版布告1:1影印),总计4册(1300多页,定价1800元),洋洋大观,填补了太平天国历史研究史料上的空白,具有重要的文献价值。

南京太平天国历史博物馆原馆长、研究员郭存孝,历时八年,为这批原刻官书和原版布告的鉴定、出版,进而使这部遗留海外160多年,并辗转多国的重要文献踏上漫漫返乡之路做出了重要贡献。

日前,记者采访了正在南京探亲的郭存孝、周文杰夫妇。88岁高龄的老馆长精神矍铄,思路清晰,就是耳朵有点背,夫人不时要充当"翻译",并及时补充一些细节。其实,除了太平天国史研究,二老都是文化人,退休后都在写书,郭存孝目前还任澳大利亚作家协会顾问。

太平天国向"洋兄弟"赠送刻书布告争取理解和支持

郭存孝研究员首先介绍了这些刻书和布告的背景。他说,当时的太平天国领袖,为了争取外国"洋兄弟"的理解和支持,从建都天京(今南京)开始,直到辛酉十一年(1861),曾多次向来访者赠送自己编印的刻书和布告。

据法国耶稣会神父葛必达回忆,1853年12月10日,法国驻华公使布尔布隆率秘书顾随、翻译官马凯士、神父葛必达及问答式传道师一干人等,乘"贾西义"号军舰访问天京。公使受到十三响礼炮的欢迎。太平天国天官正丞相秦日纲热情接见了他,并与他进行了友好会谈。

公使离京后,葛必达及问答式传道师受邀在天京与太平天国官员共度了两天两夜。葛必达回忆说,太平天国官员对他们"关怀备至,并共进晚餐。总是把我称作洋兄弟。散步游览或打猎，所到之处，总是被友好的笑脸相迎"。葛必达高兴地说，在天京"他们（指太平军）分发了几本使人领悟宗教真谛的书"。

1854 年 1 月 6 日，葛必达在上海徐家汇教堂，向法国巴黎南怀仁神父发去一篇报道，回忆上年的天京之行，且具体谈到了太平天国赠书之事。他说："他们现已印行了 20 种包括广西人宗教教义及其军政管理等内容的小册子。我们已获赠许多种这一类的小册子。目前仍有 500 多人在从事刻版，用作印制众多别的书籍……我们被告知，所印行的书籍都由洪秀全在他昔日老师（如今是他的同僚）的帮助下进行终审。的确，所有送给我的书上都盖有一印，一种可称'旨准颁行'的戳记。"值得注意的是，葛必达的这段自述并未提及他当时接受过太平天国多少册刻书和原版布告，而遗憾的是葛必达并未看重这批贵重礼物，到上海后，他将这批刻书送给英国驻上海领事阿礼国。

1854 年 6 月 15 日，英国驻香港总督兼驻中国公使约翰 · 包令，委派其子卢因 · 包令和英国驻上海领事馆职员麦华陀，同乘"响尾蛇"号和"冥河"号军舰访问天京。时英人请求买煤，未获太平军允准。舰长遂提出 31 个问题，请求回答。6 月 28 日，太平军送来一件装在 18 英寸长、1 英尺宽的黄色大信封内一件东王杨秀清的答复"诰谕"，此诰谕现存于英国图书馆。

6 月 23 日，太平天国"为使我们熟悉天朝戒律，特意赠送一批小册子，计有《利未书》《户口册纪》《约书亚书记》《天理要论》《贬妖穴为罪隶论》《天父下凡诏书》（第二部）、《诏书盖玺颁行论》《天朝田亩制度》《太平天国甲寅四年新历》共九部。"英国人阅后认为"这些出版物包含有许多新颖而珍奇的情报"，又认为"其文风均冗长粗俗"，但是英国人在向太平天国表示"谨致最深切的谢忱"后，又向太平天国索取新出版的《四书》，以弥补不足。可是麦华陀回到上海后，他像葛必达一样，也将这九册书和一件东王诰谕，悉数交给阿礼国。而阿礼国又如法炮制，将这九册书和东王布告转赠伦敦布道会。至此，先来源于法国人和后接受于英国人的两批太平天国刻书，便殊途同归了。

此时，上海有位英国名医——威廉·雒魏林（1811—1896），他与伦敦布道会关系密切。因此被邀请来整理这两批太平天国刻书。雒魏林遂将葛必达与麦华陀二人的两批刻书用纱线装成合订本。郭存孝说，最让我高兴的是，细心的雒魏林在封面目录上，清楚地记下了此合订本的来源，还记下了葛必达从天京带回的大平天国刻书有十五部。它们分别是《太平诏书》《天父上帝言题皇诏》《天父下凡诏书》（第一部）、《天命诏旨书》《天条书》《太平礼制》《太平军目》《太平条规》《颁行诏书》《三字经》《幼学诗》《旧遗诏圣书》（第一卷）、《创世传》《出麦西国传》(第二卷)、《户口册纪》(第四卷)、《新遗诏圣书》《马太福音书》《太平救世歌》《太平天国癸好三年新历》。这样一来,葛必达从天京带回的太平天国刻书的数量和名称就清楚了,同时也弄清楚葛必达并未从天京带回太平天国布告。

至于澳大利亚国家图书馆今日所藏三件原版布告,伦敦布道会和雒魏林均未做任何说明,但是澳大利亚国家图书馆所藏太平天国癸好三年五月初一日东王、西王"诰谕",已知有相同的一件,现藏英国图书馆。

接触特藏品首位中国学者,
郭存孝完成文献归国出版心愿

郭存孝在南京太平天国历史博物馆任职期间,就听说澳大利亚国家图书馆珍藏有一批太平天国原版刻书,但详情不知。

澳大利亚国家图书馆位于首都堪培拉风景区内。国家级图书馆既负有保存本国文献的重任,也非常重视非英语出版物的收藏。因此该馆设有亚洲部中文组,已收藏中文书刊 26 万余册,居南半球之冠。但该馆并不满足已有成就,当得知英国伦敦布道会——一个成立于 1795 年的超宗派新教组织——珍藏着丰富的来华传教士所出版及收藏的中文书籍,特别是太平天国原始文献时,便立即行动,于 1961 年去伦敦买下了布道会所藏的全部中文藏书,次年初运抵澳大利亚后,国家图书馆就将其中的太平天国原版刻书和原版布告列入特级藏品,并为此特制了中式书匣,予以保存。中文组现已为藏品编目,2001 年又将书目数字化,旨在方便学者查阅。

1994 年 3 月,郭存孝应澳大利亚澳华历史博物馆之邀赴澳大利亚考察访问,当时虽已到达堪培拉,但因为时间关系,与澳大利亚国家图书馆擦肩而过。移民墨尔本之后,直到 2003 年 5 月,郭存孝应邀成为澳大利亚国家图书馆外全面接触这批已列入特藏品的第一个中国学人。

郭存孝花了三天时间,仔细观赏、鉴定了这批特藏品——太平天国原刻官书二十二部、原抄本一册。同时还意外地发现了三件太平天国原版布告和原抄布告六件。

澳大利亚国家图书馆所藏二十二部原刻官书,虽大部分是早期文献,却弥足珍贵,尤其是当中的《天父下凡诏书》(第二部),经考系存世孤本;而《太平天国甲寅四年新历》,亦是世界唯一重刻本,更显凤毛麟角之尊。

至于该馆秘藏的三件东王杨秀清与西王萧朝贵联名颁发的原版安民告示：第一件是癸好三年五月初一日颁发；第二件是癸好三年五月初二日颁发；第三件是癸好三年五月二十八日颁发。三件布告，保存完好，字迹清晰，墨朱分明，色彩鲜艳，品相极佳。而可贵之处在于第二件、第三件原版布告，竟是世界仅存之硕果。

激动不已的郭存孝向澳大利亚国家图书馆提出建议，将这批特藏品在中国影印出版。建议得到澳方赞同，郭存孝找到国内一家知名的古籍出版社，因为牵涉到跨国版权，以及出版经费等问题，影印出版的事宜被搁置数年。

这段时间，郭存孝研究员始终惦念这批重要文献与国内读者见面这件大事。他认为，既然是珍贵文献，就应该找顶级的出版社来出版。几经周折，在中科院近代史研究所帮助下，终于找到国家图书馆出版社。这是一家国家一级出版机构，相关编审对这批文献非常重视，请来复旦大学专家再次鉴定，一致认为这是一套对太平天国史研究有极高价值的文献，决定申请国家古籍出版项目来完成这项工作，技术上以直接拍摄影印的方式出版。2014 年春天，这批珍贵文献在海外辗转、尘封 160 余年后，终于重见天日、出版问世，从而填补了历史的空白。

郭存孝在澳大利亚国家图书馆鉴定太平天国布告

一位退休老人，移居国外，还不忘自己的研究工作。照理说，出版这样的书籍，也不仅仅是他个人的事情，整整 8 年，郭存孝如此执着，令人感佩。正如他在这套《澳大利亚藏太平天国原刻官书丛刊》的序言中所说,此举不仅可以使这批太平天国原刻官书和原版布告得以踏上漫漫的返乡路,而且给福于世人,尤其是对促进中国和澳大利亚的文化与学术交流,不啻是锦上添花。

《澳大利亚藏太平天国原版刻书丛刊》,由国家图书出版社出版

【笔者按】兹将该书出版前后的相关推荐文章和报道,附于本文之后,供读者参考。

附件一:

上海复旦大学资深教授周振鹤:"太平天国革命是中国历史上一场最大规模的农民运动,长期以来受到中外学术界的注目,同时也曾是国、共两党均一度推崇的农民革命运动。虽然现在对太平天国的认识与批评与过去有所不同,但从历史学的角度来看,这场农民起义在客观上仍是一桩历史上的大事件,任何时候的中国近代史研究都不可忽视它。太平天国由于建立了一个国家形式,于是也由官方刊刻了相当数量的官书,并且发布了许多布告,这些刻书与布告,在今天都是研究太平天国史的重要资料。虽然太平天国去今不远,但其遗存文献已经难以搜集完整,尽管自近代以来这些资料就引起许多学者的注意,现代以来,更有许多机构热心搜罗影印行世。澳大利亚国立图书馆所收藏的一批太平天国原始文献就弥足珍贵,其中包含有数件从未被其他机构所收藏的刻书与布告,即使其中有些藏品已见于他处,但该馆藏品的质量也较优胜,因此我以为应该将澳大利亚国立图书馆所藏太平天国刻书与布告于以影印出版,并嘉惠于有关的研究机构与专门家。2013 年 11 月 6 日。"

附件二:

中国国家图书馆主办之《文献》(2014 年第六期)刊出报道:"太平天国原刻官书,当时称诏书,上盖天王金印及'旨准'两字,印制精美,因太平天国失败而被清廷大量销毁,存世极少,向为研究者所重视。澳大利亚国家图书馆所藏部分,系由太平天国赠送给法、英外交官、传教士,后为'伦敦会'藏书,共有原版刻书和原抄书 23 种、原版布告 3 种、原抄布告 6 种。其中《天父下凡诏书第二部》为存世孤本,而《太平天国甲寅四年新历》亦是世界唯一重刻本。本次出版,另原大全彩仿真印刷该馆秘藏的三件原版安民告示,这三件布告保存完好、字迹清晰、墨朱分明、色彩鲜艳、宛如新制。其中两件更是世界仅存之硕果。本书由原太平天国历史博物馆馆长、知名太平天国史研究专家郭存孝先生亲自到澳馆核查版本并撰写序文和提要。"

附件三:

《澳大利亚藏太平天国原版刻书丛刊》推荐意见:"我们看了郭存孝先生主编的《澳大利亚藏太平天国原版刻书丛刊》,非常高兴。太平天国是中国近代反抗帝国主义反抗封建主义斗争的第一个高潮,也是中国农民战争史的巅峰。后代农民起义都没有留下自己的文献文物,唯独太平天国留下了可观的文献文物,分散在许多国家。终刘半农、程演生、俞大维、萧一山、王重民、王庆成等先生,陆续从英国、法国、德国、美国、荷兰带回了不少太平天国文献,出版了多种有关书籍,对开展太平天国史研究做出了重大贡献。现在,郭存孝先生又征得澳大利亚国家图书馆的同意,将该馆特藏的这批太平天国文献、文书交我国国家图书馆出版社出版,其中的《天父下凡诏书第二部》是全世界独一无二的孤本。《太平天国甲寅四年新历》也是独一无二的重刻本。凤毛麟角,弥足珍贵。此书面世,必能使太平天国史的研究更上一层楼。研究历史、学习历史,是提高国民素质的必修课,也是增强国家软实力的必修课。此书的出版,其重要意义不可低估。同时也是在中澳文化交流方面锦上添花。2013 年 11 月 24 日于北京。"

主要参考书刊

[1]李鸿章:《李鸿章全集》(简体字版),时代文艺出版社1998年。

[2]蔡尔康译:《李鸿章历聘欧美记》,湖南人民出版社1982年。

[3]张社生:《绝版李鸿章》,文汇出版社2009年。

[4]郑曦原等译:《帝国的回忆》,三联书店2001年。

[5]贾逸君:《中华民国有趣文件一束》,百城书局1932年。

[6]刘驭万:《最近太平洋问题》,中国太平洋国际学会1932年。

[7]《胡适演说集体安全》,重庆《大公报》1942年9月24日。

[8]曹伯言整理:《胡适日记全编》,安徽教育出版社2001年。

[9]梁实秋:《文学回忆录》,岳麓书社1989年。

[10]郑逸梅:《近代名人丛话》,中华书局2005年。

[11]包天笑:《钏影楼回忆录》,大百科辞书出版社2009年。

[12]李楠:《晚清民国时期小报》,人民文学出版社2006年。

[13]岱峻:《发现李庄》,福建教育出版社2015年。

[14]萨兆寅:《萨兆寅文存》,鹭江出版社2012年。

[15]方继孝:《旧墨三记——世纪学人的墨迹与往事》,国家图书馆出版社2007年。

[16][澳]菲茨杰拉尔德:《为什么去中国——1923—1950年在中国的回忆》,郇忠、李尧译,山东画报出版社2004年。

[17]《百年回顾——中国国民党澳洲总支部历史文物汇编》(悉尼),2013年。

[18]沈苇窗主编:《大成》杂志,香港大成杂志出版社1987年3月。

[19]马国亮:《良友忆旧》,台湾正中书局2002年。

[20]王玉麒:《海痴——细说佘振兴与老海军》,台湾祥兴印刷公司2010年。

[21]杭立武编:《中华文物迁播记》,台湾商务印书馆1980年。

[22]台湾《传记文学》110卷第6期。